Jazzliebhaber und Privatdetektiv Elia Contini wird von seiner Nachbarin gebeten, nach ihrer verschwundenen Katze zu suchen, und fühlt sich in seiner Ermittlerehre gekränkt. Derweil treibt im Tessin der sogenannte »Sofakiller« sein Unwesen, der seine Opfer stets unter Stapeln von Möbeln zurücklässt. Als Contini mehr durch Zufall beauftragt wird, den verschwundenen Sohn eines bekannten Möbelherstellers aufzuspüren, bekommt der eigenwillige Detektiv endlich die Chance, sein Können unter Beweis zu stellen – und kommt der Polizei gehörig in die Quere …

Andrea Fazioli, geboren 1978, lebt in Bellinzona im Schweizer Kanton Tessin. Er studierte in Mailand und Zürich Romanistik und arbeitet als Journalist bei Radio und Fernsehen. Er ist leidenschaftlicher Saxophonspieler und Pfeifenraucher. Seine Kriminalromane um den eigenbrötlerischen Privatdetektiv Elia Contini werden von Publikum und Presse begeistert aufgenommen und mehrfach ausgezeichnet.

Andrea Fazioli bei btb

Privatdetektiv Elia Contini ermittelt

Fall 1: Am Grund des Sees

Fall 2: Die letzte Nacht

Fall 3: Das Verschwinden

Fall 4: Solo für Contini

ANDREA FAZIOLI

SOLO FÜR CONTINI

ROMAN

Aus dem Italienischen
von Franziska Kristen

btb

Die italienische Originalausgabe erschien 2016 unter dem Titel
»L'arte del fallimento« bei Ugo Guanda Editore, Mailand.

Dieses Buch ist auch als E-Book erhältlich.

FSC
www.fsc.org
MIX
Papier aus verantwortungsvollen Quellen
FSC® C014496

Verlagsgruppe Random House FSC® N001967

1. Auflage
Deutsche Erstveröffentlichung April 2019,
btb Verlag in der Verlagsgruppe Random House GmbH,
Neumarkter Str. 28, 81673 München

Covergestaltung: semper smile, München
Covermotiv: © Shutterstock/Pim Leijen/LookTarn.ss
Satz: Uhl + Massopust, Aalen
Druck und Bindung: GGP Media GmbH, Pößneck
SL · Herstellung: sc
Printed in Germany
ISBN 978-3-442-71725-5

www.btb-verlag.de
www.facebook.com/btbverlag

Prolog

Das Tier lauerte im Schatten. Ihm gegenüber, reglos, der Detektiv. Eine Minute verstrich, eine weitere, langsam, bis der Detektiv eine Hand ausstreckte. Vorsichtig, mit angehaltenem Atem, tastete er sich voran. Er wagte es kaum, das gesträubte Fell zu berühren. Die Katze zuckte dennoch zusammen, bewegte die Ohren und hob ein Lid. Rund und gelb war das Auge, dessen Blick auf dem Detektiv ruhte, ein Blick voll unsagbarer Verachtung, voll unsagbarer, jahrhundertewährender Überlegenheit und schwindelerregender Weisheit. Nun begann der Detektiv zu sprechen: »Miez, Miez … komm her!«

Fauchend zog sich die Katze zurück. Einen Augenblick lang war alles möglich: ein Sieg des Menschen, ein Sieg der Katze oder Unentschieden. Doch der Detektiv bewies, dass er ein Mann der Tat war. Mit einem Satz schnappte er das Tier und kroch aus dem Gebüsch. Im Sonnenlicht erkannte er das Halsband, den Nachweis dafür, dass er nach zweistündiger Suche den Kater von Signora Noemi gefunden hatte.

Er hielt das Tier am ausgestreckten Arm und versuchte, während er über den Rasen zum Auto lief, die Krallenhiebe abzuwehren. Tobia, der Gärtner, fragte: »Ist er es?«

»Er ist es.« Der Detektiv wühlte in der Tasche nach dem Autoschlüssel. »Ich habe ihn gefunden, wo du gesagt hast. Danke für den Tipp.«

»Gern geschehen.«

Beim Öffnen der Wagentür wurde dem Detektiv bewusst, dass er ein Problem hatte: Wie sollte er Auto fahren, noch dazu ohne Automatikschaltung, wenn er gleichzeitig ein wütendes Tier festhalten musste? Er unternahm einige akrobatische Versuche und handelte sich zwei Kratzer am Arm ein. Schließlich bekam Tobia, der ihn grinsend beobachtete, Mitleid. »Soll ich Sie fahren, Herr Contini?«

Wenige Minuten später nahm Signora Noemi auf der anderen Seite des Dorfes den verlorenen Kater freudig in Empfang. Dankbar drückte sie Contini die Hand – seine linke, denn mit der rechten hielt er noch immer das Tier gepackt – und tadelte ihn nachsichtig: »Oh, Herr Contini, so hält man doch keine Katze … Sie machen ihm ja Angst!«

Der Detektiv lächelte, mit zusammengepressten Lippen, doch er lächelte.

»Verzeihen Sie, Verehrteste. Bitte, nehmen Sie ihn …«

Signora Noemi strahlte und griff nach dem Tier. »Komm, Silverio, komm zu Mama!«

Tobia, der einen Schritt hinter ihnen stand, konnte sich nicht zurückhalten und fragte: »Silverio?«

Doch Contini bedeutete ihm zu schweigen. Er hegte den Verdacht, dass die Signora das Tier auf den Namen ihres bereits vor Jahrzehnten verstorbenen Ehemanns getauft hatte.

Signora Noemi lebte in einem weiß getünchten Häuschen im oberen Teil des Dorfes. Weiter unten stand das neue Gemeindegebäude mit der Grünanlage und der Mehrzweckhalle. Es war ein schöner Herbsttag, und so wurden Contini und Tobia zum Teetrinken auf die Veranda gebeten, während Silverio einen Berg Kitekat verschlang, um sich von der Aufregung zu erholen. Auch Contini hatte daheim eine Katze, aber er hätte es nie gewagt, sie auf den Arm zu nehmen. Hätte er es getan, wäre sie vermutlich tödlich beleidigt gewesen.

Sie tranken Tee – Contini schwarz, Tobia mit drei und Signora Noemi mit einem Stück Zucker – an einem blankpolierten Glastischchen, auf dem unübersehbar die drei Tageszeitungen der italienischen Schweiz lagen.

»Ich lese gern alle drei«, erklärte die Signora. »So behalte ich den Überblick. Denn die Nachrichten sind jeweils verschieden.«

An diesem Tag jedoch titelten alle drei Zeitungen mit ein und derselben Verbrechensmeldung. *Brutaler Mord im Zentrum von Lugano. Der Sofakiller. Er tötet und verwüstet die Wohnung. Ist es derselbe wie in Como? Neue Erkenntnisse im Fall Prosperi.*

»Was sind das nur für Menschen!«, bemerkte Signora Noemi. »Die Welt wird von Tag zu Tag schlechter.«

»Das war schon immer so«, erwiderte Contini.

»Oh, bei Ihrem Beruf wissen Sie natürlich ein Lied davon zu singen. Sagen Sie, kommt es oft vor, dass Sie gegen solche Mörder vorgehen?«

»Tja …«

Glaubte sie tatsächlich, dass er zwischen dem einen und anderen entlaufenen Kätzchen Mordfälle löste? Er blickte die Straße hinab, auf das rote Laub der Buchen und Kastanien und auf die Kinder, die in Scharen von der Schule nach Hause liefen.

»Vielleicht könnten Sie der Polizei helfen, den Sofakiller zu finden!«

Mit ihrem bauschigen weißen Haar erschien Signora Noemi ihm immer mehr wie eine helvetische Version von Miss Marple. Contini versicherte, dass er weder irgendetwas von der Geschichte wisse noch das geringste Interesse daran habe. Der

Tag sei viel zu schön, um ihn durch Gedanken an einen Serienmörder zu trüben.

»Es ist das letzte bisschen Sonne im Jahr, das muss man genießen …«

Erneut ließ er den Blick über die Zeitungsüberschriften schweifen. Nicht einmal unter Aufbietung aller Fantasie hätte er sich vorstellen können, in nicht allzu ferner Zukunft in diese gewaltsamen Todesfälle verwickelt zu werden. Im Übrigen beflügelte die träge Nachmittagssonne die Fantasie nicht gerade, sondern lud dazu ein, sich zurückzulehnen und Signora Noemi um ein weiteres Tässchen Tee zu bitten.

1

Cherokee

Gegen zwei verließ Johnny Fontana das Lokal. Die Musik wurde zu einem Murmeln, gleich einem Bach am Straßenrand. Johnny überquerte den Parkplatz und steuerte auf eine dunkle Ecke zu. Am Himmel, zwischen den Wolken, schimmerten ein paar Sterne. Johnny überlegte, wieso die Sterne eigentlich im Herbst kleiner und weiter entfernt wirken.

Er zündete sich eine Zigarette an. Ein Auto kam vorbei, dann verstummten für einen Augenblick alle Geräusche. Johnny hatte das Gefühl, ganz allein auf der Welt zu sein: der letzte Überlebende. Es gab nur ihn und die paar stecknadelkopfkleinen Sterne.

Johnny Fontana war Saxophonist bei den Blue Diamonds. Der Name der Band war sonderbar – aber im Grunde war alles sonderbar. Nicht, dass er sich beschwerte. Im Gegenteil, ihm gefiel das Reisen, ihm gefielen die Atmosphäre in den Lokalen und das Gefühl, dass die Finger wie von selbst über die Klappen wanderten, denn inzwischen war ihm das gesamte Repertoire in Fleisch und Blut übergegangen. Abgesehen davon war auch »Johnny Fontana« ein seltsamer Name.

Was geschah in diesem Augenblick? Was ließ den ersten Verdacht aufkommen? Vielleicht das Zuschlagen einer Tür oder der Widerhall von Schritten auf dem Asphalt. Sehen konnte Johnny jedenfalls nichts. Dennoch hatte er das Gefühl, nicht allein zu sein. Die verglimmende Zigarette, der Impuls, sich das Hemd zuzuknöpfen, die Suche nach einem Abfalleimer … Da war jemand, irgendwo in seiner Nähe, jemand, dem keine Bewegung entging.

Paranoia? Johnny verkniff sich eine weitere Zigarette und ging wieder hinein. Vielleicht hatte er die letzten Nächte einfach zu wenig geschlafen.

Conrad und Lello, am Bass und am Schlagzeug, gaben sich gerade dem langsamen Groove einer Ballade hin. Dazu Max, dessen Finger über die Klaviertasten glitten. Zwischen den einzelnen Akkorden fand Pins Trompete genügend Raum, sich einzubringen, zart, etwas zu zart, wie ein gerade erwachter Chet Baker. *My Funny Valentine.* Bei dem Tempo würde der Song mindestens weitere fünf Minuten dauern. Zumal Pin keine Anstalten machte, sein Solo zu beenden, sondern im Gegenteil zu einer neuen Runde ansetzte. Johnny nahm das Saxophon, befeuchtete das Rohrblatt und ließ leise, ganz leise, ein paar Töne erklingen, um Pin zu verstehen zu geben, dass er nicht mehr allein in der Wüste unterwegs war.

Es war ein Lokal, wie es sie früher haufenweise gegeben hatte, versteckt zwischen Zapfsäulen und Lagerhallen. In diesem Niemandsland unweit des Autobahnzubringers kamen die unverbesserlichen Liebhaber der Livemusik zusammen. Hinter der Theke reihten sich, gut sichtbar, Flaschen mit irischem Whisky aneinander: Jameson, Bushmills, Connemara.

Johnny überließ Max den Solopart. Vor der Bühne erkannte man Männer und Frauen mittleren Alters, ein paar Jüngere mit zerknittertem Hemd und schwerem Brillengestell, die gebannt jedem Ton folgten. Johnny ließ den Blick von einem Gesicht zum nächsten wandern und versuchte, die innere Unruhe zu bezähmen.

Cherokee. Einfach so, ohne Vorankündigung. Zu schnell.

Johnny gab Lello und Conrad ein Zeichen, langsamer zu werden, dann setzte er mit dem Thema ein. Langgezogene Töne: E, G, A und danach der Abwärtslauf vom hohen C zum A, in Anlehnung an die Melodie der 30er-Jahre.

Ein Song, den Johnny in seiner Vorstellung mit der Farbe Ziegelrot verband. Nach sechzehn Takten zog das Tempo an: Feuerrot. Johnny war nun fest eingebunden in ein Gerüst aus Akkorden und nicht länger empfänglich für Ablenkungen. Daher sah er den Mann nicht kommen und allein, mit einem Whisky, in der ersten Reihe Platz nehmen.

Doch trotz des schwungvollen Solos traf Johnnys Blick irgendwann den des Mannes. Er brauchte diesen Blick nicht zu suchen: Er hatte auf ihn gewartet, im Halbdunkel gelauert. Der Kerl war seinetwegen da, dessen war Johnny sicher. Trotz der stickigen Luft spürte er, wie es ihm eiskalt den Rücken herunterlief. Er durfte nicht zulassen, dass man ihn entdeckte. Es waren erst ein paar Wochen vergangen, aber er hatte es geschafft, alle Spuren seines alten Lebens zu vernichten.

Und jetzt, mitten während eines Konzerts, dieser Blick.

2

Das letzte Solo

Im treibenden Rhythmus von *Cherokee* zerstoben Johnnys Gedanken in tausend Richtungen. Was tun? Sich dem Mann stellen? Nein, vollkommen abwegig… Vielleicht konnte er durch den Hintereingang entkommen.

Die Snare Drum sagte ihm, dass es Zeit war, das Thema wieder aufzugreifen.

Sobald sie *Cherokee* beendeten, wollte er von der Bühne verschwinden. Doch Max ließ ihm keine Zeit zum Atmen und rief *Ev'ry Time We Say Goodbye*, wobei er sofort mit dem eingängigen Refrain einsetzte. Johnny versuchte, sich zu konzentrieren, beim Spielen an den Text zu denken, wie sein Lehrer es ihm beigebracht hatte. *Ev'ry time we say goodbye, I die a little, ev'ry time we say goodbye, I wonder why a little.* Wie hatten sie ihn bloß gefunden? Reglos saß der Mann da, den Whisky zwischen den Händen. Er musste fliehen, und zwar gleich. *Ev'ry single time we say goodbye…*

Während Pins Solo legte Johnny das Saxophon auf den Hocker und entfernte sich. Wenn er es schaffte, durch das Toilettenfenster zu entwischen… Er bemühte sich, Ruhe zu bewahren, den Atem unter Kontrolle zu halten. Er dachte an die Worte seines Lehrers: Es mag schwierig erscheinen, aber eigentlich muss man einfach nur alle Töne spielen, einen nach dem andern.

Einen Ton nach dem andern …

Er legte den Riegel um, mit dem das Fenster verschlossen war, und zog es auf.

»Herr Balmelli?«

Johnny Fontana erstarrte.

»Herr Balmelli, darf ich Sie zu einem Whisky einladen?«

Johnny wandte sich um. Der Mann lächelte ihm zu und streckte ihm die Hand entgegen. Er hatte ein kantiges Gesicht und zwei helle, unschuldige Augen.

»Wer sind Sie?«

»Contini mein Name.«

Johnny schüttelte ihm mechanisch die Hand. Dann zog er die seine zurück und fragte: »Was wollen Sie von mir?«

»Ich will gar nichts«, erwiderte der Mann. »Wer etwas will, das sind Ihr Bruder, Ihre Verwandten, Ihre Angestellten und, um ehrlich zu sein, auch Ihre ehemalige Verlobte, mit der ich gesprochen habe … streng vertraulich, versteht sich, und die mir erzählt hat …«

»Schon gut, habe verstanden«, unterbrach ihn Johnny.

Einen Moment lang spielte er mit dem Gedanken zu schreien, Widerstand zu leisten. Doch dann wurde ihm bewusst, dass er sich, mit vierzig Jahren, im Klo eines Nachtlokals befand, Kilometer weit weg von daheim, zusammen mit einem … einem …

»Sind Sie Detektiv?«

Contini nickte. »Ich komme aus der Schweiz. Genau wie Sie.«

Johnny schloss die Augen, dann öffnete er sie langsam wieder. Contini war immer noch da. Aus dem Lokal drang der grelle Klang der Trompete.

»Sie wollen mich auf einen Whisky einladen?«

Sie nahmen hinten Platz, weit entfernt von der Bühne.

Unter Pins Leitung spielten die Blue Diamonds *Autumn Leaves.* Contini zündete die Kerze an, die auf dem Tisch stand.

»Ich nehme an, ich soll nach Hause kommen …«

»Alle sind auf der Suche nach Ihnen, Herr Balmelli.«

Mario Balmelli dachte an sein Leben, an das Möbelgeschäft, an die Stunden, die er mit Kunden im Warenhaus oder mit Lieferanten am Telefon verbracht hatte. Er dachte auch an die geheimen Stunden: das Üben von Tonleitern, von Patterns, das Auswendiglernen der Soli von Parker und Coltrane, die Suche nach einer persönlichen Note.

»Und wenn ich nicht zurück möchte?«

Contini nahm einen Schluck Whisky.

»Niemand kann Sie dazu zwingen, Herr Balmelli. Allerdings gibt es ein Problem.«

Der Kerzenglanz spiegelte sich in Continis Augen, sie wirkten beinahe transparent. Doch dahinter verbarg sich eine Unbeugsamkeit, die Balmelli erst jetzt bemerkte. Der Detektiv nannte lediglich einen Namen: »Amedeo Crespi.«

Dann schwieg er und wartete auf eine Reaktion. Balmelli wurde nervös.

»Und?«

»Er ist Ihr Buchhalter, richtig?«

»Ja, aber …«

»Wann haben Sie ihn das letzte Mal gesehen?«

»Ich weiß nicht, ich … Was ist passiert?«

»Jemand hat ihn umgebracht.«

»Wer?«

»Vielleicht der, den die Zeitungen den ›Sofakiller‹ nennen.«

Max kündigte *Alice in Wonderland* in der Version von Brubeck und Desmond an: einen Song der Farbe Gelb. Balmelli schwieg einen Augenblick, dann sagte er: »Lassen Sie mich wenigstens das mitspielen.«

Contini nickte kurz in Richtung Bühne.

An diesem Abend setzten Johnny Fontana und Mario Balmelli gleichzeitig ein und dasselbe Instrument an die Lippen.

Im Halbdunkel nippte Contini an seinem Jameson, während der Saxophonist ein schnörkelloses Solo lieferte. Die Kenner unter den Zuhörern schätzten die Einfachheit der Melodie. Contini seinerseits glaubte hinter den langgezogenen Tönen und langsamen Phrasen eine merkwürdige Bedrängnis zu spüren, als verabschiede Balmelli sich von jemandem oder als habe er Angst. Aber das ging ihn nichts an. Er hatte Balmelli aufgespürt, so wie er das Kätzchen von Signora Noemi aufgespürt hatte, und Letzteres schien ihm im Grunde leichter zur Heimkehr zu bewegen gewesen. So weit, so gut.

Der Rest war nicht seine Sache.

3

Der Sofakiller

Mit dem Honorar der Familie Balmelli beglich Contini ein paar Schulden und kaufte sich einen Anrufbeantworter. Auf diese Weise konnte er auch in den Wäldern von Corvesco mit seinem Büro in Paradiso, unweit von Lugano, sowie mit der übrigen weiten Welt rings um die Schweizer Berge in Verbindung bleiben.

Contini fühlte sich wohl inmitten der Berge. Er drückte sich um ein paar heikle Jobs – Ehepartnerüberwachung – und beschränkte sich darauf, wegen einiger Diebstähle in einem Sportstudio Ermittlungen anzustellen. Natürlich musste er sich, um nicht aufzufallen, dort anmelden und ein Muskelaufbauprogramm belegen, und es dauerte nicht lange, bis er Laufbänder verabscheute. Dank der Gespräche, die er in der Sauna aufschnappte, und entsprechender nächtlicher Überwachungsmaßnahmen bekam er jedoch heraus, wo die Videoüberwachungskameras versagt hatten. Tatsächlich war der Dieb, der seit Monaten im Studio trainierte, derjenige, der die Videokameras höchstpersönlich installiert hatte.

Das verbesserte Continis Verhältnis zur Technik nicht gerade. Seine Kollegen lagen ihm ständig in den Ohren: Du musst mit der Zeit gehen, schau dir mal diese Website an, komm doch mit auf jene Messe, lern mit einem Smartphone umzugehen. Er tat sein Möglichstes und hatte sich unter falschem Namen sogar einen Account in irgendeinem sozialen Netzwerk zugelegt, aber eigentlich mied er Apparate lieber.

»Und was ist mit dem Fotoapparat?«, wollte Francesca wissen.

»Der zählt nicht», erwiderte er.

»Warum nicht?«

»Weil … na ja, weil ich ihn zumindest nicht zum Telefonieren benutze.«

»Und was willst du damit sagen?«

»Damit will ich sagen, dass er etwas ganz Normales ist: Er erfüllt seinen Zweck und lässt einen ansonsten in Ruhe.«

Francesca lächelte. »Das stimmt allerdings.«

Contini hasste Apparate, die klingeln und in Gestalt von Bildern, Videos oder Updates ihre Tentakel ausstrecken konnten. Aber deshalb lebte er noch lange nicht hinterm Mond: Morgens, beim Durchblättern der Zeitung, verfolgte er das Hin und Her in Sachen Balmelli. Natürlich wurde in der Presse kein Name genannt – in der Schweiz respektiert man Namen –, doch zwischen den Zeilen wurde deutlich, dass der Unternehmer Probleme mit der Polizei bekommen hatte.

Francesca war an Continis vielschichtigen Charakter gewöhnt: Er war zuvorkommend, geistreich und eine treue Seele, zugleich aber auf unverbesserliche Weise unbeugsam. Als sie ihn über den Fall Balmelli grübeln sah, verzichtete sie daher auf Kommentare. Sie verfolgte lediglich die Meldungen, falls die Sache noch ein Nachspiel haben sollte.

Einige Zeit zuvor war in Como ein 68-jähriger Rentner namens Tommaso Prosperi in seiner Wohnung mit einem Genickschuss getötet worden. Der Mörder hatte seine Wut am Wohnzimmermobiliar ausgelassen. Allerdings hatte er es nicht etwa zertrümmert, sondern sorgfältig zerlegt und anschließend auf und um Prosperis Leichnam herum aufgestapelt. Um ihn herum türmten sich Regalbretter, Stuhlbeine, Sitzpolster und Sessellehnen. Der Mörder bekam daraufhin den Namen »Sofakiller«. Die Ermittler gingen zunächst von einem psychisch kranken Täter aus und konzentrierten ihre Suche auf das engere Umfeld des Opfers. Doch bereits eine Woche später titelten die Zeitungen: *Der Sofakiller schlägt erneut zu.*

Das zweite Opfer war Amedeo Crespi, Buchhalter bei der auf Inneneinrichtung spezialisierten Schweizer Firma Dolcecasa. In den Zeitungen hieß es, einer der Firmeninhaber habe alles hingeschmissen und sei seit einigen Wochen verschwunden, weshalb die Familie einen Privatdetektiv engagiert habe, um ihn aufzuspüren.

Zwei Morde also, und beide Male waren Möbel zerlegt worden. Das zweite Opfer war bei einer Möbelfirma angestellt gewesen, deren einer Teilhaber sich aus dem Staub gemacht hatte. Bei seiner Vernehmung hatte der Mann angegeben, nichts von der Angelegenheit zu wissen: Er wolle nur Saxophon spielen. Ein gefundenes Fressen für die Medien … Fernsehberichte, Indiskretionen, massenhaft reißerische Schlagzeilen in den Gratisblättern.

»Wahrscheinlich hatte er ein Alibi«, murmelte Contini.

Francesca musterte ihn amüsiert. Sie wusste, dass er rasch Zuneigung zu Menschen fasste, auch wenn er es nicht zugab. Manchmal traf er sich mit Leuten, die er nur flüchtig und aus welchem Grund auch immer kennengelernt hatte, und er hatte ein ganzes Netzwerk an merkwürdigen Bekannten, schrägen Freunden und Klienten, die nicht müde wurden, ihre Sorgen vor ihm auszubreiten.

»Warum rufst du ihn nicht an?«, fragte sie. »Vielleicht freut er sich.«

»Er hat schon genug am Hals.«

Seine Familie hatte die Flucht nicht gutgeheißen. Mario war

Junggeselle, sein Bruder dagegen seit einigen Jahren verheiratet. Alle waren besorgt, weil Mario auch Monate nach der Trennung von seiner Partnerin noch so in sich gekehrt wirkte. Doch Contini war keinem depressiven Menschen begegnet.

»Magst du noch ein Bier?«

»Nein danke, ich trinke ein bisschen bei dir mit.«

Sie saßen unter dem Verandadach. Es war bereits kühl, aber sie hatten die Angewohnheit, selbst im Herbst jeden Abend draußen zu sitzen und die Lichter von Corvesco zu betrachten, das Tal und die wenigen Autos, die sich die Straße hinaufschoben.

Eine Weile lang schwiegen sie. Dann fragte Francesca: »Mit dem Sportstudio hast du abgeschlossen?«

»Ich würde mal sagen, ja.«

»Schade. Diese Übungen waren nicht schlecht für dich!«

Contini durchbohrte sie mit dem Blick.

»Vielleicht könntest du ein bisschen weitermachen. Dann …«

»Ich habe keine Lust …«

»… würdest du in Form bleiben. Außerdem ist das angeblich gut gegen Stress.«

»… irgendein Risiko einzugehen.«

»Risiko?«

»Bei meinem Job müsste ich, wenn ich muskulöser würde, am Ende eine Kampfkunst erlernen. Du wirst es kaum glauben, aber das Geheimnis liegt darin, schwach zu bleiben.«

Francesca musterte ihn im Dämmerlicht. Selbst nach Jahren einer mehr oder weniger stürmischen Beziehung schaffte sie es nicht, sicher zu unterscheiden, wann Contini etwas ernst meinte und wann er scherzte. Und manchmal – dessen war sie sich sicher – wusste er selbst es nicht so genau.

Später durchforsteten sie die Speisekammer und bereiteten einen Safranrisotto zu. Während des Essens schlug Francesca vor, sie könnten eine Kurzreise unternehmen, um die Geschichte mit dem Sportstudio zu feiern, aber Contini reagierte ausweichend. Er erklärte, er wolle noch vor Einbruch des Winters die Füchse fotografieren, da sie bei Schnee möglicherweise ihren Bau wechselten.

Sie erhob keine Einwände. Sie war eine geduldige Frau.

»Na schön, warten wir die Füchse ab.«

»Es wird nicht mehr lange dauern.«

»Wollen wir's hoffen. Wenn du sie zu Gesicht bekommst, leg ein gutes Wort für mich ein.«

Contini lächelte und schenkte ihr ein Glas Merlot ein.

Nach dem Abendessen kehrte Francesca nach Locarno zurück. Sie musste noch einen Stapel Klausuren von Schülern eines ihrer Oberstufenkurse korrigieren. Contini hatte hingegen nichts zu korrigieren und war auch nicht müde. Er drehte eine Runde durch den Wald, füllte den Futternapf für die Katze und nahm noch einmal unter dem Verandadach Platz, um eine seiner täglichen drei Zigaretten zu rauchen.

Irgendwann fiel ihm ein, er könnte seinen neuen Anrufbeantworter abhören, und damit kam alles ins Rollen. Es war nur eine einzige Nachricht aufgezeichnet, und die erschien ihm im ersten Augenblick absurd. Erst als er die Stimme auf dem Band zum dritten Mal abspielte, wurde ihm klar, dass der Fall Balmelli mit jenem letzten Solo noch nicht zum Abschluss gekommen war.

4

Dolcecasa

Es war ein klarer Tag.

Klar und glatt die kaum bewegte Oberfläche des Sees, klar der wolkenlose Himmel und das Sonnenlicht, das die Fensterscheiben in Paradiso zum Glitzern brachte, klar und glatt die sorgfältig rasierten und mit Kölnisch Wasser betupften Wangen Mario Balmellis, und glatt – wenn auch vielleicht nicht ganz so zart und wohlgepflegt – die Wangen von Contini, der als waschechter Privatdetektiv nun einmal ein eher rauer Geselle war.

»Ich habe nicht damit gerechnet, Sie hier zu sehen«, sagte der raue Geselle.

»Warum nicht?«

»Vor zwei Monaten saß Ihr Bruder in diesem Büro. Sie hatten alles hingeschmissen, wollten von Arbeit und Familie nichts mehr wissen.«

Pause. Balmelli schien verlegen und dennoch bereit, die Karten auf den Tisch zu legen.

»Ich habe es gewagt. Ich wollte mich als Musiker versuchen.«

»Aber warum heimlich? Warum unter falschem Namen?«

»Weil ich sonst als sentimentaler Vierzigjähriger gegolten hätte, der mit Freunden im Keller herumklimpert. Wenn ich etwas mache, dann richtig.«

Contini sah ihn an. »Das heißt also, dass Sie jetzt, da Sie zurückgekehrt sind …«

»Jetzt will ich herausfinden, was hier vor sich geht.«

Schweigen. Diesmal war es eine Kunstpause. Balmelli senkte die Stimme, schaute seinem Gegenüber in die Augen und sagte: »Wir stehen vor der Pleite.«

Dolcecasa war mehr als nur eine Firma, es war ein Familienunternehmen mit Tradition, eine Marke, eine Brücke zwischen den Generationen. Nach dem Optimismus der Großväter in den 1960er-Jahren und dem Wohlstand der Väter trafen nun die soeben im einundzwanzigsten Jahrhundert gelandeten Enkel auf die lähmende Kälte der Krise.

»Vor ein paar Jahren sind wir noch einmal gerade so davongekommen«, erklärte Balmelli. »Das Insolvenzverfahren war schon eingeleitet, und dann wurde uns doch noch Aufschub gewährt.«

Um die Firma hatte sich in erster Linie Giorgio gekümmert. Mario war Designer, aber mit Beginn der ersten Finanzkrise hatte er das Interesse am Geschäft verloren. Jetzt, nach Crespis Tod, hatte er Angst.

»Angst wovor?«

»Angst, dass irgendjemand uns reinreiten will.«

»Meinen Sie die Person, die Crespi umgebracht hat?«

»Es ist nicht nur das. Ich war zwar tatsächlich eine Weile nicht da … aber mir sind Sachen zu Ohren gekommen, Beschwerden. Ich möchte nicht, dass …«

Eine weitere Pause: Balmelli hatte den Faden verloren. Contini half nach: »Von wem denn Beschwerden?«

»Von Kunden, Kollegen, Auszubildenden. Aber … ich weiß auch nicht, niemand redet Klartext.«

Er hatte den Eindruck, dass jemand ein schmutziges Spiel trieb, aber er hatte keine Beweise. Einzig sicher war, dass die

Unternehmensführung ein weiteres Mal in den Händen des Konkursamtes zu landen drohte. Giorgio schien nicht in der Lage, darauf zu reagieren.

»Er ist am Boden zerstört… und ich fühle mich schuldig.«

»Wegen der Flucht?«

»Weil ich ihn im Stich gelassen habe.«

Contini sah durchs Fenster hinaus auf den See und den Monte Brè. Ein Teil von ihm sagte: Lass die Finger von der Geschichte. Ein anderer Teil jedoch war neugierig. Und ein dritter, nüchternerer Teil fragte: Wer bezahlt mich, wenn sie pleitegehen? Erneut richtete er den Blick auf Balmelli und fragte rundheraus, was genau er von ihm wolle.

»Wenn Sie intern ermitteln könnten… die Gründe für den Konkurs, die Firmenleitung… Es gibt Dinge, von denen auch mein Bruder nichts weiß. Ich würde es ja selbst machen, aber noch stehe ich zu sehr im Kreuzfeuer, wegen dieser Geschichte mit dem Serienmörder.«

»Haben Sie die Musik an den Nagel gehängt?«

Balmellis Miene verfinsterte sich. »Das tut vorläufig nichts zur Sache. Ich will nur herausfinden, ob uns jemand reingeritten hat… und auch, warum Crespi tot ist.«

»Aha.«

»Wie bitte?«

»Ich sagte: Aha. Über die Unternehmensprüfung hinaus schlagen Sie mir also die Untersuchung eines Mordfalls vor.«

»Nicht ganz, aber…«

»Wissen Sie, dass ich gar nicht die Mittel dazu habe? Ich könnte einen Ihrer Kollegen beschatten und mich im Konkursamt umhören, aber mehr ist nicht drin. Was wollen Sie? Die Jagd auf einen Serienmörder?«

Pause. Wieder eine Kunstpause? Verlegenheit? Oder Nachdenklichkeit? Contini war sich nicht sicher. Schließlich erwiderte Balmelli: »Ich will nur die Wahrheit.«

»Hm. Mehr nicht? Ganz sicher?«

5

Betreibungs- und Konkursamt

In Bellinzona liegt alles dicht beieinander: Gemeindeverwaltung und Theater, florierende Einkaufszentren und die finsteren Büroräume des Betreibungs- und Konkursamtes. Wobei die Räume eigentlich nur in der Vorstellung finster scheinen, denn in Wahrheit sind sie so freundlich, wie es staatliche Behörden nur sein können: Teppichboden, ergonomische Stühle, beruhigendes Druckerbrummen.

Am Empfang eine Frau um die fünfundzwanzig. Stark geschminkt, Metallohrringe, Nasenpiercing und Tattoos, die unterm Blusenärmel durchschimmerten. Nicht gerade das, was man sich unter der klassischen Angestellten eines Konkursamts vorstellte. Aber wie hätte die auch sein sollen? Traurig, zurückhaltend und in Schwarz gekleidet? Die junge Frau trug ein enges Kleid, das ihre Kurven zur Geltung brachte. Contini stellte sich als Privatdetektiv vor.

»Detektiv«, erwiderte sie freundlich. »Verstehe. Sind Sie zum ersten Mal von einer Pleite bedroht?«

»Nein, eigentlich nicht. Das kommt ehrlich gesagt öfter vor.«

Die Frau presste die Lippen zusammen. Ironie war sie nicht gewohnt. Mit all ihren Tattoos gehörte sie sicher zu jenen Büroangestellten, die von ihrem Chef genauestens im Auge behalten werden, aber offensichtlich erledigte sie ihre Arbeit mit unerbittlichem Ernst.

»Offiziell bin ich noch nicht pleite«, erklärte Contini. »Aber es steht zu befürchten. Ich bin gekommen, um ein paar Informationen einzuholen.«

»Sind Sie bereits gepfändet worden?«

»Gott sei Dank noch nicht.«

»Darf ich fragen, ob ein Verfahren gegen Sie läuft?«

Die Frau mit den Tattoos hieß Lisa Macchi, und sie erklärte Contini, dass das Amt ohne ein Verfahren nicht einschreite. An diesem Punkt erschien eine Kollegin. Contini verteilte Visitenkarten, schüttelte den Kopf, seufzte und runzelte sorgenvoll die Stirn.

»Wenn es nur alle so machen würden wie Sie«, rief die Kollegin, die sich Veronica Molina nannte und um die fünfundvierzig war. »Die meisten kommen erst zu uns, wenn es zu spät ist.«

»Ja«, antwortete Contini, »ich habe einen Freund, dem es so ergangen ist. Der Ärmste. Er heißt Mario Balmelli, ich weiß nicht, ob er bei Ihnen war ...«

Wie zu erwarten gewesen, flackerte in den Augen der Angestellten leises Misstrauen auf. So dumm waren sie hier im Amt nicht, dass sie freundschaftlich mit einem Detektiv plauderten. Aber bisher hatte Contini ja noch keine Frage gestellt. Veronica Molina sagte lediglich: »Natürlich, verstehe, das ist keine schöne Situation ...«

Mit einer Handbewegung schickte sie Lisa Macchi ins Hinterzimmer: Die junge Frau war offensichtlich das fünfte Rad am Wagen.

Dann ergriff die ältere Angestellte erneut das Wort: »Wenn Sie weiter nichts wünschen ...«

Contini beschloss, einen Vorstoß zu wagen.

»Dieser Freund, von dem ich gesprochen habe, dieser Balmelli ...«

»Ja?« Die Stimme wurde frostig.

»Ich dachte, ich könnte ihm vielleicht irgendwie helfen.«

»Ihm helfen?«

Es war nichts Dramatisches geschehen. Und rasch schien alles wieder im Lot. Aber flüchtig hatte Contini etwas bemerkt. Was? Er hätte es selbst nicht zu sagen vermocht. Anders als Abhöraktionen und Überwachungskameras lassen sich Intuitionen nicht für offizielle Berichte verwerten. Dennoch sind sie von Nutzen.

»Sie wünschen?«, fragte ein Mittfünfziger in Anzug und Krawatte, der aus dem Nichts neben dem Empfangsschalter aufgetaucht war.

»Wir sprachen über den Fall Balmelli«, beeilte sich Contini zu erklären.

»Arbeiten Sie für Dolcecasa?«

»Contini mein Name. Sind Sie hier der Chef?«

»Alberto Geronzi. Aber ich befasse mich nicht direkt mit dem Fall. Kommen Sie im Auftrag von Herrn Balmelli?

»Ich bin ein Freund.«

»Ein Freund?«

»Gewissermaßen. Eigentlich eher ein Bekannter. Ich war gerade in der Nähe ...«

»Grade in der Nähe?«

Geronzis Miene wurde immer finsterer. Veronica Molina sagte: »Herr Contini hat mit Lisa gesprochen, er war ohnehin im Begriff zu gehen.«

Wie lange dauerte das Schweigen? Höchstens drei Sekunden. Geronzi, der Chef, starrte die Angestellte an. Sie erwiderte den Blick, schien sich aber unwohl zu fühlen. Dann begleitete er Contini wortlos zur Tür.

Vielleicht hatte er sich alles eingebildet: das Spiel mit den Blicken, die Verlegenheit. Das Schweigen hatte nur Sekunden gedauert, aber Contini fühlte sich an den Augenblick der Stille erinnert, der nach einem Blitzschlag aus heiterem Himmel dem Donner vorausgeht.

6

Happy Hour

Contini kam zum richtigen Zeitpunkt an dem Schaufenster vorbei.

In einer der Straßen im Zentrum Bellinzonas, nicht weit vom Rathaus, bot Dolcecasa den Passanten die Vision eines Esstisches dar: hell gemasertes Holz, dazu verchromte Stühle mit roten Polstern. Es war, als betrachte man ein wildes Tier im Käfig: Außerhalb des häuslichen Rahmens wirkte der Esstisch seltsam fehl am Platz.

»Gefällt er Ihnen?«, fragte die Stimme von Mario Balmelli.

»Er sieht merkwürdig aus«, erwiderte Contini.

»Das ist der Schaufenstereffekt. Alles wirkt merkwürdig, sobald man es zur Schau stellt.«

Um diese Uhrzeit strömten aus den Verwaltungsgebäuden scharenweise Angestellte, die sich zwischen Arbeits- und Familienalltag gern ein Gläschen genehmigten. Contini ließ sich in die *Bar Charlie* führen. Während sie auf ihr Bier warteten, wollte er von Balmelli wissen, ob der Schaufenstereffekt auch auf Menschen übertragbar sei.

Balmelli senkte den Blick. »Anscheinend weiß in diesem verdammten Kanton jeder alles über jeden.«

»Nicht unbedingt. Ansonsten hätte jemand wie ich keine Arbeit, meinen Sie nicht?«

»Es gibt in diesem Land jedenfalls haufenweise Klatschmäuler. Und dann sind da noch die Polizei und die Journalisten ...«

»Die sind tatsächlich Klatschmäuler. Aber immerhin hat die Polizei Sie laufen lassen.«

»Zum Zeitpunkt des Mordes an Crespi habe ich in einem Turiner Club gespielt.«

»Konnten Sie das beweisen?«

»Ich glaube schon, vielleicht haben sie mein Handy überprüft, was weiß ich? Sie haben sich mir gegenüber nicht mehr dazu geäußert, und ich habe mit niemandem darüber gesprochen.«

»Und der erste Mord?«

»Prosperi? Den kannte ich nicht einmal.«

»Laut Presse hat er bis zur Rente die Personalabteilung eines Handelsunternehmens mit Sitz in Como geleitet, einer großen Firma, die hauptsächlich in der Lebensmittelbranche tätig ist.«

Balmelli schüttelte den Kopf. »Ich habe ihn nicht gekannt.«

»Erinnern Sie sich nicht, dass von dem Mord die Rede war?«

»Auch zu der Zeit war ich auf Tournee. Warum fragen Sie?«

»Um herauszufinden, wie tief Sie in Schwierigkeiten stecken.«

Balmelli sah ihn an. Ringsum das Gemurmel der anderen Gäste, vereinzeltes Gelächter: Es herrschte eine lockere, vertrauliche Atmosphäre. Die *Bar Charlie* war der Versuch, einem alten Lokal Modernität zu verleihen. Geblieben waren die Theke mit den hohen Barhockern und die Regale voller Flaschen. Es gab jedoch auch kleine Samtsessel und niedrige, orientalisch anmutende Tischchen, dazu gedämpftes Licht, das durch farbige Spotlights in den Ecken erzeugt wurde. Balmelli sah aus dem Fenster, die Stirn von einer tiefen, vertikalen Falte zerfurcht.

Nachdem die Biere gebracht waren, machte er sich Luft: »Amedeo Crespi hat lange Jahre für uns gearbeitet, und wenn man dann erfährt, dass ihm jemand in den Kopf geschossen hat, bei ihm daheim, dass sein Wohnzimmer verwüstet worden ist, ohne Grund … es war ein Schock. Und dann ruft auch noch mein Bruder an und teilt mir mit, dass wir pleitegehen!«

Contini hakte nicht nach. Er fragte lediglich: »Sind Sie sicher, dass Ihr Buchhalter ohne Grund erschossen worden ist?«

Die vertikale Furche auf Balmellis Stirn vertiefte sich.

»Auf jeden Fall … es ist derselbe Modus Operandi wie bei dem Mord an Prosperi, und die beiden standen nicht in Verbindung, sie haben einander nicht gekannt.«

Modus Operandi. Die Leute schauten zu viele Fernsehfilme, das war das Problem. Contini wechselte das Thema. »Ich habe mit ein paar Angestellten im Konkursamt gesprochen.«

Balmelli reagierte nicht. Doch die Falte schien noch tiefer zu werden.

»Sie kamen mir nervös vor«, fuhr Contini fort. »Als seien sie wegen irgendetwas beunruhigt. Vielleicht gibt es bürokratische Schwierigkeiten. «

Balmelli hörte nicht zu. Sein Blick war auf die einige Meter entfernte Theke geheftet. Contini wandte sich um und erkannte die beiden Damen vom Konkursamt: Lisa Macchi und Veronica Molina.

»Da sind sie ja!«, sagte er.

Balmelli sah ihn verständnislos an.

»Die Angestellten aus dem Konkursamt.«

»Was wollen die hier?«, flüsterte Balmelli.

»Das ist bestimmt Zufall«, meinte Contini. »Wollen wir zu ihnen?«

»Ich weiß nicht, ob sie wissen, dass wir …«

»In diesem Land gibt es haufenweise Klatschmäuler, oder? Zu tun, als hätten wir sie nicht gesehen, wäre schlimmer.«

Contini trat, gefolgt von einem verlegenen Balmelli, an die Theke. Das Ganze schien wie ein Annäherungsversuch. – Stören wir? Ich habe Sie gerade entdeckt … welch Zufall! Darf ich mich setzen? – Dabei war das einzig Gemeinsame zwischen ihnen, dass sie mit einer drohenden Firmenpleite befasst waren.

»Wir kennen uns bereits«, sagte Veronica Molina an Balmelli gewandt, als verkünde sie ihm ein Unheil. Er stammelte etwas, und Lisa Macchi erklärte: »Als Ihre Firma das erste Mal beinahe pleitegegangen ist, hat sie sich darum gekümmert. Diesmal ist es mein Fall, ich habe Ihren Bruder schon getroffen.«

»Ah, verstehe«, sagte Balmelli, »und Sie sind …«

»Lisa«, erwiderte die junge Frau. »Freut mich, Sie kennenzulernen. Wir sind uns noch nicht begegnet, Herr Balmelli, aber ich habe schon von Ihnen gehört.«

»Tatsächlich?« Balmelli wurde immer verlegener.

Contini beobachtete das Ganze schweigend, eine Kunst, in der er Meister war.

»Ja«, sagte Lisa, »durch Ihren Bruder. Um ehrlich zu sein: Das mit dem Saxophon und der Flucht … Sie werden mich für verrückt halten, aber ich fand das echt cool!«

Balmelli schwieg. Die Furche war inzwischen zum tiefen Spalt geworden.

Contini mischte sich ein: »Sind Sie auf einen Aperitif hier?«

»Wir wollten gerade gehen«, antwortete Veronica.

Barhocker wurden über den Boden geschoben, erneut unbeholfenes Lachen. Balmelli reichte Lisa eine Visitenkarte.

»Kümmern Sie sich auch um die Geschäftsführung?«, wollte die junge Frau wissen.

»Ja, obwohl…«, begann Balmelli. Aber Veronica zog ihre Kollegin bereits zur Tür.

In diesem Augenblick erschien ein Kellner, erkennbar an dem Shirt mit der Aufschrift BAR CHARLIE.

»Darf ich Sie stören?« Er war um die dreißig, ein Mann mit herzlichem Lächeln. »Ich kenne Ihren Bruder, Herr Balmelli, und es tut mir sehr leid, was da Schreckliches passiert ist. Auch Herr Crespi war hin und wieder hier.«

»Ah«, erwiderte Balmelli. »Danke.«

Er sah Contini an, als wollte er sagen: Das ist besagter Schaufenstereffekt.

»Ich bin Charlie… der Barbesitzer«, stellte sich der Mann vor. »Wobei ich gar nicht Charlie heiße, sondern Lucas. Und ich bin auch gar nicht mehr der Besitzer… das heißt, eigentlich doch, aber… egal! Ich kenne die Damen, mit denen ihr euch unterhalten habt.«

Der Barkeeper lächelte erneut und breitete die Arme aus. Nun begriff Contini.

»Wollen Sie andeuten, dass auch Sie…«

»Es sind schwere Zeiten. Darf ich Ihnen etwas anbieten?«

Balmelli sah ihn verwundert an.

»Er kämpft darum, nicht pleitezugehen«, erklärte ihm Contini. »Auch er.«

Der Barkeeper legte zwei Filzuntersetzer auf den Tisch und wiederholte: »Schwere Zeiten. Aber solange wir existieren, gibt es Hoffnung… Darf ich Ihnen ein Bier bringen?«

Er hatte eine abgehackte Art zu sprechen, so als sei er nicht ganz mit dem Italienischen vertraut. Vielleicht war er slawischer Muttersprachler. Contini stellte sich eine Einwandererfamilie vor. Nach jahrelanger Anstrengung hatten sie sich endlich etwas aufgebaut, und dann war prompt die Krise gekommen: Der Kampf hatte begonnen, als der Erfolg in greifbarer Nähe gelegen hatte. Er sah sich um: In diesem Augenblick wirkte das Lokal nicht so, als stünde es kurz vor der Pleite, aber vermutlich genügte die Happy Hour nicht, um den Laden am Laufen zu halten.

Seit der junge Barkeeper ihn erkannt hatte, war Balmellis Miene noch finsterer geworden. Der Schaufenstereffekt war in der Tat bemerkenswert ... und das, obwohl die Presse nicht einmal seinen Namen erwähnt hatte.

»Kopf hoch«, ermunterte ihn Contini. »Bald werden Sie Ihr gewohntes Leben wieder aufnehmen können.«

»Sonny Rollins.«

»Wie bitte?«

»Dieser Sound. Es ist das Saxophon von Sonny Rollins. *I'm an Old Cowhand.*«

Charlie-Lucas winkte ihnen von Weitem zu. Er deutete eine Geste des Zuhörens an. Inmitten des allgemeinen Stimmengewirrs wanderte der raue Klang eines Tenorsaxophons von Bass und Schlagzeug begleitet die Tonleiter hinauf und hinunter.

»Er hat es Ihnen zu Ehren aufgelegt ...«, bemerkte Contini.

»Ja.« Balmelli leerte sein Glas. »Das nennt man die Solidarität der Gescheiterten.«

7

Familienunternehmen

Weshalb?

Niemand wagte sie allzu laut zu äußern. Doch die Frage lag in der Luft wie der durchdringende Geruch ausströmenden Gases. Weshalb? Die Polizei suchte fieberhaft nach Zusammenhängen, die Familie Balmelli war beunruhigt, ja selbst Contini, der sich nach Corvesco zurückgezogen hatte, fragte sich, weshalb der Mörder ausgerechnet Tommaso Prosperi und Amedeo Crespi heimgesucht hatte.

Weshalb? Auch die Journalisten zögerten nicht, sich diese Frage zu stellen, und sie waren die Einzigen, die sie laut stellten. Die abwegigsten Hypothesen fanden sich Seite an Seite mit vernünftigeren Überlegungen, und niemand war in der Lage, zwischen Spreu und Weizen zu unterscheiden. In solchen Fällen erkennt man die Wahrheit erst, wenn man auf sie gestoßen wird. Und selbst dann ist nichts sicher. So fuhr beispielsweise Anna Balmelli, nachdem sie den Umschlag geöffnet hatte, mechanisch fort, die Post zu sortieren: auf einen Stapel Werbung, auf einen anderen Rechnungen, auf einen dritten …

Moment mal.

Sie nahm den Brief erneut zur Hand: eine von unzähligen Bewerbungen um eine Stelle. Der übliche Kommunikationsexperte, der einen Job in der Marketingabteilung suchte. Normalerweise beschränkte Anna sich darauf zu antworten, dass sie gar keine Marketingabteilung hätten, doch diesmal erregte etwas ihre Aufmerksamkeit.

... mit Wohnsitz in Como, bin ich auf Ihr traditionsreiches Unternehmen durch Herrn Luciano Arnaboldi aufmerksam geworden, für den ich verschiedentlich gearbeitet habe. Herr Arnaboldi sowie zuvor Herr Prosperi haben mir mehrfach Zeitarbeitsverträge vermittelt ...

Anna starrte auf den Namen, als sei er mit Rotstift geschrieben oder trete dank eines 3D-Effektes aus dem übrigen Text hervor. *Herr Prosperi.* Obwohl allein im Büro, fühlte sie sich von tausend Augen beobachtet. *Herr Prosperi.*

Ihre erste Reaktion war ablehnend: Am besten, sie schmiss den Brief in den Papierkorb, als sei nichts geschehen. Doch gleich darauf wurde ihr klar, dass das nicht infrage kam. Anna ging ihrem Mann lediglich einmal die Woche zur Hand, sie schaffte Ordnung im Büro und erledigte die Post. Es stand ihr nicht zu, eine Entscheidung zu fällen. Aber sie war sicher, dass Dolcecasa nichts zu verbergen hatte.

»Mach dir keine Sorgen«, bekräftigte Giorgio einige Minuten später. »Wir haben weder im Keller eine Leiche noch in einem unserer Schränke ... wobei man da aufpassen muss, denn wer weiß, wie viele wir noch verkaufen!«

Raimondo Colucci, Leiter der Luganer Filiale, brach in Gelächter aus. Als Ehefrau hatte Anna diesen Satz bereits Dutzende Male gehört. Sie schürzte die Lippen und sagte mit sanfter Stimme: »Hoffentlich hast du recht ...«

»Wir haben steuerliche und arbeitsrechtliche Probleme«, erwiderte Giorgio. »Aber mit den Morden haben wir garantiert nichts zu tun!«

Die letzten Worte hatte er so klar und mit solcher Überzeugung gesprochen, dass sie in der Luft widerzuhallen schienen. Die drei sahen einander an, und Anna las in den Augen der beiden Männer dieselbe Unsicherheit wie bei sich selbst. Was geht hier bloß vor sich, dachte sie, wo sind wir da hineingeraten?

»Ich würde jedenfalls nicht zur Polizei gehen«, ergriff Giorgio erneut das Wort.

»Mhm«, stimmte Colucci zu. »Besser, wir vermeiden Unannehmlichkeiten.«

»Unannehmlichkeiten?« Anna traute ihren Ohren nicht. »Von was redet ihr?«

»Wir müssen Ruhe einkehren lassen«, antwortete Colucci. »Meine Erfahrung lehrt mich leider, dass Tote die Kundschaft vertreiben.«

»Aber was tut das zur Sache? Es geht hier schließlich nicht um Suizid!«

Bis vor einigen Jahren hatte Colucci für ein Konkurrenzunternehmen gearbeitet, das sich jedoch verschuldet hatte und pleitegegangen war. Der Firmenchef hatte sich das Leben genommen, indem er vom Dach eines Parkhauses gesprungen war, und Colucci selbst wäre beinahe depressiv geworden.

»Du hast das nicht durchgemacht«, erwiderte er barsch. »Warum hast du kein Vertrauen?«

»Wir sollten das Ganze möglichst kleinhalten«, mischte sich Giorgio ein.

Dolcecasa hatte im Laufe der Zeit beträchtlich expandiert. Zu dem Geschäft in Bellinzona waren Ausstellungsräume in der Magadinoebene sowie eine Filiale in Lugano hinzugekommen. Das Führungspersonal war, mit Ausnahme vielleicht von Colucci, nicht wirklich auf größere Schwierigkeiten eingestellt.

»Aber was haben wir mit den Mordfällen zu tun?«, wollte Anna wissen.

»Nichts.« Giorgio verwarf die Vorstellung mit einer Geste. »Wir haben nichts damit zu tun. Derzeit läuft nur unglaublich viel schief! Wir haben nichts damit zu tun«, wiederholte er und heftete den Blick auf den Tisch, genauer gesagt auf ein Modell der Serie Novaroom, mit laminierter Oberfläche und einem Gestell aus pulverlackiertem Stahl.

Anna fragte: »Wusstet ihr von diesem Prosperi?«

Colucci sah zu Giorgio, der noch immer auf den Tisch starrte. Bis er schließlich unwillig den Blick hob und murmelte: »Nun ja, also … um ehrlich zu sein, ich hatte es verdrängt, aber vor gut zehn Jahren hatte ich zeitweise mit ihm zu tun.«

»War er da nicht für eine Konservenfabrik tätig?«

»Er hat das Personalbüro geleitet. Und davor hatte er in einer Jobvermittlungsagentur gearbeitet: Er hat zu denen gehört, die uns bei der Belegschaft behilflich waren.«

»Das heißt also …« Anna kam allmählich in Fahrt. »Du kanntest ihn? Du wusstest, dass es eine Verbindung zwischen uns und diesem Prosperi gibt, und hast nichts gesagt?«

»Was willst du? Ich habe nicht dran gedacht …«

»Als du gehört hast, dass der Mörder die Möbel auseinandergenommen hat, hast du nicht daran gedacht? Du als Möbelhändler hast nicht daran gedacht?«

Schweigen.

»Und als Amedeo ermordet wurde, hast du auch nicht daran gedacht? Tut mir leid, vielleicht hast du es noch nicht begriffen, aber weißt du, dass wir möglicherweise in Gefahr sind?«

»Gefahr?«, warf Colucci ein.

»Ja, Gefahr … dieser Verrückte zerlegt Möbel und bringt Leute um, die mit uns zu tun hatten. Weshalb? Habt ihr euch diese Frage vielleicht mal gestellt?«

Giorgio schwieg und hielt den Blick gesenkt. Colucci versuchte dagegen, das Wort zu ergreifen, doch Anna war nicht mehr zu bremsen.

»Vielleicht ist es einer, der schon für uns tätig war, ein Irrer, der es auf uns abgesehen hat? Wie könnt ihr da einfach schweigen? Giorgio, sag ehrlich, hast du keine Sekunde lang daran gedacht?«

»Hör zu, Anna, wir sollten …«

»Erzähl mir nicht, was ich tun sollte! Ist dir klar, dass er erneut zuschlagen kann?«

In diesem Augenblick klopfte es an der Tür.

»Ja bitte!«, rief Anna.

Die Sekretärin steckte den Kopf herein.

»Störe ich?«

Keiner antwortete. Die junge Frau hüstelte und sagte: »Draußen wartet dieser Herr, der …«

»Wer?«, unterbrach sie Coluccci.

»Herr Contini, der Detektiv. Darf ich ihn hereinbitten?«

8

Hilfegesuch

Die Luganer Filiale von Dolcecasa lag in Grancia, ganz in der Nähe der großen Einkaufszentren. Die Balmellis hatten sich ein Grundstück gesichert, das Gold wert war. Zwar mussten sie für die Pacht ziemlich bluten, aber der Standort im Sottoceneri hatte ihnen zu zahlreichen Kontakten und neuen Kunden verholfen. Einige waren sogar aus Mailand gekommen, zumindest vor Ausbruch der Krise.

Contini hatte Informationen eingeholt. Er hatte ein paar Journalisten befragt und sogar im Internet recherchiert. Er wusste, dass Raimondo Colucci in erster Linie Verkäufer war, während sich Giorgio Balmelli um die Geschäftsführung kümmerte, wobei ihm der verstorbene Amedeo Crespi zur Seite gestanden hatte. Letzterer hatte bereits für Giuseppe Balmelli, den Vater von Giorgio und Mario, gearbeitet, ebenso wie für Giorgio senior, der die Firma in den 50er-Jahren gegründet hatte.

Mario war dagegen für den kreativen Teil zuständig. Er hatte Design und Innenarchitektur studiert. Außerdem gab es zwei Sekretärinnen, ein Dutzend Schreiner sowie ein paar Auszubildende.

Doch all diese Informationen hatten Contini nicht auf die Stimmung vorbereiten können, die in den Büros oberhalb des Ausstellungsbereichs herrschte. Große Fenster, helle Räume, Stahl und glatt poliertes Holz: Alles lud zum Wohlfühlen ein.

Weshalb also diese Nervosität? Weshalb zwang sich Anna Balmelli zu einem Lächeln, während ihr Mann beinahe vergessen hätte, ihm die Hand zu reichen?

Statt Platz zu nehmen, lehnte Contini sich an ein Fenster und rief, den Blick nach draußen auf die Einkaufszentren gerichtet: »So viele Leute! Was sie wohl suchen …«

Giorgio Balmelli erhob sich. »Herr Contini, ich will nicht verhehlen, dass die Lage heikel ist.«

Contini ließ den Blick seiner blauen, treuherzigen Augen von Balmelli zu dessen Frau und schließlich zu Colucci wandern.

»Also …« Giorgio räusperte sich. »Mein Bruder Mario hat mich um ein Treffen mit Ihnen gebeten, ich muss jedoch gestehen, dass ich mit ihm uneins bin.«

»Warum ist Mario eigentlich nicht hier?«, mischte sich Anna ein.

»Ihm war es lieber, dass ich Sie allein treffe«, erklärte Contini. »So kann ich mir einen Eindruck verschaffen. Ich verspreche, Sie nicht unnötig zu behelligen.«

Es war nicht einfach. Keine Firma hatte gern mit einem Detektiv zu tun, selbst dann nicht, wenn einer der Inhaber ihn angeheuert hatte.

»Was wollen Sie eigentlich herausfinden?«, fragte Giorgio. »Hat es mit dem Mord an Amedeo zu tun? Darum kümmert sich doch die Polizei, oder?«

»Es geht auch um die drohende Pleite.«

»Was zum Teufel haben Sie damit zu tun?«

»Mario glaubt, dass die jetzige Situation möglicherweise der Verbreitung falscher Tatsachen oder unlauterem Wettbewerb geschuldet ist. Er findet es merkwürdig, dass plötzlich …«

»Plötzlich!«, platzte Giorgio heraus. »Wo die Krise seit Jahren anhält! Wenn er, statt Saxophon zu spielen …«

»Giorgio«, ermahnte ihn Anna.

»Nehmen Sie es mir nicht übel, aber wir können Sie hier wirklich nicht gebrauchen!«

Sie hatten einen Aufschub erwirkt, und in den kommenden Monaten würden sie, unter Aufsicht des Konkursamtes, die nötigen Kredite auftreiben müssen, um die Schulden zu bezahlen und sich zu erholen.

»Ich würde lediglich intern und in Ihrem Auftrag ermitteln, bezogen auf Crespis Tod. Eine präventive Untersuchung zum Schutz Ihrer Mitarbeiter.«

»Und wir sollen Sie bezahlen?«

»Mario wird mich mit seinem Anteil bezahlen.«

Giorgio überlegte ein paar Sekunden, dann rief er: »Kommt nicht infrage! Wir bezahlen Sie gemeinsam. Auch wenn es Irrsinn ist…«

Nicht einmal Contini wusste, wonach er eigentlich suchte: nach einem Gesetzesverstoß, Unregelmäßigkeiten, irgendwelchen verborgenen Intrigen.

»Seit wie vielen Jahren arbeiten Sie und Mario zusammen?«

»Wir sind mit der Firma groß geworden«, antwortete Giorgio. »Und wir sind stolz darauf. Sie haben Mario in einer schwierigen Zeit kennengelernt, aber ich kann Ihnen versichern, er ist großartig in seinem Metier. Stimmt's, Raimondo?«

Colucci nickte. »Mario ist ein hervorragender Designer. Wir leisten hier alle gute Arbeit, und wir haben nichts mit den Mordfällen zu tun. An dem Abend, an dem Amedeo ermordet wurde, war Mario nicht da, und wir…«

»Ich will Ihnen etwas verraten«, unterbrach ihn Giorgio an Contini gewandt. »Wir waren hier gerade mitten in einer Diskussion: Wir befinden uns in einer unschönen Lage, und es ist nicht gesagt, dass wir da rauskommen. Aber wissen Sie was? Wenn wir pleitegehen, werde ich mich nicht geschlagen geben. Ich werde von null anfangen, wenn nötig als Schreiner, in einem Handwerk, auf das ich mich verstehe. Und Mario wird mit dabei sein. Versuchen Sie also nicht, einen Keil zwischen uns zu treiben, verstanden?«

Contini nickte.

»Wollen Sie noch etwas wissen?«

Contini antwortete, er wolle lieber am nächsten Tag noch einmal kommen. Giorgio war davon nicht begeistert, hatte sich jedoch bereits mit der Vorstellung abgefunden.

»Dann erwarte ich Sie also morgen. Aber dass Sie mir keine Scherereien machen.«

Contini kehrte nach Corvesco zurück. Es war Ende Oktober, und die Dunkelheit hatte einen fast winterlichen Beigeschmack. Auf dem letzten Stück aufwärts öffnete er selbst bei Kälte gern das Wagenfenster, um den Geruch der Jahreszeiten wahrzunehmen. An diesem Abend roch die Luft feucht, nach vermoderndem Laub, nach Erde und Pilzen.

Endlich konnte sich der Detektiv seines Jacketts entledigen und die Hemdsärmel aufkrempeln. Er hängte den Hut in die Garderobe und ließ sich, ohne der grauen, auf der Küchenschwelle lauernden Katze Beachtung zu schenken, in die Hängematte fallen, die er in einer Wohnzimmerecke angebracht hatte. So hin- und herschaukelnd dachte er besonders gern nach.

Aber worüber sollte er nachdenken? Der Fall Balmelli war noch zu unklar, zu verworren, und andere Aufträge standen momentan nicht an. Zumindest nicht, solange …

Er hörte den neuen Anrufbeantworter ab.

Es gab eine Nachricht von Mario Balmelli, der ihn sprechen, und eine weitere eines Kollegen, der ihn treffen und ihm eine Zusammenarbeit anbieten wollte. Und dann war da eine dritte Nachricht, die ihm tatsächlich Anlass zum Nachdenken gab: »Herr Contini? Entschuldigen Sie die Störung … wir sind uns gestern begegnet, ich weiß nicht, ob Sie sich erinnern … Ich bin Lisa Macchi vom Betreibungs- und Konkursamt in Bellinzona. Ich benötige dringend Ihre Hilfe, könnten Sie mich bitte unter 0797394155 zurückrufen?«

9

Ein unbekannter Gegner

Manchmal braucht ein Detektiv gar nicht zu handeln. Es reicht, wenn die Leute im Bilde und Gerüchte im Umlauf sind. Irgendjemand beginnt sich Sorgen zu machen, andere reagieren falsch oder reden zu viel. Am Ende muss der Detektiv nur zum richtigen Zeitpunkt bereitstehen.

Was also tat Contini in seiner Hängematte in Corvesco, während Giorgio Balmelli sich in Grancia in den Verkehr stürzte? Und später, als Giorgio die Autobahn Richtung Bellinzona Süd verließ und weiter in Richtung Cadenazzo fuhr, was trieb Contini da?

Der Detektiv schlief.

Er hatte versucht, Lisa Macchi, die Angestellte aus dem Konkursamt, zurückzurufen. Vergebens. Daraufhin hatte er die Katze gefüttert, und ein paar Minuten später war er eingedöst. Im Lauf der Zeit hatte er begriffen, dass Faulheit oder besser gesagt Trägheit die geheime Waffe eines Detektivs ist.

So war er also bei dem Treffen der beiden Brüder nicht zugegen.

Es war Spätnachmittag, und in der Tischlerei tat sich nicht mehr allzu viel. Giorgio trat durch den Hintereingang und atmete den Geruch von Metall und Sägespänen.

»Ist Mario da?«, fragte er einen der Angestellten mit erhobener Stimme, um den Lärm zu übertönen.

Der Angestellte deutete auf die CNC-Maschine, und Giorgio erkannte seinen Bruder, der im Arbeitsanzug das Fräsen einiger Schrankteile überwachte.

»Warst du nicht in Lugano?«

Giorgio schnaufte. »Ich habe mit diesem Freund von dir gesprochen und …«

Mario hob eine Hand, um ihn zu unterbrechen.

»Lass uns nach oben gehen.«

Sie hatten vereinbart, dass sich Contini als potenzieller Investor vorstellen sollte, der sich einen Einblick in Dolcecasa verschaffen wollte. Auf diese Weise konnte er problemlos mit allen Angestellten ins Gespräch kommen.

»Aber wonach suchst du?«, fragte Giorgio, als sie in der Ausstellungshalle saßen. »Wenn du etwas wissen willst, warum fragst du nicht mich?«

»Wir steuern auf die Pleite zu. Möglicherweise gibt es ein Problem, das auch dir entgangen ist.«

»Was für eine Art von Problem denn?«

Mario wusste es nicht. Erst einmal musste man herausfinden, wie die Firma so weit in die roten Zahlen hatte rutschen können, dass sie nun vor vollendeten Tatsachen standen.

»Wir stehen nicht vor vollendeten Tatsachen!«, platzte Giorgio heraus.

»Nein, nein. Du hast ja recht.«

Die Brüder sahen einander in die Augen. Beide um die vierzig, beide mit leicht schütterem Haar. Ein paar Falten um Mund und Augen. Keiner von beiden war auf den Kopf gefallen, sie kannten ihr Terrain, ihre Möglichkeiten ganz genau. Und dennoch spürten sie an diesem Abend in unmittelbarer Nähe einen unbekannten Feind. Es herrschte warmes und gedämpftes Licht. Die Möbel im Büro und in der Ausstellungshalle waren neu, ohne steril zu wirken. Aber in dieser Harmonie, im Lärm der unter ihnen gelegenen Werkstatt, ja selbst draußen auf den Straßen, in den Kleinstädten der italienischen Schweiz, in den Freuden der täglichen Arbeit und des Feierabends, überall war dieser Feind gegenwärtig. War es die Wirtschaftskrise? Die Konkurrenz der italienischen Firmen? Die Macht der Großhändler? Nein, es war etwas Subtileres, Gefährlicheres.

»In was sind wir hineingeraten?«, fragte Mario.

Giorgio erhob sich und begann durch die Halle zu laufen. Die meisten Möbel stammten von anderen Herstellern – die Eigenproduktion machte nur ein Drittel des Gesamtumsatzes aus –, aber bei genauer Betrachtung erkannte man eine einheitliche Linie, Stilsicherheit. Das waren die Balmellis, seit Generationen. Das war ihr Leben.

Giorgio trat auf seinen Bruder zu. »Du hast mir noch nicht verraten, wieso du eigentlich abgehauen bist ...«

Schweigen.

»Was willst du? Saxophon spielen? Sonst nichts?«

Schweigen.

»Das alles hier haben wir uns aufgebaut. Warum willst du, dass einer da herumschnüffelt?«

Mario sah ihn an. »Warum nicht?«

Giorgio nahm in einer der Sitzecken Platz. Bequem: geschwungenes Sofa mit lackiertem Stahlgestell, flacher Tisch, Sessel mit Rückenpolster aus Polyester und FCKW-freiem Schaumstoff. Es waren Modelle der Firma Konfort, die Giorgio in Zürich ausfindig gemacht hatte.

Mario kam näher und musterte ihn von oben bis unten. Giorgio war, die Arme ausgestreckt auf den seitlichen Lehnen, in dem Softly-Sessel versunken.

»Verbirgst du etwas vor mir?«, fragte Mario.

»So würde ich das nicht sagen.«

Die Ausstellungsräume wirkten gespenstisch, und je heller erleuchtet und ordentlicher sie waren, desto gespenstischer wirkten sie mit ihren Büchern in den Regalen, den Fotos und Blumenvasen. Es waren Blumen aus Holz und Papier, alte Bücher – Wörterbücher aus den Fünfzigern, völlig veraltete Reiseführer. Es waren tote Räume, in denen niemals jemand wohnen würde.

»Besser, man stellt nicht zu viele Nachforschungen an«, murmelte Giorgio. »Nachforschungen stören bei der Arbeit.«

10

Knistern

Als Contini allein in seinem stillen Haus erwachte, verspürte er Unruhe. Nicht weil es etwas zu befürchten gab. An Herbstabenden brummen in den Wohnzimmern von Corvesco die Fernseher, die letzten Pendler kehren von der Arbeit zurück, Kinder eilen heim, um sich die Hände zu waschen.

Weshalb also diese seltsame Unruhe?

Er brauchte ein paar Minuten, um ganz zu sich zu kommen. Dann schlurfte er in die Küche und bereitete sich eine Mahlzeit zu: Gemüsesuppe, Brot, Wurst, eine halbe Flasche Roten.

In Filmen sieht man Detektive niemals tatenlos. Selbst wenn aus ihrem Privatleben erzählt wird, steht im Hintergrund stets ein zu lösender Fall. Und warum, dachte Contini, wird nie so was wie Langeweile gezeigt? Sie ist der Schlüssel zum Erfolg: Stunden der Langeweile verbringen und am Ende die entscheidenden zehn Minuten erkennen, in denen die Dinge ins Rollen kommen.

War es falsch, der eigenen Intuition nicht zu trauen? Später sollte er sich das fragen. Die Unruhe war da, einer unterirdischen Spannung gleich, doch Contini ignorierte sie. Was hätte er auch tun, wen anrufen sollen? Im Grunde war nichts geschehen. Noch nicht.

Noch nicht. Diese wie ein Mantra wiederholten Worte machten Anna Balmelli schier verrückt. Während sie an der

Ausfahrt Bellinzona Nord im Stau steckte, dachte sie unaufhörlich an den Mord an Crespi, an die Gesichter der Polizisten, an Marios neuesten Spleen mit diesem Detektiv, der aus dem Nichts aufgetaucht war.

Waren sie wirklich in Gefahr? Die Polizei reagierte zurückhaltend: Wir wissen nichts, noch nicht. Tolle Antwort! War der Täter wirklich ein Serienmörder, wie im Krimi? Gab es die jetzt auch schon in der Schweiz? Das hatte gerade noch gefehlt, Serienmörder, das hatte wirklich gerade noch gefehlt …

Anna fuhr durch den Kreisverkehr und zurück in Richtung Castione. Sie passierte eine rechter Hand gelegene Baustelle und bog hinter den Bahngleisen links ab.

Der Entschluss, die Polizei nicht über die von ihnen entdeckte Verbindung zwischen Crespi und Prosperi zu informieren, beunruhigte sie. War sie nur hypernervös, wie die anderen sagten? Vielleicht hatten sie ja recht: Angst war ein Luxus, den sie sich nicht leisten konnten.

Noch nicht. Noch nicht.

Sie musste sich abregen, bevor sie nach Hause kam. Sie konnte es kaum erwarten, sich aufs Sofa fallen zu lassen und *The Mentalist* zu schauen, gemeinsam mit Giorgio, der stöhnen würde, weil die Handlung unglaubwürdig war. Er hatte sie angerufen, als er in Cadenazzo losgefahren war, und gesagt, er werde sich ums Kochen kümmern.

Anna war jünger als ihr Mann, und nach sieben Jahren Ehe fing sie an, sich wirklich erwachsen zu fühlen. Sie hatten begonnen, sich übers Kinderkriegen Gedanken zu machen, sie hatten ein Haus gekauft, Giorgio hatte, trotz der Krise, genügend Arbeit.

Aber da war dieses Gefühl: undefinierbar und unangenehm, wie ein Knistern im Hintergrund, wenn man einen schönen Song hört.

Nichts Gravierendes bisher. Noch nicht.

Sie parkte den Toyota in der Nähe des Hauses. Die Garage war Giorgios Audi vorbehalten, um ihn zu schonen.

Als sie ausgestiegen war, blieb sie einen Moment stehen, um die frische Luft zu atmen. Das Schulgebäude mit seinen in den Beton eingelassenen Nischen hob sich gegen das Dunkel der Straße als noch dunklerer Fleck ab.

Sie begann zu laufen. Hinter der Schule, zwischen den Bäumen, sah sie die leuchtenden Vierecke der Fenster. Anna kannte die Straßen von Castione in- und auswendig, aber sie war derart in Gedanken, dass sie um ein Haar den falschen Weg eingeschlagen hätte. Vor dem Spielplatz blieb sie stehen, und der Abstand zwischen einer Straßenlaterne und der nächsten schien ihr größer als sonst, geradezu befremdlich.

11

Was soll schon passieren?

Die Reglosigkeit ging ihr auf die Nerven. Starr hing die Schaukel im Halbdunkel, als habe seit Jahrtausenden niemand mehr darauf geschaukelt. Die Büsche in den Gärten wirkten wie aus Stein gehauen. Anna wusste, dass der Spielplatz tagsüber von Lachen erfüllt war und dass sich in der Dunkelheit nichts weiter verbarg als Wege, Hecken und Planschbecken, die man bis zur nächsten Sommerhitze mit einer Plane abgedeckt hatte.

Während sie ihren Weg langsam fortsetzte, kam sie zu der Überzeugung, dass nichts passieren konnte, da noch nie etwas passiert war. Castione war nicht Lugano, Locarno oder Bellinzona, es war weder ein abgelegenes Bergdörfchen noch ein Grenzort. Was sollte schon passieren? Es war ein verschlafener, beschaulicher Vorort, im Wesentlichen eine Ansammlung von Einfamilienhäusern und dazugehörigen PKWs.

Schluss jetzt. Angesichts ihrer Gewohnheiten, ihrer Nachbarn, ihres sorgfältig und geschmackvoll eingerichteten Hauses … angesichts all dessen, was sie sich aufgebaut hatte, durfte sie sich das Recht auf ein wenig Monotonie herausnehmen. Nicht dass es sie nach dumpfer, auswegloser Monotonie verlangt hätte, es ging ihr lediglich darum, sich ein angenehmes Leben zwischen Arbeitsalltag und gelegentlichen Reisen einzurichten, etwa nach Thailand oder Südamerika … oder vielleicht auch nur nach London. Schon seit Jahren lag sie Giorgio in den Ohren, er möge mit ihr nach London reisen.

Anna war nicht oberflächlich. Sie hatte gelernt, einen Nachmittag im Schwimmbad, einen Einkaufsbummel in Mailand oder ein Abendessen mit Freunden bewusst zu genießen. Was hatte denn jemand wie Mario, der ihr vorhielt, ihr Leben sei fade, Besseres zu bieten? Mit dem Saxophon durch die Gegend ziehen und das Geld, das man der Familie verdankte, zum Fenster rausschmeißen?

Gleich darauf bereute sie diesen Gedanken. So wie sie es am Nachmittag bereut hatte, mit Colucci und ihrem Mann zu weit gegangen zu sein. Die Rolle der für Ruhe und Ordnung Sorgenden ergab nur Sinn, wenn man sie mit Leib und Seele spielte, mit Methode. Genau! Das war das richtige Wort: Methode. Mit Methode handeln, um Ausflüchten, Ängsten und Verrücktheiten entgegenzutreten.

Vor der Haustür blieb sie stehen, um den Schlüssel zu suchen. Gleich nachdem sie eingetreten war, warf sie ihn auf die Ablage neben der Garderobe. Sie würde Heiterkeit an den Tag legen – mit Methode – und wenn nötig Entschlossenheit, vielleicht sogar Unnachgiebigkeit, aber niemals würde sie Groll hegen.

»Giorgio! Bist du da?«

Im Erdgeschoss war alles dunkel, aber aus dem ersten Stock schimmerte gedämpftes Licht herab. Anna hängte die Jacke auf einen Bügel, zog die Schuhe aus und stellte sie in den Schrank. Nachdem sie das Licht angeknipst hatte, warf sie einen Blick in die Küche. Etwas garte im Backofen: dem Geruch nach Kartoffeln. Auf dem Herd schmorten bei niedriger Flamme vier Hähnchenbrüste, die bereits blass goldknusprig glänzten.

Sie stieg die Treppe hinauf und eilte durch den halbdunklen Flur. Das Licht drang unter der Tür zum Arbeitszimmer hervor. Anna wollte schon anklopfen, als sie die Stimme ihres Mannes hörte und innehielt.

»Das ist absurd! Das hat keinen Sinn, das hat wirklich keinen Sinn …«

Mit wem sprach er? Eine tiefere Stimme antwortete. Eine Männerstimme. Anna vernahm nur ein Murmeln. Um nicht zu lauschen, trat sie einen Schritt zurück. Aber sie spitzte doch weiter die Ohren und hörte, wie Giorgio in Rage geriet.

»Es reicht, ich weigere mich, diese … diese …«

Er zögerte. Der andere sagte etwas, und Giorgio wandte ein: »Das machen alle. So läuft es nun mal, hörst du, und falls du krank bist …«

Nun schwieg er. Anna hörte einen Stuhl über den Boden rutschen. Dann wieder die Stimme ihres Mannes, in schärferem Ton.

»He, was soll das …«

Ein ohrenbetäubender Laut. Der Widerhall brannte in ihrem Kopf, als habe jemand sie mit einem glühenden Eisen berührt. Sie stützte sich an der Wand ab. Aus dem Arbeitszimmer waren Poltern, Krachen und der Lärm zu Boden fallender Gegenstände zu hören, dumpfe Schläge und splitterndes Holz …

Anna begriff. Ein Augenblick der Gewissheit, eine entsetzliche Sekunde hellen Lichts und Leidens. In diesem Augenblick sah sie ihre gesamte Zukunft vor sich: von Selbstvorwürfen und Qualen erfüllte Tage und davor Sekunden, Minuten der Anspannung … und noch weiter davor, genau, Entsetzen.

Die Angst, die Tür zu öffnen.

Sie gab sich einen Ruck. Sie verbat sich alle Gedanken – Tod, Leben, Schmerz –, schaltete alle Empfindungen ab und drückte die Klinke.

Bevor sie eintreten konnte, bewegte sich innen etwas, und das Licht ging aus. Anna blieb auf der Schwelle stehen. Ein Luftzug erfasste sie. Jemand drückte sie gegen die Wand. Eilige Schritte im Flur. Anna vermochte kaum zu atmen. Nur ein unkontrolliertes Röcheln entwich ihrem Mund.

Das Schlimmste während dieser Sekunden im Dunkeln war und blieb die Gewissheit. Es gab keinen Zweifel. Ihr war vollkommen klar, was sie nach dem Drücken des Lichtschalters sehen würde. Und sie wusste, dass sie es niemals vergessen würde, für den Rest ihres Lebens nicht.

12

Showroom

Am Rand der Magadinoebene, unweit des Autobahnzubringers, gibt es eine Gegend, die man als Peripherie bezeichnen könnte, träfe diese Bezeichnung nicht auf das gesamte Tessin und insbesondere auf Cadenazzo zu. In der Herbstkälte erstarrte Felder, Mietshäuser, Fabrikhallen, ein umzäunter Reitplatz … an manchen Tagen Ende Oktober, kurz vor Einbruch der Dunkelheit, wirkt all das wie die düstere Szenerie eines Film Noir, eines jener Streifen, in denen es unablässig regnet und der Detektiv einen Hut trägt.

Auch Contini trug einen Hut. In seiner Winterjacke sah er auf dem verlassenen Parkplatz aus wie ein Überlebender nach dem finalen Schusswechsel.

Verlassener Parkplatz? Er hätte verlassen sein müssen, da Dolcecasa wegen eines Trauerfalls geschlossen hatte, doch dem Detektiv entging nicht, dass drei Wagen dort standen. Einer war der alte Renault von Mario Balmelli, der zweite ein etwas älterer Toyota und der dritte ein Mazda – tja, es gab sie noch, die Mazdas –, der noch klappriger schien als die beiden anderen.

Unauffällig inspizierte Contini die alten Blechkästen und versuchte, sich die Kennzeichen zu merken. Das war eine der typischen kleinen Aufgaben, die man als Detektiv so hatte, die ihm jedoch nie gelingen wollten. Autokennzeichen, Telefonnummern, Adressen: Der Verbleib einer Zahl in seinem Kopf hatte noch nie die Dauer von drei Sekunden überschritten.

Um dem Gedächtnis nachzuhelfen und vielleicht auch, um eine gewisse Pose einzunehmen, zog er sein Spiralnotizbuch aus der Tasche.

Einzig der Hintergrundsound fehlte noch für die Szene.

Und mit einem Mal war er da, der Hintergrundsound.

Anfangs achtete Contini gar nicht darauf, so selbstverständlich schien das Ganze. In gewohnt schlaksigem Gang überquerte er den Platz, über dem regenschwere, feuchte Luft lag, während das Licht vor dem schmutzig weißen Himmel auf die Berge fiel und alles so stimmig war, dass die schmelzenden Klänge eines Saxophons ganz natürlich wirkten, so als würden sie gleichsam der Landschaft entspringen.

Der Detektiv hob den Kopf wie ein Spürhund, der in den Wind schnuppert. Dann steuerte er auf den Eingang der Halle – eines kantigen, unpersönlichen Gebäudes – zu. Es gab weder Schilder noch Klingel, lediglich eine Holztür.

Contini drückte die Klinke.

In diesem Augenblick betrat eine weitere menschliche Gestalt den Schauplatz. Jemand näherte sich tippelnd, mit schnellem Schritt.

»Herr Detektiv!«

Der Detektiv wandte sich um und wurde von rechts von der lächelnden, wenn auch ein wenig außer Atem geratenen Signora Noemi angerempelt. Ebenjener Besitzerin von Kater Silverio, neben deren Namen in Continis Notizbuch das – selten, allzu selten benutzte – Zeichen für die gelösten Fälle vermerkt war.

»Lieber Herr Detektiv … verzeihen Sie, ich habe Ihren Namen vergessen …«

»Contini. Aber sagen Sie, Signora Noemi, was machen Sie hier?«

»Ich bin auf der Suche nach einem Wohnzimmersofa. Niemand rührt sich, Herr Contini, ich habe es mit Klopfen versucht, aber es macht keiner auf... Ich begreife das nicht, vor zwei Wochen habe ich einen Termin vereinbart, und jetzt ist kein Mensch da.«

Contini brauchte einige Minuten, um den Redeschwall einzudämmen. Er erklärte Signora Noemi, dass Giorgio Balmelli tags zuvor ums Leben gekommen sei...

»Oh, mein Gott, heute habe ich noch gar keine Nachrichten geschaut!«

... und dass ihre drei Tageszeitungen ihr alle nötigen Informationen liefern würden. Aber vor allem gab er ihr zu verstehen, dass es unter diesen Umständen...

»Aber ich bitte Sie, herrje, ich bitte Sie!«

... besser wäre, den geplanten Sofakauf auf günstigere Zeiten zu verschieben. Der Detektiv wartete, bis Signora Noemi davongetrippelt und in ihren Toyota gestiegen war (dieses Rätsel war nun immerhin gelöst). Dann drückte er abermals die Klinke.

Derweil setzte das Saxophon sein Klagelied fort.

Contini wurde wieder zum Spürhund und folgte der Musik. Er stieg eine schmale Holztreppe hinauf und gelangte in einen großzügigen, hellen Raum. Von einem leichten Schwindel ergriffen, hielt er inne. Weiße, blank polierte Möbel, ringförmige Sofas, Metallstühle, zusammensetzbare Regalelemente und mit rosa Seide bezogene Sitzkissen. Es war, als hätte er das Programm gewechselt: von einem Film Noir zu einem vorabendlichen Werbespot.

Es war der Showroom von Dolcecasa.

Auf dieser Ausstellungsfläche wurden, neben den Räumlichkeiten in Grancia und den etwas kleineren in Bellinzona, alle zum Verkauf stehenden Produkte der Firma präsentiert. Es war ein moderner, einladender Ort, an dem Besucher den Mut zur Ästhetik, die Eleganz des Designs und an diesem Nachmittag auch die Gestalt von Mario Balmelli bewundern konnten, der zwischen zwei Stehlampenmodellen am Fenster stand und Saxophon spielte.

Was Contini erstaunte, war jedoch weniger der Musiker als sein Publikum.

Auf einem Schreibtischstuhl saß, in engen Jeans und Tarnweste, Lisa Macchi, die Angestellte aus dem Konkursamt und vermutliche Besitzerin eines vorsintflutlichen Mazdas. Die Ärmel ihrer Bluse waren bis zu den Ellenbogen aufgekrempelt, was den Blick auf ein dichtes Gewirr von Tattoos freigab.

Weder Mario noch Lisa hatten Contini bemerkt. Er zögerte daher und räusperte sich, bevor er zu sprechen begann.

13

Verzweiflung

»Entschuldigung …«

Ein rascher Lauf, dann wieder die langsame Melodie, so als erblicke man nachts aus dem Auto die bunten Lichter eines Zirkus, setze seinen Weg durch die Dunkelheit aber unbeirrt fort.

»Entschuldigung, ich wollte nicht stören …«

Lisa drehte sich um, sah Contini, lächelte. Derweil spielte Mario weiter, den Blick unverwandt aus dem Fenster gerichtet. Contini versuchte es erneut: »Herr Balmelli.«

Mit einem Schlag ließ Mario das Saxophon sinken.

»Verzeihung«, sagte Contini, »dauernd unterbreche ich Sie.«

»Beim letzten Mal haben Sie nicht mich, sondern Johnny Fontana unterbrochen.«

»Und diesmal?«

Mario verzog die Lippen zu einer Art Lächeln. »Das weiß ich selbst nicht.«

Nun ergriff Lisa das Wort. »Aber er kann echt mithalten, dieser Sound! Nicht schlecht …«

Die beiden Männer sahen sie an.

»Mithalten?«, fragte Mario.

»Was ich sagen will, ist: Das hätte ich nicht erwartet. Wenn man ein Saxophon hört, ohne zu wissen, dass es eins ist, zum

Beispiel im Radio, hat es etwas von einem Hintergrundgeräusch, etwas Selbstverständliches.«

»Selbstverständliches?«, sagte Mario.

»So wie bei Lisa von den Simpsons, du weißt schon, aber live ist es was ganz anderes.«

Bevor Mario etwas sagen konnte – vermutlich: »Simpsons?« –, ergriff Contini die Zügel des Gesprächs und erkundigte sich nach dem Grund dieser Darbietung. Mario kam endlich zu sich und legte das Instrument beiseite.

»Sie müssen mich entschuldigen. Ich weiß nicht, was mich geritten hat. Lisa ist wegen einer dringenden Angelegenheit im Zusammenhang mit dem Konkursverfahren hergekommen. Am Ende haben wir über Musik gesprochen, ich hatte das Saxophon dabei und so ...«

»Außerdem ist die Akustik hier gut«, mischte sich die junge Frau ein.

»Ja, genau, und obendrein bin ich ein bisschen durcheinander.«

Contini teilte ihm mit, dass er draußen eine Kundin getroffen habe, die meinte, sie habe einen Termin.

»Stimmt!«, rief Mario. »Den hatte ich vereinbart. Eine Dame aus ... aus ...«

»Aus Gravesano«, ergänzte Contini.

»Genau. Woher wissen Sie das?«

»Das ist eine lange Geschichte. An Ihrer Stelle würde ich allerdings ein Schild an die Tür hängen.«

»Ja, Sie haben recht. Weitere Termine habe ich heute zwar nicht, aber man weiß ja nie, manchmal kommen Kunden einfach so vorbei und ...«

Contini hatte den Eindruck, dass ihm die Zügel entglitten waren. Er wandte sich an Lisa. »Ich habe Ihre Nachricht abgehört«, sagte er. »Ich weiß, dass es dringend war, aber ...«

Sie unterbrach ihn: »Nein, nein, schon gut, wir sprechen später darüber, es ist eine persönliche Angelegenheit.«

»Tut mir leid, ich dachte, es hätte mit Dolcecasa zu tun.«

»Nein, es geht um etwas Persönliches.«

»Das Schild mach ich besser am Computer, oder was meint ihr?«, fragte Mario.

»Könnten wir vielleicht heute Abend telefonieren?«

»Das wirkt professioneller«, sagte Mario.

»Was?«, erkundigte sich Contini.

»Das Schild. Am Computer.«

»Welches Schild?«, wollte Lisa wissen.

Contini atmete tief ein und stieß dann hörbar die Luft aus.

»Bitte«, sagte er. »Bitte.«

Die anderen sahen ihn an. Er nutzte das Schweigen, um wieder die Oberhand zu gewinnen. Wenn er sich nicht irrte, hatte Lisa Antwort auf ihre Fragen bekommen und konnte daher beruhigt in ihr Büro zurückkehren, während …

»Ich geh dann wohl nach Hause, nach fünf ist im Amt sowieso tote Hose.«

Mario drückte der jungen Frau ein Schild in die Hand, das sie an die Tür hängen sollte, und sie verabschiedete sich. Die beiden Männer blieben in dem beleuchteten Showroom zurück, und erst jetzt nahm Contini die tiefe Traurigkeit, ja beinahe Verzweiflung in Mario Balmellis Augen wahr.

14

Die Einsamkeit der Detektive

»Er hat ihm ins Gesicht geschossen«, sagte Mario nach einigen Sekunden des Schweigens.

Contini wartete ab.

»Dann hat er Sachen aus den Regalen geworfen und Möbel umgestoßen. Wer macht so etwas? Und Anna war da, vor der Tür …«

»Hat sie ihn nicht gesehen?«, fragte Contini.

»Sie hat erkannt, dass es ein Mann war. Er ist Hals über Kopf geflüchtet. Als die Polizei eintraf, war er schon wer weiß wo.«

»Ist ihr nichts weiter aufgefallen?«

»Sie hatte den Eindruck, dass die beiden einander kannten und dass der Mann Giorgio bezichtigte, aber sie hat nicht verstanden, um was es ging … Doch das spielt keine Rolle: Sie werden ihn fassen. Heutzutage kommt keiner so leicht davon, mit DNA-Analysen und all dem Zeug. Das Problem ist …«

Contini hatte da seine Zweifel, aber er wollte Mario nicht unterbrechen. Der hatte ihm berichtet, dass er in der Nacht zuvor lange verhört worden war. Und nachdem sie ihn endlich hatten gehen lassen, hatte er für die Angestellte, die den Konkurs seiner Firma verwaltete, zu spielen begonnen. Es stand zu befürchten, dass er allmählich durchdrehte.

»Das Problem ist, dass Giorgio nicht mehr lebt«, endete er.

Sie saßen am Besprechungstisch. Die sorgfältig arrangierten künstlichen Wohnlandschaften ringsum wirkten beklemmend auf Contini, als laste auf diesen Möbeln ohne Vergangenheit bereits die Bürde ihrer Zukunft. Eine unsichtbare Menge aus Familien, jungen Paaren und Fachleuten mit Blick fürs Design schien gegenwärtig: Sie waren hier, umringten sie, um den immer wieder verstummenden Mario zu beobachten.

»Giorgio war derjenige von uns, der hätte bleiben müssen. Ich … ich war ja nicht einmal mehr hier, es war nicht mehr mein Leben.«

Contini warf einen Blick auf das blitzende Saxophon, das auf dem Sofa lag. Und jetzt erst begriff er, dass es nicht bloß eine Laune war, dass Mario trotz der albernen Geschichte mit Johnny Fontana beschlossen hatte, auf seine Weise alles für die Musik zu geben.

»Die Firma? Werdet ihr sie am Laufen halten?«

»Ich weiß es nicht.« Mario starrte auf den Tisch. »Wenn wir unsere Angestellten entlassen müssen … Das wollte Giorgio um jeden Preis verhindern, dafür hat er gekämpft.«

»Werdet ihr weiterkämpfen?«

»Ich weiß es nicht. Momentan hat die Polizei die Finger im Spiel.« Mario sah auf die Uhr. »Apropos, die werden bald hier vorbeikommen. Aber zuvor wollte ich Ihnen mitteilen, dass ich vielleicht etwas herausgefunden habe, das Ihnen bei Ihren Ermittlungen weiterhelfen könnte.«

Er erklärte, dass Anna tags zuvor eine Verbindung zwischen den beiden ersten Opfern, Tommaso Prosperi und Amedeo Crespi, entdeckt hatte, dass sie darüber aber nicht mit den Polizisten gesprochen hätte, nicht einmal nach Giorgios Tod: Früher oder später würden die ohnehin von selbst darauf stoßen. Außerdem hätten die verbliebenen Balmellis in Absprache mit Colucci vereinbart, jegliches Aufsehen zu vermeiden.

»Ihnen kann ich jedoch von der Verbindung erzählen. Vielleicht sind Sie ja einer von diesen Detektiven, die es schaffen, die Polizei an der Nase herumzuführen ... sind Sie so einer?«

Es war ein Scherz. Contini bewunderte den Mut. Nein, zu dieser Sorte Detektiv gehöre er nicht, abgesehen davon, dass es sie gar nicht gebe. Aber wenn alle Opfer mit Dolcecasa in Verbindung gestanden hätten, müsse auch der Mörder etwas mit der Firma zu tun haben. Ob es vielleicht in letzter Zeit ...

»Ich weiß schon, worauf Sie hinauswollen«, unterbrach ihn Mario. »Ich habe keine Ahnung, ob wir Feinde haben. Vielleicht könnten Sie das herausfinden?«

Er schien wieder etwas zu Kräften zu kommen, als hebe die Vorstellung von einer Privatermittlung sein Allgemeinbefinden.

»Die Polizei wird bestimmt protestieren, ebenso wie unser Anwalt. Sie sind bei niemandem beliebt, Contini.«

Erneut versuchte er zu lächeln, und erneut hegte Contini Bewunderung für ihn. Aber es gab einen Aspekt, über den sie noch nicht gesprochen hatten ... Er wagte eine zaghafte Anspielung, woraufhin Mario mit einem Schlag erblasste.

»Was sagen Sie da?«, murmelte er.

Contini wiederholte: »Ich sagte, dass Sie möglicherweise in Gefahr sind, Anna und Sie.«

Mario presste die Lippen aufeinander. »Daran habe ich gar nicht gedacht. Sie meinen ...«

»Ich meine, dass Sie mit der Polizei über die Verbindung zwischen den Opfern sprechen sollten. Der Mörder muss so schnell wie möglich gefasst werden.«

Mario wollte gerade etwas erwidern, als von unten eine Stimme ertönte.

»Hallo! Ist da jemand?«

Er fuhr zusammen. »Wer kann das sein? Hat er das Schild nicht gesehen?«

Contini, der die Stimme erkannt hatte, ging dem Besucher entgegen. Einen Augenblick lang spürte er die Last der Einsamkeit. Seine Tätigkeit war schon merkwürdig... unmögliche Arbeitszeiten, lästige Geheimnisse, Mandanten, denen man nicht trauen konnte, Polizisten, die, sobald sie einen zu Gesicht bekamen, die Stirn runzelten und fragten: »Was haben Sie hier zu suchen?«

»Kommissar De Marchi«, antwortete Contini. »Guten Tag!«

»Guten Tag! Was machen Sie denn hier?«

»Ich arbeite für Herrn Balmelli.«

Emilio De Marchi zog die Mütze vom Kopf und musterte Mario.

»Für Balmelli? Das hat er mir gar nicht erzählt.«

»Nun ja...«, begann Contini.

»Also...«, setzte Mario an.

Vor dem Kommissar standen sie da wie zwei Kinder, die in der Küche mit Glasscherben und einem dicken Marmeladenklecks auf dem Fußboden erwischt worden sind. Sie sahen einander in die Augen. Schließlich flüsterte Mario: »Man muss den Mörder finden.«

»Und zwar schnell«, ergänzte Contini. »So schnell es geht.«

15

Psychologische Situation

Es folgten schwierige Tage.

Die Polizei vernahm Angehörige und Mitarbeiter, veröffentlichte Pressemitteilungen, billigte Continis Anwesenheit. Letzteres verdankte sich der Tatsache, dass der Detektiv auf Mario Balmelli, der kurz vor einem Nervenzusammenbruch zu stehen schien, einen beruhigenden Einfluss ausübte.

Die Zeitungen titelten, zweifellos sei der Sofakiller ins Tessin gekommen – und zwar wohl kaum wegen der schönen Natur, wie einige zu Zynismus aufgelegte Schreiberlinge hinzufügten. Dolcecasa hatte wieder geöffnet und verzeichnete merkwürdigerweise eine verstärkte Nachfrage. Mario überließ Colucci die Kundenbetreuung, aber ohne Giorgio steuerte die Firma auf einen raschen Niedergang zu.

Die drohende Insolvenz ließ sich kaum dadurch abwenden, dass man an Leute, die Mario Balmelli (der vielleicht der Mörder war?) aus unmittelbarer Nähe sehen wollten, ein paar Sofas verkaufte. Aber ein Sofa konnte zumindest helfen, und so erhielt Lisa Macchi vom Konkursamt den Auftrag, Mario in die Rettungsmaßnahmen einzubinden. Angesichts des großen Medienechos beschloss Alberto Geronzi, sich persönlich einzuschalten.

Der Chef des Amtes und die Angestellte vereinbarten mit Contini ein Treffen in der *Bar Charlie* in Bellinzona, ganz zwanglos, versteht sich, um, wie Geronzi es nannte, die »psychologische Situation« in Augenschein zu nehmen.

Die junge Frau wirkte nervös. Während sie darauf warteten, dass Geronzi ein Telefonat beendete, ergriff Contini entschuldigend das Wort.

»Ich hätte Sie wegen dieser persönlichen Angelegenheit anrufen sollen. Tut mir leid, ich habe es vollkommen vergessen.«

»Oh!« Lisa errötete. »Es freut mich, dass Sie darauf zu sprechen kommen. Ich hatte gedacht, Sie wollten mir nicht helfen. Diese Geschichte raubt mir noch den Schlaf...«

In diesem Augenblick kehrte Geronzi an den Tisch zurück und unterbrach die junge Angestellte mit väterlicher Gebärde: »Lisa, es ist besser, du lässt mich reden.«

»Okay Chef. Aber ich habe...«

»Es stimmt schon, dass du dazugelernt hast, aber die Sache ist heikel. Herr Balmelli vertraut dir, und das ist gut so, allerdings sitzen uns die Medien im Nacken, und das ist weniger gut.«

»Manchmal können Medien auch hilfreich sein«, wandte Contini ein. Er zog das Wort »Medien« ein wenig in die Länge, und die unterschiedliche Aussprache der beiden Männer wirkte beinahe wie eine gegenseitige Provokation. Lisa verfolgte das Gespräch gebannt und bewegte den Kopf hin und her, als schaue sie sich ein Tennismatch an.

»Lassen wir die Medien vorläufig beiseite.« Geronzi wedelte energisch mit der Hand. »Kommen wir lieber auf Sie zu sprechen.«

»Auf mich?«

»Sie sind Detektiv.«

»Ich bin so frei.«

»Und Sie stellen Ermittlungen zur Vergangenheit und aktuellen Lage von Dolcecasa an.«

»So ist es. Und ... ist das gut so?«

Geronzi sah ihn an, als habe er den Eindruck, auf den Arm genommen zu werden. Aber eine weitere energische Geste genügte, um den Eindruck zu vertreiben.

»Entscheidend ist, dass Balmelli dem Schlag standhält, verstehen Sie? Dolcecasa ist ein solides, traditionsreiches Unternehmen. Unser Amt hat daher einen Aufschub gewährt, und wir bemühen uns um eine kooperative Verwaltung.«

»Sind die Gläubiger einverstanden?«, fragte Contini.

»Sie hegen die Hoffnung, dass Dolcecasa wieder solvent wird.«

»So wie es vor einigen Jahren der Fall war?«

»Wie bitte?«

»Es ist nicht das erste Mal, dass Dolcecasa ins Schlingern gerät.«

»Das ist doch Ewigkeiten her!«, mischte sich Lisa ein. »Mindestens drei Jahre. Damals hat sich Veronica darum gekümmert, ich hatte gerade erst angefangen zu arbeiten.«

»Lisa, ich bitte dich!« Erneut eine energische Geste. Wie ein Karateschlag in Zeitlupe. »Wir wollen nicht abschweifen. Beim letzten Mal ist die Firma nicht nur wieder solvent geworden, sondern hat ihren Umsatz sogar noch gesteigert.«

»Der jedoch nun wieder eingebrochen ist«, bemerkte Contini.

»Das stimmt. Allerdings gibt es auch diesmal Anzeichen für eine Erholung, oder, besser gesagt, es gab sie vor den letzten Ereignissen. Nur war Giorgio, ebenso wie Crespi, nicht zur Zusammenarbeit bereit. Mario scheint da offener zu sein, aber er kennt sich mit der Buchhaltung nicht aus. Das führt uns zurück zur psychologischen Situation: Er fühlt sich dem Ganzen nicht gewachsen, fühlt sich ausgegrenzt, unfähig, unnütz.«

Contini war von diesen so hart und nüchtern herausgespuckten Adjektiven ziemlich beeindruckt. Er musste zugeben, dass Geronzi gewisse dramaturgische Fähigkeiten besaß. »Und was könnte ich tun?«, fragte er.

»Ich weiß nicht, wohin Ihre Untersuchungen Sie führen werden.« Kurze Pause. »Aber wo auch immer Sie landen, es wäre hilfreich, wenn Sie Herrn Balmelli zu einer Überprüfung der Buchhaltung der letzten Jahre bewegen könnten; und unsere junge Mitarbeiterin Frau Macchi, die sich sehr gut mit Zahlen auskennt, sollte ihn unterstützen. Wenn Sie es schaffen, ihn von der Notwendigkeit einer solchen Überprüfung zu überzeugen …«

»Habe verstanden.« Contini fuchtelte mit der Hand und versuchte, den Karateschlag zu imitieren. »Aber Sie müssen mir ebenfalls helfen.«

Geronzi zog die Augenbrauen hoch. »Wie das?«

»In den vergangenen Tagen habe ich mich wegen der Konkursangelegenheit hier und dort umgehört. Auch in Ihrem Amt. Und ich habe mich gefragt, was Sie zu verbergen haben.«

Geronzis Empörung war geradezu körperlich spürbar wie Schwingungen in der Luft. Auch Charlie, der ja eigentlich Lucas hieß, warf von hinter der Theke einen Blick zu ihnen hinüber. Es war die tote Zeit am Nachmittag, und kein Mensch war in der Bar, sodass Lucas das Gespräch, wenn auch aus einiger Entfernung, mit gewissem Interesse zu verfolgen schien. Auch in seinem Fall zog das Konkursamt, wie er Contini anvertraut hatte, einen Rettungsversuch in Erwägung.

»Hören Sie mir zu, Contini?«

»Verzeihen Sie, ich war in Gedanken bei der Bar. Was haben Sie gesagt?«

Manche Leute waren davon überzeugt, dass Contini diese Augenblicke der Zerstreutheit nur vortäuschte – eine Technik, um sein Gegenüber aus der Reserve zu locken. In Wahrheit verlor er sich tatsächlich manchmal in seinen Fantastereien, in dem, was Francesca die »ferne Contini-Welt« nannte.

»Ich sagte, dass es nichts zu verbergen gibt und dass Sie besser nachdenken sollten, bevor Sie gewisse Unterstellungen machen!«

»Wo sind die Akten zu dem ersten Beinahe-Konkurs? Weshalb will niemand darüber reden, nicht einmal Ihre Angestellte Molina, obwohl Balmelli seine Zustimmung gegeben hat?«

Contini zog ein von Balmelli unterzeichnetes Schreiben aus der Tasche. Geronzi betrachtete es, als sei es ein Giftpilz.

»Balmelli hat nicht zu entscheiden, worüber wir reden können und wollen.«

»Natürlich nicht. Aber vielleicht beruhigt Sie das ja... eigentlich will ich nur ein paar kurze Fragen mit Veronica Molina klären.«

»Vielleicht könnte ich mit ihr reden!«, warf Lisa ein.

Sie erntete einen strafenden Blick von ihrem Chef, aber irgendwie schaffte sie es, die Spannung zu lösen, sodass Contini sich zu fragen begann, ob die junge Frau wirklich so naiv war, wie sie schien.

Geronzi ließ sich zu einem Lächeln verleiten und sagte mit müder Stimme: »Ruhig, Lisa.« Dann wandte er sich an Contini. »Hören Sie, ich werde dafür sorgen, dass Ihnen entsprechende Unterlagen zukommen, und ich werde Frau Molina gestatten, mit Ihnen zu sprechen. Mehr kann ich nicht tun.«

»Damit bin ich zufrieden.«

Sich zufriedenzugeben war seine Spezialität. Er hatte gelernt, auf die kleinen Dinge zu achten: auf Gerede, Zögern, auf kaum wahrnehmbare Abweichungen vom Gewohnten. Die Polizei fügte Beweise zusammen und klopfte das Terrain ab, indem sie Gegenüberstellungen, Hausdurchsuchungen und Verhöre durchführte. Er musste sich damit zufriedengeben, am Rande der Ermittlungen zu agieren.

16

Labyrinth

Von Corvesco nach Paradiso, von Paradiso nach Bellinzona, von Bellinzona nach Grancia, die Autobahn rauf und runter, den Hut unter die Windschutzscheibe geklemmt und die Winterjacke auf dem Beifahrersitz. Contini war auf Achse. Wie eine Maus im Labyrinth, ständig auf Achse. Zwischen der südlichen Schweiz und der Lombardei klaubte er Mandanten auf, wo er nur konnte, ermittelte bei kleinen Diebstählen oder persönlichen Problemen. Er war ein Hausdetektiv und stets auf denselben Straßen unterwegs. Wer weiß, pflegte Francesca zu sagen, vielleicht kommt man nur weiter, indem man sich in einem Labyrinth verläuft…

»Herr Contini?«

»Ja.« Der Detektiv seufzte. »Ja, ich höre Ihnen zu. Allerdings hat Mario gesagt, dass sich hier in Grancia Colucci um den Showroom kümmert.«

»Normalerweise ist das auch so«, erklärte Piscitello. »Aber nach dem Tod des armen Giorgio mag sein Bruder nicht länger in Cadenazzo sein.«

Sie tranken Kaffee, in Grancia, in der Bar eines Einkaufszentrums ganz in der Nähe der Dolcecasa-Filiale. Franco Piscitello, Leiter der Tischlerei, versuchte vergebens, seine Unruhe zu verbergen.

»Eigentlich sollte Colucci nach Bellinzona, ich müsste nach

Cadenazzo und Mario hierher, aber er bleibt zu Hause, weil er die Nase voll hat … also bin ich hier, Colucci ist in Cadenazzo, und Bellinzona bleibt geschlossen.«

Contini schloss die Augen. Dann öffnete er sie wieder.

»Ein Labyrinth …«, murmelte er. Dann wandte er sich an Piscitello. »Ich kann mir denken, dass es für alle eine schwierige Zeit ist.«

Der Mann sah zu Boden. »Es heißt, diesmal sind wir endgültig am Ende. Aber Sie, Sie sind doch eine Art von … von …«

»Berater.«

»Genau, also all das – wissen Sie vielleicht mehr darüber?«

Leider hatte auch Contini nicht die geringste Vorstellung. Aus genau diesem Grund wollte er von Piscitello wissen, was Giorgio für ein Typ gewesen und ob er in der Firma beliebt gewesen sei.

»Er war auf Zack! Ein richtiges Arbeitstier, das kann ich Ihnen versichern!«

»Mir ist zu Ohren gekommen, dass er am letzten Abend eine Auseinandersetzung mit Mario hatte.«

»Ja, in Cadenazzo. An dem Abend hat der arme Giorgio sich mit allen ein bisschen angelegt … wer hätte auch ahnen können, was …«

»Er hatte auch oft mit Ihrem Buchhalter Streit … wie hieß er noch gleich?«

»Amedeo Crespi. Ein schrecklicher Tod, auch für ihn. Er war genau so ein Arbeitstier, das können Sie mir glauben …«

»Offenbar hat er sich auch um die Leiharbeiter gekümmert.«

»Wie bitte?«

»Ihr stellt wochenweise Tischler ein, oder? Mario hat mir

erzählt, dass während besonders arbeitsintensiver Zeiten das Personal nicht ausreicht.«

»Ach, wenn wir doch nur mehr arbeitsintensive Zeiten hätten! Vor einigen Jahren kam das noch öfter vor, damals hatten wir ein Abkommen mit einer lombardischen Firma.«

»Und wie hat das funktioniert?«

»Darum hat sich Giorgio gekümmert, die hatten alle nur eine befristete Arbeitserlaubnis.«

»Ja, ich habe die Unterlagen gesehen.« Contini kratzte sich am Kopf. »Komplizierte Angelegenheit. Besagte Firma wurde nicht zufällig von einem gewissen Arnaboldi geleitet?«

»Doch, kann sein. Wir haben hin und wieder gewechselt, denn da kommen manchmal Leute … Ich will einfach gelernte Tischler und verlange wahrlich keine Genies, aber stellen Sie sich vor, eine dieser Firmen hat uns Jungs geschickt, die nicht den leisesten Schimmer hatten. Ich kann mich an einen erinnern, der war Förster. Ich zu ihm: Und was hat das mit Tischlerei zu tun? Er: Keine Ahnung. Also rufe ich den Typen von der Firma an, und der ganz dreist: Wald, Möbel, ist doch alles Holz! Was soll man da sagen?«

17

Motor aus

Es gab ein Geheimnis, das Contini vor seinen hochtechnologischen Kollegen verbarg: In seinem Auto, das beinahe noch älter war als das von Lisa Macchi oder das von Signora Noemi, gab es keinen CD-Player. Stattdessen hatte er eine kleine Sammlung von Kassetten, die er immer wieder abspielte, bis die Tonbänder irgendwann hinüber waren.

Größtenteils waren es französische Chansons, alte Stücke, wie das von Georges Brassens, das er an diesem Nachmittag auf dem Heimweg nach Corvesco hörte. Zu Beginn fragt sich der Chansonier, ob die Tanne oder Eiche, aus der man seinen Sarg zimmern wird, noch steht. Contini dachte unweigerlich an Möbel, Tischler und Piscitellos Unmut.

Ein müßiger Gedanke: Warum versuchten die Balmellis es nicht mit Särgen? Das Design des letzten Geleits für einen stilvollen Abgang… Ein etwas ernsterer Gedanke: War Dolcecasa tatsächlich in der Lage, dem Doppelangriff standzuhalten? Der Wirtschaftskrise *und* der Bedrohung durch den namenlosen Mörder?

Est-il encore debout le chêne ou le sapin de mon cercueil? Auf der Straße mitten durch den Wald kam Contini ins Grübeln. Am Ende fiel alles der Zeit zum Opfer, doch geschah das langsam, und man konnte sich der Illusion hingeben, dass es nicht so war. Dabei genügte so wenig, um die Zivilisation zu zerstören: ein Drei-Generationen-Betrieb, ein sicherer Ort, ein gesunder Körper... alles in den Händen eines Unbekannten. Eines Mannes, der nicht nur Leben auslöschte, sondern sich anschließend auch noch an Gegenständen abreagierte, Wohnungen verwüstete. Ein nüchterner Gedanke: Woher kam dieser Hass?

Est-il encore debout le chêne ou le sapin de mon cercueil?

Die Zeile blieb Contini im Gedächtnis, und als er das Haus betrat, ertappte er sich dabei, dass er sie trällerte. In der Küchentür tauchte Francescas Kopf auf: »So gut gelaunt...«

»Ah, hallo«, gab Contini zurück. »Wie geht's?«

»Mein Mann kommt heim, singt von Särgen, und alles ist gut.«

»Ja, das mag ein bisschen makaber wirken.«

»Ich werd's mir merken: Eiche oder Tanne. Hast du bestimmte Wünsche, was den Blumenschmuck betrifft?«

»Irgendwas Buntes.« Contini befreite sich von Hut und Jacke und ließ sich in einen Sessel fallen. »Puh, was für ein Tag...«

»Labyrinth?«

»Labyrinth. Dieses verdammte Dolcecasa ist im gesamten Kanton verstreut. Dabei ist es mir nicht mal gelungen, mit Colucci zu sprechen.«

»Ruf ihn doch einfach an!«

»Nein, ich will ihm in die Augen schauen.«

Bei seiner ersten Begegnung mit Colucci, noch vor Giorgios Tod, hatte Contini den Eindruck gehabt, dass dem Mann nicht wohl war in seiner Haut. Obwohl niemand ihn angreifen wollte, hatte er nichts Eiligeres zu tun gehabt, als sich zu verteidigen, und ständig wiederholt, dass alle ein Alibi hätten. Das hatte vielleicht nicht viel zu bedeuten. Nicht allzu viel. Abgesehen von dem nervösen, ausweichenden Gebaren.

»Willst du ihn mit den Tatsachen konfrontieren?«, fragte Francesca.

»Mit welchen Tatsachen?« Contini schüttelte den Kopf. »Ich habe lediglich Eindrücke, Ideen, das ist alles. Und vermutlich sind sie falsch.«

»Sind es diese französischen Chansons, die dich so optimistisch stimmen?«

»Ich habe nichts in der Hand, ich kann mir noch nicht mal ein Motiv vorstellen.«

»Eine Ungerechtigkeit? Irgendein Groll gegen Balmelli?«

»Und warum musste dann auch Crespi dran glauben? Und was hat außerdem dieser Kerl von der Personalabteilung, dieser Prosperi, damit zu tun?«

»Vielleicht weiß die Polizei bereits mehr.«

Contini starrte sie an.

»Wieso …«, Francesca wirkte leicht verlegen. »Na ja, wieso fragst du nicht einfach dort nach? Was du so erzählt hast, ist De Marchi doch ganz sympathisch.«

Contini bedachte sie mit einem eisigen Blick.

»Da wäre ich ja ein toller Detektiv. Was macht er, wenn er nicht weiterweiß? Er fragt die Polizei! Das Einmaleins des wahren Detektives …«

»Schon gut, vergiss es.«

»Und außerdem: Warum sollten sie es mir verraten? Sie lassen mich in Ruhe, weil Balmelli völlig am Ende ist und sie Angst haben, dass er eine Dummheit begeht. Scheinbar habe ich einen beruhigenden Einfluss auf ihn. Ein Kindermädchen-Detektiv, das bin ich!«

Jeder kennt diese Momente, in denen man der Versuchung, sich selbst zu bemitleiden, kaum widerstehen kann. Contini kam nur mit Mühe über die Runden, aber in der Regel wusste er die Vorzüge seines Berufs dennoch zu schätzen: die Unabhängigkeit und die Möglichkeit, anderen zu helfen. Eben dieser zweite Punkt war entscheidend. Abgesehen von der Werbung im Branchenbuch und im Internet war er froh, wenn Mandanten bei ihm anfragten, weil sie von anderen gehört hatten, dass dieser Contini für die Lösung von Problemen bestens geeignet sei. Manche Probleme waren leider allzu groß. Bisweilen brauchten die Leute auch nur jemanden, der ihnen zuhörte.

»Lieg nicht auf der faulen Haut, Contini. Ich habe gesehen, dass da ein paar Nachrichten auf dem AB sind, offenbar gibt es außer Balmelli noch andere, die dich … he, was ist los mit dir?«

Contini war aufgesprungen und hätte beinahe den Sessel umgestoßen. Auf der Suche nach Hut und Jacke streifte er durch das Chaos in seinem Wohnzimmer. Natürlich döste auf der Jacke die graue Katze. Der Detektiv weckte sie und verscheuchte sie erbarmungslos.

»Die junge Frau!«

»Welche junge Frau?«, fragte Francesca.

»Ich war mit dieser Angestellten aus dem Konkursamt verabredet. Das habe ich vergessen … ich hatte ihr versprochen, heute Abend bei ihr vorbeizuschauen.«

»Bei ihr zu Hause? Um diese Uhrzeit?«

Die Katze verließ beleidigt das Wohnzimmer und verschwand auf der Suche nach ruhigeren Gefilden.

»Ich bin extra aus Locarno hergekommen, und jetzt willst du schon wieder verschwinden?«

»Sie ist eine Mandantin.«

»Nein, sie ist eine Verdächtige im Fall Balmelli.«

»Eine Verdächtige?« Contini sah sie an. »Wie kommst du denn darauf?«

»Weil alle verdächtig sind, das sagt ihr doch immer, oder?«

»Ihr?«

»Du fährst bei ihr vorbei, weil du hoffst, dass sie dir von Colucci erzählt. Aber wie könnt ihr glauben, dass die Leute mit euch statt mit der Polizei reden?«

»Wen meinst du denn mit ihr?«

»Ihr … also du, natürlich! Du, der du schon wieder durchs halbe Tessin fährst für eine, die wer weiß was von dir will! Wobei ich mir schon denken kann, was die will …«

Francesca war nicht wirklich eifersüchtig. Aber es war nicht das erste und auch nicht das zweite oder dritte Mal, dass Contini sie sitzenließ. Trotz ihrer beneidenswerten Geduld tat sich hin und wieder ein Riss auf.

»Vielleicht hat sie ein wichtiges Anliegen«, sagte Contini.

Francesca ließ ihn wissen, dass auch sie ein Anliegen habe.

Contini erwiderte, es gebe Anliegen und Anliegen.

Sie erkundigte sich, welche Stellung ihre Anliegen in seiner Rangfolge einnähmen, ob sie vor oder nach denen der Katze kämen. Er versprach, möglichst zeitig zurückzukehren. Und die Füchse, erwiderte sie, wir dürfen die Anliegen der Füchse nicht vergessen …

Bevor er losfuhr, gab Francesca ihm schließlich doch noch einen Kuss.

»Bitte pass auf, dass du nicht in Schwierigkeiten gerätst.«

Sie sei viel zu gutmütig, hielten ihr die Freundinnen vor. Aber Francesca war keine Pessimistin, sie gehörte nicht zu denen, die sagten: Männer ändern sich nicht. In Wahrheit hatte sich Contini mit der Zeit durchaus verändert, er war nicht mehr so mürrisch, nicht mehr so schroff. Männer entwickeln sich, aber man darf sie nicht unter Druck setzen. Man muss ihnen den Glauben lassen, ganz ihr eigener Herr zu sein, sich selbst stets treu und immer konsequent. So war das, Francesca sorgte für den natürlichen Wandel oder, besser gesagt, für eine langsame Reifung.

Während er zu den Klängen von Brassens hinterm Steuer saß, dachte Contini seinerseits darüber nach, dass er an einem einzigen Abend gleich zwei Frauen verprellt hatte: Francesca und, da er zwei Stunden zu spät war, auch Lisa Macchi.

Wobei Francesca wohl mehr unter ihm zu leiden hatte. Er wusste, dass er ihr bisweilen allzu viel zumutete. Angefangen bei ihrer Partnerschaft nach dem Muster von Pärchen aus den 50er-Jahren: jeder in seiner eigenen Wohnung, sie in Locarno, er in Corvesco, Verabredungen zum Abendessen und hin und wieder, wenn es sich beim besten Willen nicht umgehen ließ, ein Kurzurlaub am Wochenende.

War das eine reife und ernste Beziehung?

Er fand das durchaus. Reif, ernst und seltsam.

Obwohl sie beide teilweise ausländische Wurzeln hatten, spiegelte ihre Beziehung die Herzlichkeit des Schweizer Gemüts wider, gepaart mit einem gewissen Maß an Zurückhaltung. Wobei Contini es lieber Höflichkeit nannte.

Es gehörte inzwischen zum guten Ton, sie schlechtzumachen und als Heuchelei abzutun, aber für Contini blieb Höflichkeit eine der großen helvetischen Tugenden. Und er hielt sich an die Tradition: Soweit es in seiner Macht stand, half er allen, die ihn darum baten.

Lisa wohnte in Chiasso. Kurz vor der Autobahnausfahrt, während Contini noch über den schlechten Ruf der Schweiz, über gute Erziehung und seine ganz persönliche Schüchternheit nachdachte, gab ihm ein Polizeiwagen ein Zeichen, rechts ranzufahren.

Er wartete, kurbelte das Fenster herunter. Ein Polizist musterte ihn, im wörtlichen wie im übertragenen Sinne, von oben bis unten.

»Würden Sie bitte den Motor abstellen!«

»Gibt es ein Problem?«

»Schalten Sie bitte den Motor aus!«

»Ja, natürlich.« Contini tat, was man von ihm verlangte. »Aber, sagen Sie, was ist das Problem?«

»Führerschein, Fahrzeugpapiere.«

Ein unbestimmtes Schuldgefühl beschlich Contini. Er hatte keinen Schimmer, welches Verbrechen er begangen hatte, aber alles am Gebaren des Polizisten deutete darauf hin, dass er nicht länger ein würdiger Vertreter der Zivilgesellschaft war.

»Ist Ihnen bekannt, dass die Höchstgeschwindigkeit in der Lärmschutzzone achtzig Stundenkilometer beträgt?«

Geschwindigkeitsübertretung. Contini war geradezu erleichtert. Er gehörte zu den Leuten, die gemächlich fuhren, allzu weit konnte er also nicht über dem Limit gelegen haben.

»Hören Sie ...«

»Sie sind etwas schnell gefahren, Herr Contini.«

»Tut mir leid.«

»Drei Stundenkilometer über der gesetzlichen Grenze zum Führerscheinentzug.«

»Tut mir leid. Aber der Spielraum von ...«

»Der Toleranzspielraum von fünf Stundenkilometern ist bereits inbegriffen, Herr Contini.«

»Oh, tut mir leid.«

»Sie werden in Kürze den Bußgeldbescheid erhalten. Stimmt die Adresse noch?«

»Ja, aber ich ...«

»Und der Führerschein wird Ihnen für mindestens einen Monat entzogen. Ist das das erste Mal?«

»Wie bitte?«

»Ist er Ihnen schon mal entzogen worden?«

»Nein, ich ... Der Führerschein? Soll das heißen, dass ...?«

Der Polizist sah ihn an. Contini versuchte zu ergründen, ob hinter den Pupillen, in einem Augenwinkel, irgendwo an einem entlegenen Punkt der Regenbogenhaut zufällig ein Fünkchen Mitgefühl verborgen lag. Aber im Grunde wusste er, dass jeder Versuch zwecklos war. Er war zu schnell gefahren, wenn auch nicht viel, und musste nun dafür geradestehen.

Gründlichkeit. Eine weitere helvetische Tugend.

Und es gab Tugenden, die, wenn sie sich gegen einen wandten, schmerzlicher sein konnten als ein Manko.

18

Geister

Mario Balmelli hatte Sehnsucht nach Johnny Fontana.

Schon möglich, dass es kindisch war, dachte er, aber bei Licht betrachtet war ich damals glücklich, und heute bin ich gar nichts. Er fühlte sich sogar seines Schmerzes beraubt. Wie konnte er die Trauer um den Bruder verarbeiten, wenn er ständig von Journalisten, der Polizei, dem Bestattungsinstitut und den Angestellten des Konkursamtes abgelenkt wurde, oder auch von Colucci, der jetzt, da er plötzlich die alleinige Führung von Dolcecasa innehatte, kaum noch wusste, wo ihm der Kopf stand?

Doch vielleicht war es auch er selbst, der nicht mehr wusste, wo ihm der Kopf stand. Seit zwei Tagen hatte er das Haus nicht verlassen und sich auf die allernötigsten Kontakte beschränkt. Er hatte die Fensterläden verrammelt und sich, wenn er Hunger verspürte, telefonisch etwas bestellt. Die meiste Zeit spielte er wie ein Besessener Saxophon und betrachtete sein Spiegelbild in den Fensterscheiben.

Er wohnte in Giubiasco, in einem Haus Ecke Via del Piano und Via Seghezzone. Ganz in der Nähe befanden sich die Autobahn und der Fluss Tessin, dahinter begannen die Felder. An schönen Tagen wanderte Mario gern die Feldwege entlang, den Geruch von Erde in der Nase und in Gedanken bei sich.

Aber die schönen Tage waren vorbei.

Es verging keine halbe Stunde, ohne dass das Telefon klingelte. Mario ging nur ran, wenn es Anna oder Colucci war. Aber die Versuchung, das Handy einfach abzuschalten, wurde immer stärker.

Er sah auf das Display. Drei unbeantwortete Anrufe: Colucci. Er rief zurück, und Coluccis Tonfall verriet, wie nervös er war.

»Mario, endlich! Hör zu, hier herrscht Chaos. Die Angestellte vom Konkursamt ist hier, ab morgen werden sie übernehmen.«

»Was denn übernehmen?«

»Das musst du mit ihr besprechen, es gibt da einige Papiere zu unterschreiben. Sag, wo steckst du?«

Mario hielt das Handy von sich weg, bis er die leise Stimme Coluccis, die unaufhörlich weiterredete, kaum noch hörte. Dann näherten sich seine Lippen dem Telefon, und er sagte: »In Ordnung.«

Er packte das Saxophon in den Kofferraum und fuhr los. Der zwischen eine Diskothek und ein Fachgeschäft für Metalldichtungen gezwängte Showroom in Cadenazzo war kaum zehn Minuten entfernt. Als Mario parkte, war es fast dunkel. Zum ersten Mal in diesem Herbst lag ein Anflug von Winter in der Luft.

Noch ein paar Wochen zuvor war er sicher gewesen, sowohl die Firmenweihnachtsfeier als auch das übliche Familientreffen der Balmellis umgehen zu können. Aber er hatte sich getäuscht: Stattdessen war es Giorgio mit seinem Bäuchlein, dem gutmütigen Lächeln und den vom Champagner geröteten Wangen, der nicht dabei sein würde. Und er selbst, Mario, würde, statt sich weit weg ein neues Leben aufzubauen, neben Anna sitzen und den Verwandten Mut zusprechen, was die Zukunft von Dolcecasa anging.

Sie waren zusammen gestorben: Giorgio Balmelli und Johnny Fontana.

Während Mario das Saxophon aus dem Auto nahm und das Geschäft betrat, spürte er den Verlust beider und fühlte sich beiden nahe. Fast war ihm, als höre er Giorgio, der ihn mit lauter Stimme begrüßte und fragte, was er denn im Büro mit diesem wunderbaren Instrument vorhabe und warum er es immer und überallhin mitnehme.

»Da bist du ja!«, empfing ihn Colucci. »Es ist nur eine Sache von einer Minute, aber es gibt ein paar Dinge, die einer der Inhaber unterzeichnen muss. Ich weiß nicht, warum die junge Frau hier mir das nicht eher gesagt hat …«

Die junge Frau hier war Lisa Macchi, die zwischen den ausgestellten Möbeln herumschlenderte. Bei Coluccis Worten schaute sie herüber und lächelte, als sie Mario erblickte.

»Oh, hallo! Hast du das Saxophon dabei?«

»Ich …« Mario sah sie an, als bemerke er erst jetzt, dass er den Instrumentenkoffer in der Hand hielt.

»Großartig!«, rief Lisa.

Colucci hüstelte. Er schien unwirsch und war, wie Mario bemerkte, für einen Abend im Büro allzu elegant gekleidet: grauer Anzug, schwarzes Hemd, gegeltes Haar und polierte Schuhe. Mario fragte sich, ob Colucci wieder einmal eine Liebesaffäre mit Spezialeffekt am Laufen hatte, wie Giorgio das bei guter Laune gern genannt hatte. Zum Glück war Giorgio nie ganz dahintergekommen, wie speziell diese Effekte tatsächlich waren …

»Bist du verabredet?«

»Wieso das denn?«, verteidigte sich Colucci.

»Weil ich dich im Verführer-Look sehe.«

»Ach, hör doch auf.« Colucci schüttelte den Kopf und spähte in Lisas Richtung. »Findest du das jetzt angebracht? Komm her, setz dich.«

Ganz so einfach wollte Mario es ihm nicht machen. Zwischen ihnen beiden herrschte seit jeher eine gewisse Anspannung, vielleicht, weil Colucci fand, dass Mario kein Rückgrat habe.

»Du kannst ruhig gehen«, sagte Mario. »Wir kriegen das schon hin. Wird ja nicht so lange dauern, oder?« Die Frage war an Lisa gerichtet.

»Es ist nur eine Unterschrift«, antwortete die junge Frau. »Der Chef hat mich geschickt, da meine Kollegin, die sich zwar besser auskennt …«

»Schon gut«, fiel Colucci ihr ins Wort. »Letztlich geht es darum, die Buchhaltung offiziell in die Hände des Amts zu legen, allerdings unter der Bedingung, dass wir im Falle eines sich abzeichnenden Aufwärtstrends erneut Aufschub bekommen.«

»Mit anderen Worten eine reine Formalität«, sagte Mario. »Du kannst also nach Hause gehen.«

Colucci versuchte zu protestieren.

»Aber es ist noch früh, und ich hatte eigentlich vor, heute länger zu bleiben.«

»Du hast schon so viel gearbeitet.« Mario blieb unbeugsam. »In letzter Zeit habe ich dich oft alleingelassen, da sollst du jetzt einen Ausgleich bekommen.«

»Aber die ganze Angelegenheit obliegt doch mir …«

»Es ist bloß eine Unterschrift, oder? Das kriege ich schon hin. Du solltest dich wirklich ausruhen.«

Am Ende siegte Marios Dickschädel. Colucci verabschiedete sich ein wenig zu förmlich von Lisa, während sie ihn anstarrte wie eine Schülerin, die sich mit einer absolut unverständlichen Fragestellung konfrontiert sieht.

»Oh, zu dem warst du aber nicht besonders freundlich!«, sagte sie, kaum dass Colucci draußen war.

»War ich zu schroff?«

»Du bist der Chef, und wie du es machst, ist dein Ding.«

»Damit hat das nichts zu tun. Es ist vielmehr ...«

Mario erklärte es ihr. Es war eine Art Impuls – in der Tat eine Taktlosigkeit. Aber noch bevor er hatte nachdenken können, waren ihm die Worte bereits herausgerutscht.

Das Stichwort lautete: Frauen. Sie waren Coluccis Schwäche, aber auch seine Rettung, das, was ihn nach dem Suizid seines vorherigen Arbeitgebers davor bewahrt hatte, sich der Verzweiflung hinzugeben. Er hatte schon viele Verlobte gehabt, wie er sie nannte, und wenn er abends zwischen all den Sofas und Betten länger bei der Arbeit blieb, nutzte er gern die Gelegenheit, um seine neueste Flamme einzuladen. Giorgio hatte davon zum Glück nie etwas mitbekommen.

Lisa hörte ihm schweigend zu. Dann sah sie sich um und sagte: »Was für ein Typ! Aber irgendwelche Möbel würde ich mir deshalb trotzdem nicht kaufen.«

19

In a Sentimental Mood

Zwischen Giubiasco und Magadino erstreckt sich, wie eine Miniatur-Poebene, ein von Bergen begrenztes, flaches und fruchtbares Stück Land. Obwohl diese Gegend weder besonders malerisch noch für den Tourismus attraktiv ist, mochte Mario sie. Doch an diesem Abend fühlte er sich, als er vor den dunklen Fenstern stand, in denen wie daheim sein Spiegelbild zu sehen war, wie in einem Käfig. Er dachte, dass er hier sterben würde, zwischen Geschäften und Fabriken, eingesperrt zwischen schnurgeraden, von Böschungen gesäumten Straßen, die ins Nichts führten.

»Machst du dir Sorgen wegen der Pleite?«, fragte Lisa.

Mario musste lachen.

»Das kannst du laut sagen …«

Sie deutete auf die Unterlagen auf dem Tisch. »Lass dich nicht runterziehen. Ich kenne so viele, die sich wieder berappelt haben …«

»Und ich kenne viele, bei denen es nicht so ist.«

Wieso war er hier und diskutierte? Das war absurd: Diese Frau arbeitete für eben das Amt, das im Begriff war, sein Scheitern zu besiegeln!

»Vor einiger Zeit bin ich am Haus eines ehemaligen Klassenkameraden aus der Mittelschule vorbeigekommen. Besser gesagt am Haus seiner Eltern: Er hat sich mit zwanzig das

Hirn von Drogen zerfressen lassen, jetzt sieht er aus wie fünfzig und streunt, in Selbstgespräche vertieft, durch die Stadt. Ein anderer Klassenkamerad hat zwei Kinder, organisiert für sie die Geburtstagsfeiern und applaudiert bei ihren musikalischen Darbietungen. Warum? Was ist mit den beiden, die gemeinsam die Schulbank gedrückt haben, passiert?«

Mario legte eine Atempause ein. Die Stille war surreal. Lisa schien noch nicht einmal zu atmen.

»Wer achtet schon auf all die Orientierungslosen, die Gestrandeten, die verkrachten Existenzen und Pechvögel, die mit fünfzehn oder fünfundzwanzig den Höhepunkt erreicht haben und nun so tun, als sei alles normal? Die Welt ist voll von Gescheiterten, die sich nicht mehr berappeln.«

Lisa ließ sich von der Wucht seiner Worte nicht beeindrucken.

»Es gibt aber Leute, die sich berappeln«, beharrte sie. »Stan hat sich das sogar auf den Arm tätowieren lassen: *Ever tried. Ever failed. No matter. Try again. Fail again. Fail better*. Schön, oder?«

Mario sah sie mit hochgezogenen Brauen an. »Was? Wer ist denn Stan?«

»Stan Wawrinka, schaust du nie Tennis? Den Spruch fand ich schon immer gut. Leider habe ich fast keinen Platz mehr ...« Sie betrachtete ihre mit Tattoos übersäten Arme. »Magst du nicht was spielen?«

Mario spielte.

Er fühlte sich merkwürdig, als habe diese Frau ihn an einen ungeahnten Ort geführt. An einen Ort ohne Möbel und Geschäfte, ohne Straßen und Böschungen. Einen weit entfernten Ort.

»Schön!«, rief Lisa am Ende. »Was ist das, was Bekanntes?«

»Ich würde mal sagen: ja! *In a Sentimental Mood.* So, wie

er es mit Duke gespielt hat, auf ihrem gemeinsam produzierten Album.«

»Duke? So heißt der?«

»Duke Ellington. In dem Duo spielt er Klavier.«

»Und wie heißt der andere Typ?«

»Coltrane…«

»Coltrane. Und wieso nennst du Duke beim Vornamen? Ist er noch so jung?«

Mario fragte sich, ob sie ihn auf den Arm nehmen wollte. Aber nein, sie war ganz ernst.

»Du nennst diesen Tennisspieler doch auch beim Vornamen«, antwortete er.

»Stan? Ja, stimmt…« Lisa lächelte. »Ein Punkt für dich.«

Sie saßen auf einem schwarzen Sofa. Leder, Textilkissen, farblich abgestimmte Beine. Ringsum die üblichen Möbel und Lampen, die allesamt brannten.

Was haben wir hier eigentlich zu suchen?, fragte sich Mario.

»Wieso macht ihr nicht eine Bar auf?«, schlug Lisa vor.

»Was?« Mario wandte sich zu ihr um. »Was für eine Bar?«

»Eine Bar, hier. Ihr könntet doch außer Möbeln auch Getränke verkaufen.«

Meinte sie das ernst? »Also ich weiß nicht, ob das so eine gute Idee ist…«

»Ja klar, auch mit einer Bar ist es riskant«, fuhr sie fort. »Viele gehen pleite. Zum Beispiel die, wo wir uns getroffen haben, in Bellinzona… Lucas ist ein netter Kerl, aber er steckt in einer schwierigen Situation. Immerhin hat er den Mut, es zu versuchen.«

Mario lächelte. »Soll das ein Vorwurf sein?«

»Natürlich nicht! Bei euch ist das was ganz anderes. Da ist ein Mörder im Spiel und… und auch unser Chef sagt, die

Sache ist kompliziert. Aber ich denke, es gibt Hoffnung. Das sage ich allen, und ich kann dir versichern, es gibt eine Menge verzweifelter Leute. Manche brüllen rum, andere fangen am Empfangsschalter an zu weinen …«

»Sicher keine ganz leichte Arbeit.«

»Das Schlimmste sind nicht die Tränen, sondern die bürokratischen Hürden.«

Mario fragte sich, wie sie mit Piercings und Tattoos als Angestellte im Konkursamt hatte landen können. Sie wirkte ein bisschen überdreht, aber alles andere als naiv. Und in ihrem Lederminirock und dem engen Pulli sah sie unglaublich gut aus. Das wurde ihm schlagartig klar, so als sähe er sie zum ersten Mal.

»Hör mal …«

Lisa rückte näher. Sie war ernst, ruhig, und nichts ließ erahnen, welch merkwürdige Dinge sie in den nächsten Sekunden von sich geben würde.

Er fragte: »Arbeitest du eigentlich immer so lange?«

»Kommt drauf an«, erwiderte sie. »Normalerweise nicht. Meistens bin ich mit Zahlen beschäftigt und geh nicht zu den Leuten nach Hause, aber manchmal …«

Sie hielt eine Sekunde inne. Dann sprang sie auf und rief: »Die Boa!«

»Hä?«, entfuhr es Mario.

»Die Boa!«, wiederholte Lisa. »Und Contini wartet bestimmt schon bei mir.«

»Die Boa?«.

»Das hatte ich vollkommen vergessen, was mach ich denn jetzt? Entschuldige bitte, aber ich muss sofort los! Oh, ausgerechnet heute Abend … ich muss Bob wiederfinden, verstehst du?«

Mario sah sie verwundert an. »Bob?«

»Er ist abgehauen. Wenn ich ihn nicht wiederfinde, stirbt er. Aber Contini hat mir versprochen, mir zu helfen. Ich muss jetzt wirklich los, du. Die Papiere hast du unterschrieben, oder?«

»Ja«, stammelte Mario. »Aber … sprichst du von einer Boa?«

Lisa antwortete rasch: »Ich mochte schon immer Schlangen, deshalb habe ich mir ein Jungtier schenken lassen, Bob, der inzwischen zwei Meter lang ist und den ich seit fast einer Woche nicht mehr gesehen habe.«

»Das heißt also … wir sprechen über eine Boa, richtig?«

»Genau. Eine sogenannte *Boa constrictor* oder Abgottschlange.«

»*Boa constrictor.* Du besitzt also eine Boa. Eine echte Schlange.«

»So ist's. Sie heißt Bob.«

»Bob.«

»Die Polizei mag ich nicht einschalten, und so bin ich darauf gekommen, Contini zu fragen.«

»Contini?«

»Er ist Detektiv und hat auf dem Gebiet Erfahrung. Ich habe Angst, dass Bob, so ganz allein im Garten, etwas zustoßen oder dass er einem der Nachbarn etwas anhaben könnte. Ich habe einen großen Garten, und Bob ist träge, aber nachts wird es kalt und … glaubst du, Contini wird ihn finden?«

»Du hast also Contini gebeten, deine Abgottschlange zu finden.«

»Im Auffinden von Personen oder Gegenständen ist er Experte, so steht es auf seiner Homepage. Ich muss mich beeilen. Er wollte heute Abend bei mir vorbeikommen, und es ist keiner da. Besser gesagt, nur Bob ist da, irgendwo im Garten.«

»Bob, irgendwo im Garten …«

»Ciao!« Lisa drückte ihm einen Kuss auf die Wange. »Bis bald … und lass dich nicht runterziehen, denk an das Tattoo von Stan und an diesen anderen Typen, wie hieß der noch mal?«

»Wer?«

»Den du beim Vornamen genannt hast … Duke. Der war bestimmt positiv eingestellt, oder?«

»Duke? Keine Ahnung, ich …«

»Ciao, ciao, bis dann …«

Lisa Macchi verschwand, und Mario blieb allein in dem großen Showroom zurück, neben sich das Saxophon und in Gedanken bei Tennisspielern, Musikern, Tattoos und Boas.

20

Dschungel

»Wie, sagtest du, heißt er?«

»Bob. Aber setz dich doch. Magst du was trinken? Ein Bier?«

»Ja, gern. Warte, ich mach mir ein paar Notizen.«

Contini zückte sein Heft und schrieb »Bob«. Er hatte noch nicht ganz begriffen, wer das war und in welcher Beziehung er zu der jungen Frau stand, aber offenbar war dieser Bob bereits seit einigen Tagen verschwunden. Sofern er keiner von denen war, die ihre Freundin ohne eine Erklärung sitzen lassen.

»Hast du mit ihm zusammengewohnt?«

»Natürlich.« Lisa reichte ihm eine Flasche Bier und öffnete sich ebenfalls eine.

»Und welche Art von Beziehung hattet ihr?«

Lisa sah ihn an. »Beziehung?«

»Ja, war er ein Kumpel, dein Freund, ein Verwandter? Wenn du willst, dass ich ihn suche, brauche ich genauere Infos.«

Lisa stellte das Bier auf den Boden. Contini sah, dass sie gleich loslachen würde. Er war ratlos. Die junge Frau wirkte nicht gerade wie jemand, der es schwer hat, einen Partner zu finden.

»Vielleicht gibt's da ein Missverständnis«, sagte Lisa.

Nach dem Ärger mit der Polizeikontrolle hatte Contini Lisas Haus nicht auf Anhieb gefunden. Er war die Via al Colle rauf und dann in die Via Guisan bis fast nach Vacallo gefahren. Bis er endlich den richtigen Weg zurück in die Via Bellinzona gefunden hatte, war Lisa da. Sie hatten im Wohnzimmer Platz genommen: ein Tisch, zwei Sessel, ein paar Fotos von Schauspielern und Sängern an den Wänden, ein großes Terrarium in einer Ecke. Wahrscheinlich hat sie eine Schildkröte, dachte Contini.

»Hast du kein Foto von Bob?«, fragte er.

»Klar habe ich eins, aber ich glaube kaum, dass du ihn verwechseln wirst.«

Contini sah sie erstaunt an. Sie fuhr fort: »Er ist ein Meter achtzig lang, wiegt zweieinhalb Kilo und braucht nach einer Mahlzeit zwei Wochen für die Verdauung.«

»Was sagst du da?«

»Er ist eine *Boa constrictor*, eine Abgottschlange. Ich habe sie als Jungtier geschenkt bekommen, inzwischen ist sie gewachsen, und jetzt ist sie mir abgehauen.«

Contini hob den Stift aus dem Notizbuch. Er verharrte so, die Hand halb in der Luft, bis sie fragte: »Hast du schon mal eine verschwundene Schlange aufgespürt?«

Er schaffte es, keine Miene zu verziehen. Nach dem Kater von Signora Noemi war es eigentlich mit ihm vorangegangen. Er sah Lisa an und wählte dieselben Worte wie Balmelli: »Das heißt also … wir sprechen über eine Boa, richtig?«

Lisa zählte all ihre Bedenken auf, und Contini machte sich Notizen. Insbesondere interessierte ihn, wie er Bob, für den Fall, dass er ihn fand, einfangen sollte. Sie erklärte, Bob sei zahm, könne aber dennoch beißen.

»Wenn er anfängt zu zischen und sich zu ringeln, bedeutet das, dass er nervös ist. Manchmal verwechselt er deine Hand mit einer Beute, aber das ist ungefährlich.«

Contini betrachtete seine Hand.

»Vermutlich hat er Hunger, also könnte er nervös sein. Anfangs fand ich es widerlich, ihm ständig tiefgefrorene Mäuse zu kredenzen, aber die braucht er, das ist nun mal die Natur, oder? Wenn er nervös ist, können wir ihn jedenfalls mit einem Handtuch zudecken, das hilft normalerweise, ihn zu beruhigen.«

So begab sich Contini, ausgerüstet mit ein paar Handschuhen und einem Handtuch, zu einer Inspektion des Geländes hinaus ins Freie.

Hinter dem Haus lag ein dicht mit Stauden und Sträuchern eingewachsener und von einem niedrigen Zaun umschlossener Garten. Dahinter führte eine Straße vorbei, und jenseits derselben erstreckte sich dichtes Gestrüpp. Contini kam zu dem Schluss, dass Bob überall sein konnte.

Weit weg oder ganz in der Nähe.

Ein leichter Regen hatte eingesetzt, der die Blätter benetzte und den Geruch von Humus und feuchter Erde erzeugte. Der Detektiv bewegte sich vorsichtig voran, bog die Zweige vor seinem Gesicht beiseite. Nach einigen Metern verlor er die Lichter im Haus aus den Augen und fühlte sich wie abgeschnitten von der Zivilisation. Die geheimnisvollen Geräusche des Dschungels umgaben ihn von allen Seiten: Knistern und Knacken, Säuseln und Rascheln. Irgendwo in der Nacht wartete die große Schlange auf ihn.

Mit gespannten Sinnen drang Contini ins Unterholz vor.

21

Vertrauliche Infos

Die Polizei befürchtete, dass der sogenannte »Sofakiller« auf Rache aus war. Trotz des grotesken Namens, den die Journalisten ihm angehängt hatten, oder vielleicht gerade deshalb, war es ihm gelungen, einen Schatten auf das Alltagsleben in der Lombardei und im Tessin zu werfen. Wie sollte man am Abend ruhig heimkehren, wenn vielleicht jemand das Wohnzimmer verwüstet hatte und nur darauf lauerte, einem eine Kugel in den Kopf zu jagen?

Schon möglich, dass diese Sorge übertrieben war: Die Ermittler waren überzeugt, dass der Täter nicht wahllos zuschlug. Doch das genügte nicht, um die Gemüter zu beruhigen; die Leute waren nervös, wenn sie bei Einbruch der Dämmerung nach Hause fuhren, besonders wenn es entlegene Orte waren.

Ebenso wie Contini ging auch Kommissar De Marchi der Frage nach, was alle drei Opfer mit Dolcecasa verband. Er hatte herausgefunden, dass Tommaso Prosperi ein paar Jahre für eine der Firmen gearbeitet hatte, mit denen die Balmellis bei der Einstellung von Zeitarbeitern kooperierten. Dank des von Anna Balmelli entdeckten Briefes wusste Contini das bereits. Aber der Polizei standen derart breit gefächerte Mittel zur Verfügung, dass sie deutlich schneller ans Ziel kam. Zumal die Ermittler nicht gezwungen waren, sich durch Beschattungen sowie die Identifizierung oder das Auffinden von Personen, Gegenständen oder Tieren über Wasser zu halten. Ebenso wenig brauchten sie sich über die Verkehrsmittel Gedanken zu machen. Contini hatte dagegen nicht einmal mehr einen Führerschein.

Da glücklicherweise Herbstferien waren, ließ er sich auf der Jagd nach Bob von Francesca chauffieren. Zwei Stunden Arbeit führten zu nichts. Auch Lisa und Francesca halfen bei der Suche, aber die *Boa constrictor* schien wie vom Erdboden verschluckt.

Später begleitete Francesca den Detektiv zu einem Treffen mit Herrn Arnaboldi, dem Direktor der Firma InfoLavoro3000 in Tavernerio unweit von Como. Hier sah sich Contini mit einer barschen Antwort konfrontiert: »Das habe ich Kommissar De Marchi bereits mitgeteilt.«

Das Büro von Luciano Arnaboldi in der Via Manzoni war schlicht, aber zweckmäßig eingerichtet. Es befand sich in einem am Waldrand gelegenen alten Haus mit bröckelndem Mauerwerk, innen war jedoch alles modern und funktional. Auf dem Massivholzschreibtisch vor dem Direktor stand ein Palmtop der jüngsten Generation. Francesca wartete in Gesellschaft einer Sekretärin mittleren Alters im Nebenzimmer, und Contini fragte sich, ob er nicht außer dem Geld von Balmelli auch ihre gemeinsame Zeit verschwendete.

»Sie haben also mit Prosperi zusammengearbeitet«, sagte er. »Aber kennen Sie auch Balmelli, kannten Sie Crespi? Und Colucci?«

»Das habe ich Kommissar De Marchi bereits mitgeteilt.«

»Schon, aber ich bin kein Polizist, ich arbeite für die Balmellis. Ich dachte, Sie würden ihnen vielleicht gern helfen. Die Balmellis stecken nämlich in Schwierigkeiten, verstehen Sie? Es gibt einen Mörder, der es auf sie abgesehen hat ...«

Arnaboldi nahm die Information auf, ohne mit der Wimper zu zucken. Er hatte ein längliches, engelhaftes Gesicht, das trotz seiner fast siebzig Jahre beinahe faltenlos war.

»Sie haben mehrfach Arbeiter mit Zeitvertrag in die Schweiz entsandt. Die letzte Zusammenarbeit mit Dolcecasa dürfte ein paar Jahre zurückliegen …«

Schweigen.

»Und Prosperi? Hatte er, während er für Sie tätig war, Kontakt zu den Balmellis? Oder zu einem der Arbeiter?«

»Das habe ich Kommissar De Marchi bereits mitgeteilt.«

»Und weshalb verheimlichen Sie meinen Mandanten, was Sie dem Kommissar mitgeteilt haben?«

Arnaboldi blieb ungerührt. Er hatte nichts mehr mit den Balmellis zu tun, es scherte ihn nicht, was sie dachten. Contini nahm sein Notizbuch und schrieb drei Mal langsam: »Alles Kommissar De Marchi mitgeteilt.« Arnaboldi saß reglos wie ein Buddha da und widerstand der Versuchung, auch nur die leiseste Frage zu stellen. So schlug Contini sein Notizbuch zu und verschwand. Niedergeschlagen.

Francesca und die Sekretärin saßen nebeneinander. Die Sekretärin namens Ines, eine Frau mit großen Augen hinter Goldrandbrille, bot zu heißen und zu süßen Tee aus Pappbechern an.

»Mein Kompliment, Herr Contini, Ihre Chauffeurin ist wirklich äußerst liebenswürdig.«

Als sie wenig später zu zweit unter einem Regenschirm über einen unbefestigten Parkplatz liefen, dachte Contini, dass es an der Zeit sei, Bilanz zu ziehen: Seine Ermittlungen zu der Firmenpleite waren selbst eine Pleite.

Er war ein Detektiv ohne Auto und ohne Ideen. Ende der Geschichte. Einziger Sieger: Bob, die Schlange, die ihre Freiheit auf den Straßen von Chiasso genoss oder vielleicht gar die Grenze passiert hatte, eine Grenzgänger-Boa …

»Hörst du mir zu, Contini?«

Francesca versetzte ihm einen Stoß.

»Tut mir leid, ich habe gerade an Bob gedacht.«

»Schluss jetzt mit diesem Vieh! Ich habe ein paar vertrauliche Infos.«

»Vertrauliche Infos?«

»Ines hat mir von jemandem erzählt, der dir weiterhelfen könnte.«

So sah also die weltbeste Ermittlungstaktik aus: erhobenen Hauptes den Tiefpunkt erreichen und dann auf sein Glück vertrauen. Völlig wider Erwarten und wider alle Logik hatten Francescas Freundlichkeit und Ines' Frustration, gepaart mit gegenseitiger Sympathie, zu etwas geführt, das vermutlich auch die effizientesten Mittel der Kantonspolizei nie erreicht hätten.

22

Der Imker

Sergio Torres widmete sich der Bienenzucht.

Er gehörte zu jenen Menschen, die bereits mehr als ein Leben hinter sich haben, wobei jedes seine Narben hinterlassen hat. Um die sechzig, groß, hager und mit tief liegenden Augen, befand er sich in Rente, seit InfoLavoro3000 ihn aufgrund von »Personalüberschuss« entlassen hatte.

»Ja, genau so: Personalüberschuss! Da musst du erst mal im Wörterbuch nachschlagen, ehe du kapierst, dass du zu Hause bleiben sollst.«

Torres wohnte in den Hügeln oberhalb von Erba, in einer Gegend, in der die Straßen nach Bäumen benannt sind und wo ein ehemaliger Arbeiter sich normalerweise keine Wohnung leisten kann. Die Sträßchen waren von Hecken gesäumt, und man hatte über Birkenhaine und Weinberge hinweg Aussicht auf die Ebene.

»Ich habe Glück, dass ich ein Haus besitze. Und mit den Bienen kann ich mir was dazuverdienen ... aber ihr seid nicht gekommen, um Honig zu kaufen, oder?«

Contini erzählte ihm von dem Mörder, von Dolcecasa und der Vermutung, dass das erste Mordopfer, Tommaso Prosperi, für eine Firma tätig gewesen war, mit der auch die Balmellis zusammengearbeitet hatten. Und diese Firma ...

»Sieh mal einer an.« Torres grinste. »Ihr wollt, dass ich über den hochverehrten Herrn Arnaboldi, diesen König der Blutsauger, auspacke?«

»Haben Sie für Prosperi und Arnaboldi gearbeitet, Herr Torres?«

»Du kannst mich ruhig duzen. Anfangs war ich Bauarbeiter, und InfoLavoro3000 hat mich vermittelt. Dann haben sie mich selbst direkt angestellt, als Wachschutz und Hausmeister.«

»Und Prosperi?«

»Als ich da anfing, war er schon nicht mehr da. Früher hat er mir die Stellen auf dem Bau besorgt. Ohne Tricksereien zum Glück …«

Torres legte eine Pause ein und zwinkerte Contini zu. Dann sagte er: »Kann ich euch vertrauen?«

»Kommt drauf an«, erwiderte Contini.

»Gut gekontert!« Torres brach in Gelächter aus. »Die Antwort eines echten Schweizers!«

Der Alte führte sie hinters Haus, wo seine Bienenstöcke standen. An schönen Tagen, erklärte er, könne man den Lambro und die Berge auf der gegenüberliegenden Seite sehen. An diesem Tag aber war alles hinter einem Regenschleier verborgen. Der Weg führte um das Haus herum und endete auf einem offenen, von Kastanien und Robinien eingefassten Platz. Contini und Torres gingen voran, zwei hohe Gestalten, beide mit breitkrempigem Hut. Francesca, die unter dem Regenschirm mit ein paar Schritten Abstand folgte, dachte über ihre Ferien nach: morgens auf Schlangenjagd und am Nachmittag Besuch im Regen bei einem Imker. Da kam jedenfalls keine Langeweile auf.

»InfoLavoro3000 ist eine Agentur, die auch feste Stellen vermittelt, aber die meisten sind zeitlich befristet. Du lässt dich registrieren, zahlst einen bestimmten Betrag, sie kennen die Firmen und besorgen dir eine Arbeit.«

»Schließen sie viele Verträge mit der Schweiz?«

»Etliche. Und genau da spielen sie ein schmutziges Spiel.«

Torres erklärte, Arnaboldi und seine Leute besorgten für einige Wochen Hilfsarbeiter oder auch qualifiziertes Personal. Die Schweizer Firmen seien verpflichtet, gut zu zahlen, denn es gebe Gesetze, die den Mindestlohn regelten, wobei viele diese Vorschriften umgingen.

»Manche stellen die Arbeiter schwarz an und bezahlen sie, wann es ihnen passt. Aber das ist riskant, denn wenn sie dich erwischen, kassierst du eine saftige Strafe, und das war's dann mit Arbeit. Und weißt du, wie Arnaboldi es daher macht?«

Contini wusste es nicht.

»Die Arbeiter werden korrekt bezahlt, und dann geben sie unter der Hand einen Anteil ihres Lohnes an Arnaboldi ab, der diesen Betrag an die Schweizer Firmen zurückerstattet und im Gegenzug einen bestimmten Prozentsatz kassiert. So werden die Arbeiter schlechter bezahlt, ohne dass es Schwarzarbeit ist.«

Francesca traute ihren Ohren nicht. »Das ist doch unglaublich! Die Arbeiter werden ganz unverfroren ausgebeutet!«

Torres drehte sich zu ihr um.

»Wenigstens verdienen sie überhaupt etwas, meine Liebe. In den heutigen Zeiten genügt ihnen das.«

Hinter den Bienenstöcken befand sich ein Lattenzaun. Torres erklärte, den wolle er verstärken, um die Bienenkörbe vor dem Wind zu schützen. Das Gespräch begann um Imkerei zu kreisen, aber Contini beeilte sich, es wieder auf Arnaboldis Machenschaften zu lenken.

»Hat er dieses Spiel auch mit Dolcecasa getrieben?«

»Ich denke schon. Ich kann mich erinnern, dass ich manchmal einen der Balmellis im Büro gesehen habe. Ich glaube, es war der, den sie umgebracht haben.«

»Giorgio. Also kannte er Arnaboldi?«

»Ja, und Prosperi, der sich um die Geschäfte mit der Schweiz gekümmert hat, kannte er auch.«

»Kam Giorgio immer allein, oder war manchmal auch Mario dabei?«

»Immer Giorgio. Ab und zu kam der Buchhalter mit, ein gewisser Crespi. Ist der nicht ebenfalls umgebracht worden?«

Contini nickte, und Torres wollte wissen, ob die Morde etwas mit den Machenschaften von InfoLavoro3000 zu tun hätten.

»Kann sein«, sagte Contini. »Kennst du zufällig einen Raimondo Colucci?«

Torres schüttelte den Kopf. »Nie gehört. Wer ist das?«

»Einer, der für die Balmellis gearbeitet hat. Sag, glaubst du, dass jemand von diesen Tricksereien wusste?«

»Alle wissen davon.«

»Jemand, den das ernsthaft ärgern könnte? Beschweren sich die Arbeiter nicht?«

»Die meisten wollen vor allem ihre Arbeit behalten. Ab und zu versucht einer was zu unternehmen, aber dem wird dann schnell klargemacht, dass er besser den Mund hält.«

»Kannst du Namen nennen?«

»Hör mal! Ich habe keine Lust, für irgendwen den Spitzel zu spielen!«

Contini versuchte, Torres umzustimmen, und schaffte es schließlich, ihm einen Namen zu entlocken: Beppe Riccardi. Er war Tischler, und nachdem er sich über das Vorgehen beschwert hatte, hatte er nie wieder Arbeit in der Schweiz gefunden.

»Zumindest bis letztes Jahr. Jetzt ist er in einer Umzugsfirma in der Nähe von Locarno untergekommen. Er lebt in Como und pendelt täglich. Und ich glaube, eure Balmellis mag er nicht besonders …«

Der Gesichtsausdruck des Imkers, vom Regen verschleiert, war halb ein resigniertes Lächeln, halb ein verächtliches Grinsen.

»Wer könnte an diesem Geschäft mit Arbeitskräften sonst noch Anstoß nehmen?«

»Ein konkurrierendes Unternehmen«, mischte Francesca sich ein. »Vielleicht gibt es ja jemanden, der bei der Bezahlung der Arbeiter fair ist.«

»Ja ...« Torres zog den Hut vom Kopf und ließ sich den Regen vom schütteren Haar über den Nacken und in den Kragen rinnen. Dann strich er sich mit der Hand über das Gesicht und setzte den Hut wieder auf. »Ja, vielleicht gibt es jemanden, der fair ist. Wer weiß? Vielleicht gibt es irgendwo jemanden, der fair ist.«

23

Der besorgte Blick der Veronica Molina

Montag, 30. Oktober, in den Straßen von Lugano. Nur wenige frierende Passanten eilten, vom Regen angetrieben, dahin. Hinter der Fensterscheibe einer Bar in der Via Trevano saßen ein hagerer Mann und eine stark geschminkte Frau. Die Frau schaute aus dem Fenster, als gebe es dort etwas zu sehen. Ein zufälliger Beobachter hätte meinen können, sie habe Angst. War es der hagere Mann, vor dem sie sich fürchtete? Dabei wirkte er so harmlos mit seinem freundlichen Gesicht und den nachdenklichen Augen.

Der Mann mit dem freundlichen Gesicht stellte sich insgeheim dieselben Fragen. Er stellte sie sogar ihr, und die Frau antwortete: »Nein, Herr Contini, es ist alles in Ordnung. Ich wundere mich nur über die Dringlichkeit dieses Treffens.«

»Dringlichkeit… ich fand es einfach nett, mich ein bisschen mit Ihnen zu unterhalten, das ist alles.«

»Nett?« Veronica musterte ihn kühl, dann wandte sie den Blick erneut zum Fenster. »Ich finde das nicht nett. Ich bin gekommen, weil Herr Geronzi es von mir verlangt hat und… Verzeihung, was sagen Sie?«

»Ich habe Sie nicht gebeten, hierherzukommen«, wiederholte Contini. »Mir wäre auch ein Treffen im Amt recht gewesen.«

»Vielleicht habe ich aber einfach keine Lust, an meinem

eigenen Arbeitsplatz mit einem Detektiv zu diskutieren, wenn Sie nichts dagegen haben.«

»Wir hätten uns in Bellinzona treffen können. Warum ausgerechnet hier in Lugano, so weit weg von den Kollegen? Falls Sie ein Problem haben, könnte ich Ihnen vielleicht behilflich sein.«

»Ich habe kein Problem.«

»Hat es mit den Balmellis zu tun? Beim letzten Mal waren Sie für die Angelegenheit verantwortlich. Gab es da irgendwelche Unstimmigkeiten?«

»Natürlich gab es die: Sie sind fast pleitegegangen!«

Vor ihnen zwei Tassen Tee. Draußen, jenseits der Straße, der städtische Friedhof. Angesichts eines umherschweifenden Mörders, angesichts all der Gespräche über Firmenpleiten und des ewigen Regens hatte ein Friedhof, zumal so kurz vor Halloween, gerade noch gefehlt, um Continis Laune zu bessern.

»Darf ich Sie etwas fragen?«

Veronica antwortete nicht, und Contini fasste das als Zustimmung auf.

»Wenn Sie im Verlauf eines Konkursverfahrens auf einen Fehler der Firmenleitung stoßen, sind Sie dann verpflichtet, diesen anzuzeigen?«

Die Frau ging auf Abwehr. »Wieso fragen Sie mich das?«

»Weil Herr Geronzi mir gestattet hat, Ihnen einige Fragen zu stellen. Wenn Sie nicht antworten möchten …«

»Falls wir einen Fehler aufdecken, müssen wir ihn anzeigen.«

»Hatten Sie während des Verfahrens damals irgendeinen Verdacht? Vielleicht nichts Konkretes, nur ein Gefühl …«

»Dazu kann ich nichts sagen. Herr Geronzi hat mich lediglich gebeten, Ihnen zu berichten, mit welcher Strategie wir die

Kreditgeber besänftigt und die Firma gerettet oder vielmehr ihr wieder zum Aufschwung verholfen haben.«

»Haben Giorgio und Mario Balmelli Ihnen dabei geholfen?«

»Vor allem Giorgio, gemeinsam mit seiner Frau Anna.«

»Und Colucci?«

»Natürlich.« Die Sachbearbeiterin griff nach einer Ledermappe und platzierte sie wie eine Barriere genau zwischen ihnen. »Wenn Sie möchten, erkläre ich es Ihnen.«

Ab diesem Punkt flüchtete sie sich in Zahlen. Contini versuchte, das Gespräch wieder auf die Firma und bestimmte Personen zu lenken, aber sie ließ sich nicht abbringen: Sie beschränkte sich auf Bilanzen, Investitionspläne, Sparmaßnahmen. Contini tat so, als folge er ihr, aber all diese Zahlen prasselten auf ihn ein, ohne eine Spur zu hinterlassen. Dennoch hatte er einen Augenblick lang das Gefühl, einen Anhaltspunkt zu erkennen, ein rasch unterdrücktes Zeichen der Schwäche.

Einige Minuten später begleitete er Veronica zu dem Parkplatz neben dem Stadion. Sie schien besänftigt, und um die Stimmung nicht zu trüben, schwieg Contini. Sie kamen an einem verlassenen, regengrauen Skatepark vorbei und bogen nach rechts ab. Veronica sprach von ihrer Arbeit im Allgemeinen und davon, wie schwierig es sei, täglich aufs Neue der Verwirrung und Verzweiflung derer zu begegnen, die plötzlich – manchmal direkt vor ihrem Büroschalter – begriffen, dass ihnen nichts anderes übrig blieb, als sich mit allem abzufinden.

»Es ist nicht immer gut weiterzukämpfen, Herr Contini. Manchmal ist das einzig Kluge, die Niederlage zu akzeptieren.«

Contini kam eine Frage zu Dolcecasa in den Sinn. Aber er

hielt sie lieber zurück und erkundigte sich lediglich, ob sie gleich nach Bellinzona zurückfahren werde.

»Ja, ich muss wieder zur Arbeit.«

»Könnten Sie mich vielleicht mitnehmen? Ich bin zu Fuß ...«

Zu Beginn der Fahrt erzählte Contini von seinem Fahrerpech, und sie waren sich einig, dass die Polizisten bisweilen allzu streng vorgingen, besonders bei Leuten, die das Tempo nur geringfügig und wegen einer kleinen Unachtsamkeit überschritten. Veronica kannte mehr als einen, dem sie den Führerschein entzogen hatten.

Als sie sich Bellinzona näherten, wagte Contini einen scheuen Vorstoß.

»Und dieser Sofakiller, wie man ihn nennt, was sagen Sie zu dem?«

Sie warf ihm einen flüchtigen Blick zu. »Ich weiß nichts über ihn. Eine schlimme Geschichte.«

»Die Polizei glaubt, dass er mit Dolcecasa in Verbindung steht ...«

Veronica hatte Angst. Contini spürte ihr Unbehagen. Aber weshalb, was mochte sie herausgefunden haben? Und vor allem, warum wollte sie nicht darüber sprechen? Vielleicht deckte sie jemanden, vielleicht ja sich selbst.

»Könnte das nicht jemand sein, der vor der Wirtschaftskrise für Dolcecasa gearbeitet hat? Sie hatten gesagt, es seien Leute entlassen worden ...«

»Das liegt auf der Hand. Und ich hoffe, die Polizei stellt die nötigen Ermittlungen an. Was können wir sonst tun?«

»Mario Balmelli bezahlt mich dafür, dass ich die laufenden Ermittlungen verfolge.«

»Allein? Und ohne Auto?«

»Ein guter Detektiv muss zu allem bereit sein. Wenn nötig, auch zur Benutzung öffentlicher Verkehrsmittel ...«

Sie verkniff sich ein Lächeln. Aber trotz ihrer Ängstlichkeit und Gereiztheit wirkte sie jetzt weniger angespannt. Offenbar hatte Contini, ohne es zu wissen, irgendwann den entscheidenden Punkt berührt, etwas, das Veronica aus ihren Gedanken vertreiben wollte.

»Wo soll ich Sie rauslassen?«

»Am besten irgendwo im Zentrum. Ich habe eine Verabredung.«

24

Wanzen

Als Büro nutzte Contini eine ehemalige Fischerhütte in Paradiso, unweit von Lugano. Zum einen, weil Corvesco von den kritischen Orten des Geschehens weit entfernt lag, und zum anderen, weil er ungern Arbeit mit nach Hause nahm. Er war der Ansicht, dass die Wälder seine ganze Aufmerksamkeit verdienten.

Bedenken dagegen, Arbeit mit in die Bar zu nehmen, hatte er keine.

Während einer Ermittlung erkor er stets ein bestimmtes Lokal zum Stütz- beziehungsweise Treffpunkt. Inmitten von Stimmengewirr und Trubel fühlten sich die Leute sicherer, und auch er selbst brauchte einen Ort, an dem er Ordnung in seine Ideen bringen konnte.

Aber um sie zu ordnen, muss man erst einmal Ideen haben. An diesem Nachmittag jedoch, als er an einem Ecktisch in der *Bar Charlie* saß, war Continis Kopf leer wie der Magen einer Boa zwei Wochen nach der letzten Mahlzeit. Seine einzigen Überlegungen galten tatsächlich einer *Boa constrictor*, Bob dem Unauffindbaren, und den möglichen Strategien, das Tier zu schnappen.

»Denkst du an den Sofakiller, Contini?«

Er hob den Kopf und begegnete dem Grinsen von Renzo Maltese, Inhaber des Ermittlungsbüros Maltese Investigazioni, eines der renommiertesten Unternehmen der Lombardei.

»Gehen Gerüchte um?«

»Nein, ich weiß nur immer alles.«

Maltese setzte sich, winkte Lucas, bestellte zwei Bier und fragte dann in vertraulichem Ton: »Du bist dem Mörder also auf der Spur?«

»Nicht direkt.«

»Aber so was lässt sich prima ausschlachten: He, ich bin dem Mörder auf der Spur … du solltest ein bisschen mehr Wind um dich machen, Contini!«

Einige Jahre zuvor hatte Maltese, mangels eigener Mitarbeiter, Contini für ein paar Wochen eingestellt. Obwohl sie vollkommen verschieden waren, hatte sich zwischen ihnen gegenseitige Wertschätzung entwickelt. Mit seinem Gespür für Menschen hatte Maltese sofort begriffen, dass Contini trotz seiner oft zerstreuten und unbeholfenen Art ein guter Mitarbeiter sein würde.

»Könntest du dir vorstellen, mich etwas zu unterstützen, sofern dein Mörder nichts dagegen hat?«

Er führte aus, dass es um eine Art voreheliche Sondierung ging. Der Bräutigam stammte aus gutem Hause: angehender Facharzt für Augenheilkunde, Ingenieurssohn, gute Ausbildung im Tessin und Ferienwohnung in San Bernadino. Doch die Braut stammte aus noch besserem Hause – Rechtsanwältin, Tochter eines Bankdirektors, Ausbildung in Zürich, Chalet in St. Moritz –, und deshalb wollten die Eltern alles über den zukünftigen Schwiegersohn wissen, von den Freizeitbeschäftigungen bis zu politischen Präferenzen, nicht zu vergessen natürlich den Kontostand.

»Weiß der junge Mann von dieser Maßnahme?«

»Theoretisch nein. Es sei denn, er ist ein Schwindler.«

»Ist er das?«

»Ich glaube nicht. Aber es gibt ein Warnsignal. Der junge Mann hat eine Steuerberaterin, was an sich nichts Besonderes ist. Die Steuerberaterin ist seine ehemalige Verlobte, was man ebenfalls durchgehen lassen kann. Allerdings sehen die beiden sich täglich, sie kommt in seine Luganer Zweitwohnung.«

»Ah. Ich kann mir schon denken …«

»Nein, es handelt sich nicht um eine Affäre. Es ist mir nicht gelungen, eine Wanze in der Wohnung zu installieren, aber wir überwachen sie permanent. Die beiden verstecken sich nicht: Sie reden, gehen Unterlagen durch … mit anderen Worten: Sie arbeiten.«

»Dann lass sie doch arbeiten.«

Maltese schüttelte den Kopf. »Das Verhalten ist verdächtig. Zumal wir herausgefunden haben, dass der junge Mann früher, als Student, eifriger Kasinobesucher war. Da kann man eins und eins zusammenzählen …«

Eins und eins zusammenzählen. Das war genau die Seite seines Berufes, die Contini am wenigsten mochte. An einem bestimmten Punkt musste man immer einen Beweis beschaffen und seinem Mandanten verklickern. Nie, noch kein einziges Mal, hatte er einen Ehemann beschattet, der sich heimlich, ohne Wissen seiner Frau, dem Fußball oder dem Modellbau gewidmet hätte.

»In letzter Zeit verkehrt der junge Mann mit merkwürdigen Leuten: Nachtschwärmer, irgendwelche Escorts … nicht, dass er mit denen ins Bett steigt, aber er wirkt nervös. Ich habe zwei Teams auf ihn angesetzt und bräuchte noch jemanden für die Steuerberaterin. Sie hat dich noch nie gesehen, du siehst wie ein anständiger Junge aus, du könntest eine direkte Annäherung wagen und dann weitersehen.«

Direkte Annäherung: aus der Deckung kommen, sich als möglichen Mandanten ausgeben, schauen, ob alles mit rechten Dingen zugeht oder ob der Beruf ein Deckmantel für illegale Machenschaften ist.

»Weißt du, dass ich zwei Monate lang nicht Auto fahren darf?«

»Was?«

Contini berichtete.

Maltese versuchte, ernst zu bleiben, allerdings mit mäßigem Erfolg.

»Na schön, du könntest der Steuerberaterin ja von dem Fahrverbot erzählen, vielleicht kennt sie jemanden im Straßenverkehrsamt.«

Contini nahm das Gelächter hin und willigte sogar ein, Maltese bei der Ermittlung zur Hand zu gehen. Im Gegenzug bat er ihn jedoch um einen Gefallen. Maltese war eigentlich kein zögerlicher Typ, aber als Contini ihm sein Anliegen erklärt hatte, zeigte er sich skeptisch.

»Wieso versuchst du's nicht einfach mit Abhören?«

Da war sie wieder, die übliche Diskussion. In Zeiten von Miniaturabhöranlagen und GPS-Geräten, die unter die Zunge passten, beharrte Contini auf Notizblock, Fernglas, Beschattung und Verabredungen in der Bar.

»Sieh mal …« Maltese zog eine Mehrfachsteckdose hervor und legte sie auf den Tisch. »Die habe ich besorgt, bevor ich zu dir gekommen bin.«

»Hab schon davon gehört«, bemerkte Contini. »Nennt sich Elektrizität, oder?«

»Sehr witzig. Das ist ein sogenannter Raumspion, eigens für Büroräume entwickelt. Das Schöne daran ist, dass er direkt durch einen Stecker gespeist wird, 220 Volt, er hat eine Reichweite von drei Metern, und du kannst alles über Handy mithören. Wer bemerkt in einem Büro schon eine Steckdose mehr oder weniger?«

Contini seufzte.

»Du bringst ein paar davon an, kombinierst sie mit einem weiteren Gerät auf dem Schreibtisch, und wenn du es schaffst, Zugang zu bekommen, gibt es diesen neuen Pen Drive. Den steckst du in den USB-Anschluss, und dann bekommst du alles raus, Websites, Passwörter, sogar Screenshots.«

Contini öffnete den Mund, aber Maltese kam ihm zuvor.

«Bitte, tu's nicht!«

»Was?«

»Frag jetzt nicht, was ein Screenshot ist.

»Ist das nicht …. Green shop hast du gesagt?«

Maltese stieß einen Seufzer aus.

»Ich wollte bloß sagen«, hob Contini erneut an, »dass ich mich ebenfalls auf etwas neueren Stand gebracht habe.«

»Ah, und was hast du dir angeschafft?«

Als Contini ihm erklärte, dass es sich um einen alten Anrufbeantworter handelte, bekam Maltese einen Wutanfall. Zum Glück brachte Lucas gerade zwei weitere Biere. Contini erkundigte sich, wie es mit der Bar lief.

»Na ja…« Lucas zuckte mit den Schultern. »Wie schon meine Großmutter zu sagen pflegte: mehr schlecht als recht… Ich hoffe, dass es den Balmellis besser ergeht. Weißt du, dass die Leute reden, du seist Berater der Polizei?«

»Wir wollen nicht übertreiben«, sagte Contini und versuchte, Malteses sarkastisches Lächeln zu ignorieren. »Ich versuche lediglich, Mario bei ein paar Kleinigkeiten zur Hand zu gehen. Übrigens bin ich gleich hier mit ihm verabredet.«

Maltese verstand den Wink. Zügig leerte er sein Glas, versprach Contini zu tun, worum er ihn gebeten hatte, und empfahl sich.

Langsam ging der Nachmittag zur Neige, ohne dass außer einem Touristenpärchen irgendwer gekommen wäre. So war Contini allein, als Mario Balmelli mit düsterem Gesicht und abwesendem Blick in der *Bar Charlie* erschien.

25

Fine and Mellow

Eine Bar als Büro zu benutzen geht in Ordnung, allerdings nicht, wenn sie leer ist. In der *Bar Charlie* herrschte verhalten niedergeschlagene Stimmung. Lucas lief erst mit dem Tablett, dann mit dem Besen herum, aber offenbar machte er sich nicht mehr allzu viele Hoffnungen. Sein Lächeln wurde immer starrer. Dennoch ließ er es sich auch diesmal nicht nehmen, nach der passenden Musik zu suchen.

»Lester Young«, bemerkte Mario und presste die Lippen zusammen. »Mit Billie Holiday. *Fine and Mellow.* Spielt er das extra?«

»Vermutlich wegen des Saxophons«, sagte Contini. »Wieso, gefällt es Ihnen nicht?«

»Darum geht es nicht. Es ist ein alter Blues ...«

»Spielen Sie den auch?«

Mario schüttelte den Kopf. »Nein, aber ich kenne ihn. Es gibt ein Video im Netz, eine Aufnahme von 1957. Lester tritt auf wie ein Gespenst und bringt ein sehr schlichtes Solo, schlichter als alles andere ... aber genial. Ein paar Töne, alle perfekt. Billie und er schauen sich in die Augen, sie lächelt, und in dem Augenblick wird einem klar: Es gibt Dinge, die lassen sich nicht mit Worten ausdrücken.«

Lucas näherte sich, um die Bestellung aufzunehmen, aber Contini bedeutete ihm zu warten.

»Es war das letzte Mal, dass sie zusammen aufgetreten sind. Zwei Jahre später sind sie gestorben, erst er, dann sie, jämmerlich, dem Alkohol und Kummer erlegen.«

Mario legte eine Pause ein.

»Aber die Musik ist wunderschön …«

Nach dem Saxophon kam wieder die Frauenstimme. *Love will make you drink and gamble, make you stay out all night long.* Contini musste an die beiden Verlobten von Maltese denken, an ihre vom Geld erstickte Liebe, an die Arbeiter, die für einen Hungerlohn arbeiteten, um wenigstens etwas zu verdienen, und er dachte an Anna Balmelli, die hinter verschlossener Tür dem Sterben ihres Mannes beigewohnt hatte. Für manche Menschen kommt die Nacht aus heiterem Himmel, während sie glauben, noch lange Stunden des Lichts vor sich zu haben.

»Ich habe das Gefühl, das zu hören bekommt mir nicht«, murmelte Mario.

»Sollen wir ihn bitten, es auszuschalten?«, fragte Contini.

Mario ging darüber hinweg. »Man muss sich nicht immer Gutes tun, wissen Sie? In den letzten Tagen bin ich abends immer in den Showroom gegangen, sobald keiner mehr da war.«

Lucas brachte zwei weitere Gezapfte. Mario rührte seines nicht an.

»Manchmal arbeitet Raimondo bis spät, dann muss ich warten. Wenn dann alles dunkel ist, gehe ich rauf in den ersten Stock. Ich brauch nicht einmal Licht anzuschalten, vor dem Fenster steht eine Straßenlaterne. Und für traurige Stücke ist die Akustik perfekt.«

»Colucci arbeitet bis spät?«

»So scheint es.« Mario warf ihm einen nervösen Blick zu. »Vielleicht schleppt er auch irgendwelche Frauen ab, das geht mich nichts an. Jeder kann tun, was er will.«

»Aber ist es nicht Colucci, der sich um die Firma kümmert?«

»Was wollen Sie damit sagen?«

Mit Mario zu reden war, als lege man den Finger in eine offene Wunde.

»Nichts Schlimmes. Ich dachte, wenn Sie Saxophon spielen, dann …«

»Abends spiele ich, aber tagsüber arbeite ich wieder. Ich entwerfe, fahre herum, liefere Möbel aus. Ich habe mir gedacht: Die Leute wollen was zum Tratschen haben? Also schön, da bin ich, greift nur zu …«

Im Tessin spielt der Ruf eine wichtige Rolle. Das Gebiet ist klein, man kann nicht entkommen; besser gesagt, um zu entkommen, muss man ins Ausland. Die Heimat ist ein kleiner Flecken Erde, und wenn du in Schwierigkeiten gerätst, macht das sofort die Runde. Jeder kennt jeden. Jeder hat einen Cousin, der es bezeugen kann. Alle sind schon mal im Radio oder im Fernsehen gewesen. Im Gegenzug ist niemand allein: Es gibt immer irgendeinen Onkel, der den Pfarrer bittet, mit deinem alten Lehrer zu sprechen, damit der bei deinem Schwager ein gutes Wort für dich einlegt und dir behilflich ist, wenn du gerade schwierige Zeiten durchmachst.

»Was sagen Ihre Verwandten dazu?«, fragte Contini. »Und Ihre Freunde?«

»Was sollen die schon sagen?« Mario breitete die Arme aus. »Als ich abgehauen bin, hatten meine Freundin und ich uns gerade getrennt, und Freunde habe ich nicht mehr besonders viele. Meine Mutter lebt in einem Pflegeheim, sie ist nicht mehr ganz klar im Kopf. Und Anna hat sich seit dem Tod ihres Mannes nicht wieder gefangen. Sie geht kaum mehr aus dem Haus, und von der Firma will sie nichts wissen.«

Richtigstellung: Auch im Tessin kann man einsam und

allein sein. Oder, besser gesagt, fast allein. Es besteht allerdings immer die Möglichkeit, eine Nachricht auf Elia Continis neuem Anrufbeantworter zu hinterlassen.

»Machen Sie sich keine Sorgen«, sagte der Detektiv. »Anfangs sitzen Ihnen alle im Nacken, aber die Leute vergessen auch rasch.«

»Sicher?«

»Wenn sie nicht von selbst vergessen, werden wir dafür sorgen, dass sie es tun. Es gibt jemanden, der noch stärker im Kreuzfeuer steht als Sie.«

»Wen meinen Sie?

»Den Mörder. Er hat drei Menschen umgebracht, und zwar so, als wollte er eine Botschaft hinterlassen. Und um ihn zu schnappen und weiteres Unheil zu verhindern, muss man meiner Meinung nach diese Botschaft verstehen.«

Contini wartete, bis Mario den Blick hob. Dann begann er erneut: »Ich war bei Arnaboldi, in der Niederlassung von InfoLavoro3000, der Firma, bei der Tommaso Prosperi gearbeitet hat.«

»Und?«

»Ich habe herausgefunden, dass Arnaboldi in Zusammenarbeit mit Dolcecasa sowie weiteren Firmen Betrug begangen hat.«

Mario zog die Augenbrauen hoch.

Contini fuhr fort: »Prosperi, euer Buchhalter Crespi, Ihr Bruder – sie waren alle verstrickt in die Machenschaften, mit denen die Arbeiter um einen Teil des ihnen zustehenden Mindestlohns gebracht wurden. Das führt zu zwei weiteren Fragen. Erstens: Welcher Zusammenhang besteht zwischen besagtem Betrug und dem Mörder, der, wie es scheint, die Schuldigen bestrafen will? Zweitens: Wussten noch andere von der Sache oder waren darin verwickelt? Sie müssen sich der Tragweite der zweiten Frage bewusst werden. Sollte einer der Schuldigen noch sein Unwesen treiben …«

»Schuldige? Was sagen Sie da? Von welchem Betrug reden Sie? «

Contini berichtete von dem Besuch in Tavernerio und dem, was Torres enthüllt hatte, allerdings ohne Namen zu nennen. Am Ende wirkte Mario noch niedergeschlagener als ohnehin, wenn das überhaupt möglich war, während Lester Young weiter seine zarten Saxophonklänge verbreitete.

»Gehen wir«, sagte Mario.

»Aber Sie haben Ihr Bier gar nicht getrunken.«

»Egal. Gehen wir.«

26

Werbung

Es hatte aufgehört zu regnen. Im letzten Nachmittagslicht schlenderten sie gemächlich durch die Straßen von Bellinzona.

Contini hatte seine Kindheit im Bleniotal verlebt: Die Fahrten runter nach Bellinzona waren jedes Mal aufregend gewesen. Burgen, von Geschäften gesäumte Straßen, Plätze. Am meisten jedoch hatten es ihm die Villen mit ihren hinter Zäunen gelegenen Belle-Époque-Gärten angetan. Er bedauerte, dass sie allmählich verschwanden, so wie er bedauerte, dass es immer mehr Handyläden anstelle von Eisenwarenhandlungen oder Bäckereien gab. Aber er wusste, dass Wandel für Städte, selbst für die kleinen, unerlässlich war. Das ließ sich nun einmal nicht ändern. Hauptsache, man gab die Gewohnheit nicht auf, durch die Straßen zu schlendern und auch Unbekannte mit einem Nicken zu grüßen.

»Ich hatte von all dem keine Ahnung«, sagte Mario.

»Wie ist das möglich?«

»Ich kümmere mich nicht um die Löhne, und die Arbeiter kommen mit ihren Beschwerden nicht zu mir. Giorgio war der Chef. Und wenn ich jetzt darüber nachdenke, fällt mir wieder ein, was er gesagt hat...«

»Wer?«

»Giorgio. Am Abend vor seinem Tod hat er erklärt, dass er

keine Ermittlungen will. Aber er ist nicht konkret geworden. Vielleicht hat es ihm an Vertrauen gefehlt. Ich hätte so etwas jedenfalls nicht gebilligt!«

War er ehrlich? Schwer zu sagen, aber Contini glaubte schon. Er hatte den Eindruck, dass Geld und Gewinnsucht in Marios Augen eher etwas Lästiges als etwas Nützliches darstellten.

»Wusste Anna von der Sache?«

»Keine Ahnung. Crespi bestimmt, er war ja für die Buchhaltung zuständig.«

Sie hatten die Piazza Governo erreicht. Contini hatte ein Treffen im Konkursamt vereinbart. Eigentlich wollte er Mario nicht dabeihaben, aber er zögerte, ihn allein zu lassen. Er steckte sich eine Zigarette an und bot Mario eine an, doch der lehnte ab. Dabei hatte Contini ihn schon rauchen sehen.

Mario schüttelte den Kopf. »Das war Johnny Fontana.«

Vor ihnen lag das Klostergebäude der Ursulinen: Der einstige Frauenorden war dem Sitz der Tessiner Kantonalregierung gewichen. Auf dem Platz prangte die Skulptur eines Seehundes, der während des Sommers Wasser spie. In den Wintermonaten schien er dagegen verzweifelt nach etwas zu suchen, das sich auf der Nase balancieren ließ. Neugierige Touristen wandten sich, nachdem sie das obligatorische Foto geschossen hatten, regelmäßig mit der Frage an ihren Stadtführer, ob das Tier die Regierung oder die Politik oder aber die fröhliche Gauklernatur des Tessin symbolisiere.

Sie gingen noch ein paar Schritte in Richtung Teatro Sociale und auf das Rathaus zu. Contini ermahnte Mario, auf der Hut zu sein: Solange ein Mörder auf freiem Fuß sei, könne man nicht vorsichtig genug sein. Und was die korrupten Machenschaften angehe, nun ja … da müsse er wohl Colucci unter die Lupe nehmen.

Mario erstarrte. »Was wollen Sie damit sagen?«

»Giorgio und Crespi wussten Bescheid, Anna vermutlich nicht. Und Colucci? Auch er trägt Verantwortung. Und er weiß, wie die Dinge laufen. Er war schon in der Branche tätig, bevor er bei Ihnen anfing, oder?«

»Ja, bei der Mobiliamo AG, die dann pleitegegangen ist, aber ... er kümmert sich hauptsächlich um die Kundenbetreuung, er ist ein hervorragender Verkäufer.«

»Seit Tagen schon versuche ich, ihn zu treffen. Hoffentlich ist er heute Abend im Konkursamt dabei. Nun ja, wenn Sie mich jetzt entschuldigen würden ...«

»Herr Contini!«

Die beiden Männer zuckten zusammen. Aus einem Laubengang tauchte eine alte Dame auf, klein, mit toupiertem Haar und geschminkten Lippen.

Contini seufzte. »Signora Noemi ... was machen Sie denn hier?«

»Mein Friseur. Früher war er in Gravesano, dann ist er hierher umgezogen, aber ich bleibe ihm treu, zumal man sich in der heutigen Zeit nicht jedem Dahergelaufenen anvertrauen sollte. Aber welch Zufall, dass wir einander erneut begegnen! Mein Silverio lässt Sie schön grüßen, er ist zum Glück nicht wieder weggelaufen, im Gegenteil, er ist noch fauler geworden.«

Contini gelang es, den sanften Redefluss zu unterbrechen und ihr Balmelli vorzustellen. Die Signora riss die Augen auf.

»Oh, es tut mir so leid um Ihren Bruder. Und wegen der ganzen schrecklichen Geschichte.«

Mario murmelte ein paar Dankesworte.

»Aber Sie werden sehen: Mit Herrn Contini hat der Mörder keine Chance! Das kann ich Ihnen versichern, schließlich habe ich seine Dienste selbst in Anspruch genommen. Aufspüren von Haustieren: Mein Silverio ist immer wieder entwischt, bis Herr Contini kam … Ach, ich bin sehr zufrieden mit ihm, das können Sie mir glauben, und seither mache ich, wo ich nur kann, Werbung für ihn.«

27

Leichtherzigkeit

Die Briten nennen es *Understatement.* Aber es ist nicht dasselbe. Die Haltung der Schweizer entspricht vielleicht eher einer Form der Leichtherzigkeit. Den angrenzenden Ländern ist schwer beizubringen, dass die Schweizer ein leichtherziges Volk sind, aber Contini hätte nicht gewusst, wie er die Abneigung gegen großes Tamtam, gegen protziges Auftreten, überhaupt gegen jede Form der Prahlerei anders beschreiben sollte.

Minister in Zügen zweiter Klasse, Milliardäre auf dem Fahrrad, berühmte Persönlichkeiten, die unerkannt in der Masse untertauchten. Contini fand es traurig mitanzusehen, wie die guten alten Sitten allmählich der Arroganz, der von den Social Networks geschürten Selbstgefälligkeit und der Bürokratie wichen. Geronzis hastiger Händedruck, sein ständiges Telefonieren und seine frenetische Betriebsamkeit gingen ihm daher gehörig auf die Nerven.

Ein Mörder war auf freiem Fuß, so viel stand fest.

Die Ängste überließ Contini jedoch lieber den Workshops und Brainstormings der Polizei. Er wollte mit den Angestellten des Konkursamts in aller Ruhe Kaffee trinken, herausfinden, wie sie ihre Arbeit angingen und wie sie Routine und Verzweiflung miteinander vereinbarten.

»Ein Protokoll?«, protestierte er. »Ich glaube, das ist nicht nötig…«

»Es existieren gewisse Vorgaben«, unterbrach ihn Geronzi. »Auch für informelle Treffen wie dieses.«

Der Versammlungsraum war schmucklos, mit einem Teppich, dessen Grau genau dem des Himmels draußen entsprach. Veronica Molina, Lisa Macchi und Raimondo Colucci saßen an einem rechteckigen Tisch. Eine zierliche blonde junge Frau hinter einem Bildschirm wartete darauf, das Protokoll zu führen.

»Es laufen Ermittlungen wegen mehrfachen Mordes«, begann Geronzi. »Bis zum heutigen Tag, dem dreißigsten Oktober, gibt es keine Anhaltspunkte für einen Zusammenhang zwischen den Verbrechen und dem Insolvenzverfahren der Möbelfirma Dolcecasa Arredamenti, deren Firmenleitung hier durch ein Mitglied vertreten ist. Privatdetektiv Contini scheint dennoch die Absicht zu haben, einen solchen Zusammenhang herzustellen.«

»Oh ja«, warf Contini ein. »Ich würde sagen, dass der Zusammenhang bereits ...«

»Bitte unterbrechen Sie mich nicht. Es sei daran erinnert, dass Mordermittlungen eine Sache sind, ein Konkursverfahren dagegen etwas ganz anderes. Unsere Aufgabe ist es, den drohenden Bankrott aufzuhalten oder abzuwenden, daher möchte ich hiermit ganz offiziell Herrn Colucci als Vertreter der Firmenleitung bitten, Privatdetektiv Contini dazu zu veranlassen, von weiteren Ermittlungen zu möglichen wirtschaftlichen Fehlern der Firma in Zukunft abzusehen.«

So, Geronzi war also zum Angriff übergegangen. Mit seiner bürokratischen Ausdrucksweise, seiner herrischen Miene, mit seinem grauen, in den Nacken gekämmten Haar und den kleinen Augen, deren wachsamer Blick von einem Gesicht zum anderen wanderte, war er zum Angriff übergegangen.

Doch diese Forderung war mehr als nur ein schlichtes

Machtwort. Contini hatte keine logischen Anhaltspunkte, aber er spürte es in den Knochen: Seit er das Konkursamt das erste Mal betreten hatte, war ihm klar gewesen, dass etwas in der Luft lag. Waren es bloß die üblichen Querelen zwischen Büroangestellten? Oder verbarg sich mehr dahinter?

»Ich habe heute mit Veronica gesprochen«, sagte Contini. »Sie hat mir viele wertvolle Informationen über Ihr Einschreiten vor ein paar Jahren geliefert.«

Geronzi öffnete den Mund, um etwas zu erwidern, aber ihm fehlten die Worte, und er schnappte wie ein Fisch nach Luft.

»Ich habe nichts gesagt!«, korrigierte Veronica. »Ich habe Herrn Contini lediglich getroffen, weil es meine Pflicht war!«

»Natürlich«, versicherte Colucci mit einem Lächeln. »Ich weiß, dass auf Sie Verlass ist.«

Veronica errötete. »Es geht hier nicht um Verlässlichkeit.«

Ihr Blick wanderte suchend zu Geronzi, aber ihr Chef hielt den Kopf gesenkt, als sei er mit der Situation überfordert.

Wie so oft in solchen Fällen redeten nach einigen Sekunden alle durcheinander. Veronica, die immer stärker errötete, beteuerte, dass sie nichts gesagt habe und dass es nichts zu sagen gebe. Gleichzeitig erkundigte sich Lisa in munterem Ton, ob jemand einen schwarzen Tee oder Kräutertee haben wolle, und Geronzi mahnte mit rauer Stimme zur Ruhe.

Die Blondine hinter dem Bildschirm wartete mit über den Tasten schwebenden Fingern darauf, etwas zu Protokoll zu nehmen.

Es waren Coluccis Worte, die schließlich die Aufmerksamkeit aller auf sich zogen: »In ihrer derzeitigen Form wird die Firma Dolcecasa nicht mehr lange existieren.«

Umherschweifende Blicke. Regen hinter den Fensterscheiben. Das Piepen des Computers der Blondine. Ein Hüsteln

Geronzis, das vermutlich den Auftakt zu einer Frage darstellen sollte, der jedoch Lisa zuvorkam: »Sagen Sie, ist das Ihr Ernst?«

Colucci stand auf und zog die Jacke über. Er nahm sich Zeit, den Tisch zu umrunden. Er lächelte Veronica zu, die den Blick abwandte, und reichte dem schreckensstarren Geronzi die Hand. Bevor er den Raum verließ, sagte er noch. »Alleine werden wir es nicht schaffen. Statt ein zweites Mal pleitezugehen, so unser Gedanke, könnten wir es doch mit einem neuen Partner versuchen.«

»Aber davon wissen wir nichts!«, platzte Geronzi heraus. »Wie ist das möglich? Was ist das für eine Geschichte?«

»Es ist noch nichts offiziell, aber wir erwägen die Möglichkeit, an einen deutschen Konzern zu verkaufen. Wenn Sie mich jetzt entschuldigen wollen …«

Colucci glitt elegant durch die Tür und hörte nicht mehr den protestierenden Geronzi, das unverständliche Gemurmel Veronicas, die Blondine, die sich erkundigte, was sie schreiben sollte, und Lisa, die erneut fragte, ob jemand gern einen Kräutertee hätte. Den könnten doch jetzt alle gebrauchen, oder?

»Danke«, sagte Contini. »Ich nehme gern einen.«

28

Die Häuser der anderen

»Es heißt, in neun von zehn Fällen sei es jemand, den man kennt.«

»Wer?«

»Der Mörder.«

»Und wer sagt das?«

»Weiß nicht... die Journalisten. Sie sagen, es sei immer der Ehemann oder so jemand.«

»Die Journalisten. Der Kerl hat drei Männer umgebracht. Wessen Ehemann soll er bitte sein?«

»Ach, keine Ahnung. Vielleicht ist es ja die Ehefrau?»

Colucci warf Mario einen schrägen Blick zu. »Willst du mich auf den Arm nehmen?«

Es hätte ein ganz normaler Herbsttag sein können. Bleierner Himmel, regennasser Asphalt und eine ruhige Fahrt mit dem Lieferwagen von Dolcecasa durch den Bezirk Lugano, von Grancia nach Lugaggia. Die Arbeiter waren auf eigene Faust zum Haus der Quadris unterwegs, während Mario und Colucci die zu montierenden Möbel brachten.

Normalerweise genügte eine Person, um die Arbeiten zu koordinieren: Colucci, einer der Balmellis oder der für die Tischlerei verantwortliche Piscitello. Aber an diesem Tag hatten Mario und Colucci das Bedürfnis, einander in die Augen zu sehen.

Es war der Abend vor Allerheiligen, einem Feiertag im Kanton Tessin. Einen Tag später war Allerseelen, an dem man der Verstorbenen gedachte, und während sie aus Paradiso hinausfuhren, dachte Mario unwillkürlich an Giorgio, an ihren Streit an jenem letzten Abend. Er dachte auch an Amedeo Crespi, mit dem er jahrelang zusammengearbeitet hatte, und an Tommaso Prosperi, jenen Unbekannten, der offenbar ausgerechnet mit Giorgio und Amedeo gemeinsam krumme Geschäfte betrieben hatte.

»Und wir haben nichts davon gewusst«, sagte er laut.

Colucci schwieg dazu. Sie fuhren durch Massagno. Auf den Straßen sah man schwarz gekleidete Mädchen mit großen Hexenhüten und Jungen mit Vampirzähnen. Halloween: So hieß das heutzutage. Es war der ideale Zeitpunkt, um sich an Blut und Mordtaten zu erfreuen.

»Die fangen schon morgens an«, bemerkte Colucci.

Mario schaute gedankenverloren durch das Wagenfenster nach draußen.

In Canobbio folgten sie der Via Tesserete und dann der Via Cantonale. Während die Straße zwischen triefnassen Bäumen hindurchführte und das Motorengeräusch des Lieferwagens die Stille erfüllte, unterhielten sie sich weiter so, in halben Sätzen und darauf bedacht, nicht zu viel von sich preiszugeben.

Am Straßenrand tauchten Reihenhäuser, Parkplätze und hier und dort ein Weingarten auf, dann wieder Wald, bis sie Lugaggia erreichten. Die Quadris wohnten in der Via alla Motta, und um dorthin zu gelangen, musste Colucci die gesamte Ortschaft umrunden und sich durch ein enges Sträßchen zwängen. Er fuhr konzentriert, mit beiden Händen am Lenkrad, und reagierte zunächst kaum, als Mario fragte: »Wie ist es gestern im Konkursamt gelaufen?«

»Die sind verrückt«, antwortete Colucci nach kurzem Zögern. »Wir sollten nicht zulassen, dass sie die Nase in unsere Angelegenheiten stecken.«

»Aber wo uns die Pleite droht!«

»Unfug. Wir müssen uns Partner suchen. Morgen treffe ich mich mit diesem Typen aus Deutschland, mal sehen, was der sagt.«

»Meinst du, der will Geld reinstecken?«

»Na ja, er wird sich in der Branche schon auskennen. Er hat einen italienischen Namen, Colombo, oder so ähnlich, aber die Firma ist deutsch.«

»Und meinst du, die werden uns helfen?«

»Wir sind da.« Colucci schaltete den Motor aus. »Ich weiß nicht, ob sie uns helfen werden. Aber ich habe so etwas schon einmal mitgemacht und weiß, dass man im Alleingang auf jeden Fall scheitert. Das ist immer so.«

Mario behagte der Gedanke, das Konkursamt zu übergehen, ebenso wenig wie die Tatsache, dass ihm nun die Aufgabe zufiel, gemeinsam mit Colucci die Firma zu leiten. Wenn sogar Giorgio bei der Sache mit den Schwarzarbeitern mitgemischt hatte, wieso sollte Colucci dann über jeden Zweifel erhaben sein?

Das Haus der Quadris war ein altes Gebäude mit großem Balkon und Veranda. Trotz der Modernisierung gab es noch zahlreiche kleine Nischen, romantische Winkel und Holzdecken mit Sichtbalken. Die neuen Besitzer hatten sich mit der Absicht an Dolcecasa gewandt, die alten Truhen und Kupferkessel an den Wänden zur Geltung zu bringen.

Bevor er die Firma sattbekommen hatte, war Mario gern mit dem Lieferwagen im Tessin unterwegs gewesen. Die Häuser der anderen betreten, ein wenig plaudern, Alltagsatmosphäre schnuppern.

Coluccis Entwurf sah für das Esszimmer einen Massivholztisch vor, dessen Maserung der Deckenvertäfelung nachempfunden war, während die verzierten Beine für Auflockerung sorgten.

»Wir haben ein Konzept ausgearbeitet«, wandte sich Colucci erklärend an Herrn Quadri, ein mageres Kerlchen mit borstigem Schnauzer. »Die raumzeitliche Verschiebung gibt dem Tisch eine gänzlich andere Gewichtung: moderne Linienführung, helleres Holz, sehen Sie?«

Herr Quadri beugte sich über Coluccis Tablet und nickte einige Male. Mario wies unterdessen die Arbeiter an, wo Tisch und Stühle aufgestellt werden sollten.

»Sehen Sie, wie das Massive für Raumvolumen sorgt?«, fuhr Colucci fort. »Wir haben ein innovatives Modell entworfen, das sich dennoch auf die Tradition berufen kann. Schauen Sie nur, wie die Stühle die Raumverhältnisse betonen.«

Herr Quadri näherte seinen Schnauzbart dem Bildschirm, derweil sich Mario fragte, wie ein Stuhl die Raumverhältnisse betonen konnte. Einmal mehr musste er zugeben, dass Colucci der geborene Verkäufer war. Er versprühte Charme, Sicherheit und Eifer, und egal, was er den Leuten erzählte, sie waren begeistert.

»Natürlich lassen sich ein bis zwei Einsätze à siebzig Zentimeter einfügen, wie besprochen in derselben Feinausführung wie die Tischplatte. Das Holz wirkt modern und klassisch zugleich, schauen Sie …«

Vielleicht war es gut, dass Colucci die Entscheidungen traf. In seiner düsteren Stimmung klammerte sich Mario an diesen Gedanken. Vielleicht hielt er sich besser im Hintergrund. So war es ja ohnehin bereits: Colucci sprach mit möglichen zukünftigen Teilhabern und hielt das Konkursamt in Schach. Um Dolcecasa zu retten, brauchte es einen wie ihn.

Mario versuchte, die heiklen Gedanken zu verdrängen, und

ging den Arbeitern beim Hereintragen der Teile zur Hand, aber er konnte sich des Eindrucks nicht erwehren, dass Giorgios Tod alles in allem Coluccis Ehrgeiz beflügelt hatte. Wenn die Firma wieder auf die Beine käme, würde alles um ihn kreisen. Noch war allerdings einer der Balmelli-Brüder da.

»Ich geh mal ein paar Schritte vor die Tür«, sagte er, an die Arbeiter gewandt.

Er wollte nicht, dass sie ihn in diesem Zustand sahen. Mit den Zweifeln, die ihm, sosehr er sich auch dagegen wehrte, aufs Gemüt drückten.

Lugaggia zählte keine tausend Einwohner, und man hatte das Gefühl, an einem völlig entlegenen Ort zu sein. Kleine Treppen, Brunnen, alte, verwinkelte Häuser, Laubengänge und eine Sonnenuhr, die nicht mehr zu entziffern war, als sei es belanglos, wie die Zeit verstrich.

Schlenderte man durch die Straßen, konnte man meinen, Jahr um Jahr denselben Gesichtern, denselben Grußworten, demselben trägen Alltagsleben zu begegnen.

Doch Mario lief hastig. Ohne Rhythmus.

Contini hatte gesagt, dass der Mörder möglicherweise noch nicht fertig sei. Er hatte ihn gewarnt. Wenn man ihn ebenfalls umbrachte, wer würde davon profitieren? Wer würde die Leitung dessen übernehmen, was von Dolcecasa noch übrig war?

Mario wählte Continis Nummer.

Er wusste nicht, was er von ihm wollte, außer die Sorgen und Vermutungen, die ihn umtrieben und für die er sich schämte, mit ihm zu teilen. Doch das Telefon klingelte, ohne dass jemand abhob, bis schließlich der Anrufbeantworter ansprang. Mario hatte keine Lust, auf das Band zu sprechen. Er wollte es später noch einmal probieren.

Allmählich wurde es in den Straßen von Lugaggia dunkler

und bedrohlicher. Die alten Häuser wirkten bedrückend, und in jedem Winkel lauerte etwas Unbekanntes.

Besser rasch zu den anderen zurückkehren.

Besser sich mit harmlosen Tätigkeiten beschäftigen: mit dem Vermessen von Räumen, der Montage von Tischen, dem Aufstellen von Stühlen. Den üblichen Dingen – wie in den Zeiten, da alles noch banal erschienen war.

29

Jemand, der geflüchtet ist

In den Bergen oberhalb von Corvesco lebt ein Alter. Er heißt Giona und ist ein ziemlicher Eigenbrötler.

Keiner weiß, wieso er beschlossen hat, sich aus der sogenannten Zivilisation zurückzuziehen. Tatsache ist, dass er sich eines Sommers eine Behausung zusammengezimmert hat, wobei er sich einer Höhle bediente, die er mit einer Steinmauer versah. Erst blieb er ein paar Monate da oben. Dann verbrachte er auch noch Herbst und Winter dort, und in den folgenden Jahren mochte er nicht mehr darauf verzichten, bei Sonnenuntergang den Gipfel des Monte Basso und nachmittags den Wasserfall des Tresalti zu beobachten. Vielleicht wegen seines Bartes, vielleicht auch wegen seiner altmodischen Sprechweise hatten die Leute angefangen, ihn den »Eremiten« zu nennen.

Contini ging mit langsamem, aber gleichmäßigem Schritt. Er ließ Kastanien und Tannen hinter sich, überquerte eine Hochebene und hielt vor einer Viehtränke inne. Dann wurde der Anstieg steiler, und jenseits des Baches ertönte der Warnruf des Alten: »Wer da?«

Contini schnaufte.

»Der Tag wird kommen, an dem du erst schießt und dann fragst, wer da ist.«

»Gott bewahre!« Giona tauchte zwischen den Felsen auf.

»Wie du weißt, bin ich ein friedliebender Mensch, mein Junge. Und ich ziele nicht mehr so genau wie früher.«

Contini gab ihm die Hand. »Alles gut, Giona?«

Der Alte hob den Blick zum Himmel. »Der Herbst ist da, und ich lebe noch. Wie könnte ich mich da beschweren?«

Contini hatte eine Flasche Rotwein, eine Pagnotta, ein paar Kartoffeln, einen Kopfsalat, drei Rinderschnitzel, ein bisschen Milch, Honig, ein paar Packungen Makkaroni, passierte Tomaten, ein Dutzend Zeitschriften und eine Schachtel Brissago-Zigarren mitgebracht.

Giona bedankte sich und erklärte, es sei schön, von Freunden abhängig zu sein.

»Diese Lektion muss man immer wieder lernen, mein Junge, und zum Dank werde ich dir nach dem Essen einen Schluck meines ganz besonderen Bitterlikörs kredenzen, du weißt schon, den aus dem Kloster, dessen Namen ich nicht nennen mag …«

Giona verbrachte den Großteil seiner Zeit schweigend. Vielleicht kamen ihm die Worte deshalb so mühsam und ein wenig knarzend über die Lippen. Er sprach lange, dann schwieg er mehrere Minuten, um anschließend das Thema zu wechseln.

»Neulich war Giocondo, der Enkel von Pepito, hier und hat mir ein paar Geschichten erzählt. Ich habe ihn davor gewarnt, der Klatschsucht zu verfallen, aber du weißt ja, wie die Jugend von heute ist.«

Giocondo war Inhaber des Grotto Pepito in Corvesco. Untersetzt, stämmig und um die fünfzig, war er der Letzte, den Contini mit der »Jugend von heute« in Verbindung gebracht hätte. Doch Contini nickte nur, während Giona sich nach dem Stand der Ermittlungen zu der Mordserie erkundigte.

»Wie heißt der noch gleich? Der Polsterfabrikant? Der Sesselzerstörer?«

»Der Sofakiller. Woher weißt du, dass ich damit beschäftigt bin?«

»Oh, hab ich vergessen.«

»Um alles über jeden zu wissen, muss man sich wohl in die Berge zurückziehen.«

»So ist es, mein Junge. Die Wüste ist der Weg zur Weisheit.«

Nach dem Essen setzten sie sich zum Rauchen vor die Höhle. Der Wind hatte die Wolken weggefegt und einen Himmel von derart intensivem Blau hinterlassen, dass er wie ein Festkörper wirkte. Die Sicht reichte bis zu den entferntesten Gipfeln, während die Sonne auf den Hang des Monte Basso schien. Contini erzählte von Mario Balmelli, von seiner Flucht und Rückkehr, von Giorgios Tod, der dem Tod von Prosperi und Crespi so sehr glich.

»Ein schwer zu lösender Knoten«, sagte Giona.

»Ja, es ist ein ziemlicher Wirrwarr. Und du weißt noch nicht alles.«

Contini berichtete über die drohende Pleite von Dolcecasa und Coluccis jüngste Bemerkungen zu einem möglichen Käufer. Er erzählte auch von Arnaboldi, von InfoLavoro3000 und von Torres' Enthüllungen zu den Schwarzarbeitergeschäften zwischen der Lombardei und dem Tessin.

»Scheinbar haben die Balmellis da voll dringesteckt... das heißt, ich spreche von Giorgio. Mario hat nichts davon mitbekommen, und Colucci, der die Niederlassung in Lugano leitet, behauptet ebenfalls, er wisse nichts von dem Betrug.«

»Hm«, erwiderte Giona nur.

»Ich weiß, das klingt nicht sehr glaubwürdig. Torres hat mir den Kontakt zu diesem Riccardi vermittelt, einem Tischler, der für die Balmellis gearbeitet hat und sich nicht auf das falsche Spiel einlassen wollte. Den treffe ich morgen, vielleicht weiß er mehr.«

»Gibt es da eine Verbindung zu dem Möbelmacher?«

»Was?«

»Na, zu dem Mörder. Ich vergesse immer, wie ihr den nennt, verstehst du?«

»So-fa-kil-ler! Hör mal, er hat zwar vielleicht einen albernen Spitznamen, aber er bleibt ein Mörder ...«

»Ich weiß, ich weiß!« Giona warf ihm einen durchdringenden Blick zu. »Man darf sich von den Verbrechensmeldungen nicht runterziehen lassen, doch wenn man bedenkt, wie viel Böses in uns stecken kann, bekommt man wirklich eine Gänsehaut.«

Schweigen. Dann sagte Contini: »Ich weiß nicht, ob der Mörder mit den Schwarzarbeitergeschäften zu tun hat. Aber ich kann keine weitere Gemeinsamkeit zwischen Prosperi, Crespi und Giorgio Balmelli erkennen. Ich denke, die Polizei ermittelt in dieselbe Richtung.«

»Jemand, der verloren hat«, murmelte Giona. »Jemand, der manipuliert, zurückgesetzt, niedergemacht worden ist. Jemand, der dem Schlag nicht standgehalten hat.«

»Ja, da hat man die Qual der Wahl: ehemalige Angestellte, Geschäftspartner, Konkurrenten, Zulieferer ...«

Giona beobachtete, wie sich der Rauch seiner Zigarre in Luft auflöste, und schien ganz in Gedanken versunken zu sein.

»Jemand, der verloren hat«, wiederholte er. »Denn das ist das Schwierigste, weißt du? Zu sagen: Ich habe verloren. Was vorbei ist, lass es los ... Ohne die Gegenwart auszulöschen, ohne Rachegedanken zu hegen ... verlieren und sonst nichts, verlieren und bleiben. Den Mut haben zu bleiben. Ja ... vielleicht einer, der die Flucht ergriffen hat?«

»Die Flucht ergriffen?«

»Wer verliert, will meistens flüchten. Bleiben ist das Schwierigste überhaupt.«

»Hm … der Einzige, der die Flucht ergriffen hat, ist Mario. Aber ich kann mir nicht vorstellen, dass er etwas mit den Morden zu tun hat. Außerdem ist er nicht zur Rückkehr gezwungen gewesen, er hat es freiwillig getan.«

»Auch der Mörder ist zurückgekehrt.« Gionas Stimme wurde immer leiser. »Vielleicht ist er auch noch auf der Flucht, aber nicht so weit entfernt. Manchmal muss man nur so tun, als sei man ein anderer, muss unsichtbar werden und den richtigen Moment abpassen … alle suchen dich weit weg, aber du bist nie fortgegangen, sondern im Warmen geblieben, in Sicherheit, und lauerst auf den Zeitpunkt der Rache …«

»Mensch!« Contini sprang auf. »Jetzt, wo ich darüber nachdenke …«

Giona betrachtete seine Zigarre und schnippte die Asche ab.

»Was ist los, mein Junge, ist dir eine Erleuchtung gekommen?«

Contini nickte. »Ich glaube, ich weiß jetzt, wo ich suchen muss.«

30

Fleurette Africaine

»Schon wieder dieser Duke?«

Mario lächelte. »Ja, Duke Ellington.«

»Was hat der noch mal gespielt?«

»Klavier. Obwohl sein eigentliches Instrument die Band war. Hier spielt er mit zwei jüngeren Musikern: Charles Mingus und Max Roach. Es geht um die Geschichte einer Blume.«

»Wie das?«

»Die Musik erzählt von einer Blume, die im Dschungel wächst.« Marios Stimme wurde nachdenklich. »Sie ist wunderschön, aber niemand sieht sie …«

»Und ist es ihr eigenes Stück?«

»Duke hat es geschrieben. Es heißt *Fleurette Africaine.* Aber es erinnert mich an ein Gedicht, aus meiner Schulzeit, das vielleicht … aber es ist zu viel Zeit vergangen.«

»Zu viel Zeit seit was?«

»Seit allem.«

Gespräche mit Mario endeten oft in einer Sackgasse. Das Trio aus Klavier, Bass und Schlagzeug füllte den Raum mit geschmeidigen Klängen, zu denen sich Mario die Farbe Violett vorstellte. Er lehnte sich zurück und lächelte Lisa zu. Doch sie erwiderte sein Lächeln nicht. Sie war eine eigensinnige junge Frau.

»Willst du damit sagen, es ist zu viel Zeit vergangen, seit alles gut lief?«

»Vielleicht«, erwiderte Mario. »Wusstest du, dass die drei auf diesem Album, *Money Jungle*, zum ersten Mal zusammen spielen? Unglaublich!«

Lisa ließ sich nicht abbringen. »Aber als alles gut lief, bist du abgehauen.«

»Ein Zeichen, dass doch nicht alles so gut lief.«

Ende der ersten Runde.

Eine halbe Stunde zuvor hatte Mario bei Lisa angerufen und gesagt, dass er wegen einer Lieferung nach Chiasso käme. Falls sie zu Hause sei, könnten sie irgendwo kurz was trinken gehen, sofern …

»Wieso schaust du nicht bei mir vorbei?«, hatte sie prompt erwidert. »Es ist schon fünf und um die Zeit herrscht mörderischer Verkehr.«

So saßen sie nun in Lisas schmucklosem Wohnzimmer, ringsum ein paar Poster von The Roots, Wiz Khalifa und Machine Gun Kelly neben verschiedenen Filmplakaten, darunter *Pulp Fiction* und *25th Hour*, und dazu die stumme Gegenwart von Bobs leerem Terrarium. Um das Eis zu brechen, hatte sie gefragt, ob er das Saxophon dabeihabe, und er hatte mit ernster Miene verneint. Aber er habe ein paar CDs im Wagen, ob sie vielleicht etwas hören wolle?

Mario umschiffte die heiklen Themen und versuchte, über Jazz und Blumen im Dschungel zu sprechen. Aber Lisa ließ sich nicht beirren. »Gestern meinte dein Teilhaber, Colucci, ihr hättet die Absicht, die Firma zu verkaufen.«

»Ja … stimmt, das ist so eine Idee von ihm.«

»Und was hältst du davon?«

Mario seufzte. »Ich habe ihm gesagt, dass er es langsam angehen soll. Wir haben heute darüber geredet.«

»Aber du hast doch das Sagen, oder? Ihr könnt nicht einfach verkaufen, ohne mit uns zu verhandeln. Abgesehen davon, dass Geronzi der Schlag treffen würde … wobei es ihm vielleicht auch die Augen öffnen würde, aber das ist gerade nicht der Punkt. Ich habe das Gefühl, Colucci benimmt sich, als sei er der Chef.«

»Wenn ihm das Befriedigung verschafft, wieso nicht?«

Mario war zwar kräftig gebaut, hatte aber feine Gesichtszüge. Er sprach langsam, ohne eine Miene zu verziehen, und Lisa hatte das Gefühl, einer Maske, einer großen Stoffpuppe zuzuhören. Vielleicht war es besser, ihn eine Weile in Ruhe zu lassen. Sie rückte ein Stückchen näher auf dem Sofa an ihn heran, und beide verharrten in Schweigen. Als das Stück zu Ende war, holte Lisa zwei Bier, und während sie *Caravan* hörten, kam sie ein weiteres Mal auf die Flucht zu sprechen.

»Ich verstehe nicht so ganz, wieso du zurückgekommen bist.«

Mario sah sie an. »Die andern verstehen nicht, wieso ich abgehauen bin.«

»Wenn einer abhaut, haut er ab.«

Mario überlegte. »Ein guter Gedanke. Aber dann bist du plötzlich allein, in einer Stadt, in der du niemanden kennst, und all die Fäden, die du durchtrennt hast, baumeln im Leeren. Könntest du einfach so, ohne nachzudenken, verschwinden?«

Lisa zuckte die Schultern. »Wieso nicht?«

»Wieso nicht …« Mario lächelte. »Soll ich wirklich verschwinden und zulassen, dass andere hier das Ruder in die Hand nehmen? Oder besser bleiben und zeigen, dass ich keine Angst habe?«

»Gibt es diesmal nicht jemanden, den du ungern verlassen würdest?«

Mario zögerte. »*Solitude* …«, flüsterte er.

»Was?«

»So heißt das Stück, das sie gerade spielen.« Er räusperte sich. »Ich bin dir dankbar, Lisa. Diese Augenblicke sind für mich … ich schaffe es schon lange nicht mehr zu sagen, was ich …«

»Gar nicht so einfach, in ganzen Sätzen zu sprechen, was?«

Lisa brach in Gelächter aus. Als sie sein ratloses Gesicht bemerkte, rückte sie ein Stück näher und drückte seine Hand.

»Mach dir keine Sorgen«, sagte sie. »Du wirst sehen, am Ende renkt sich alles ein.«

Mario war ihr so nahe, dass er den Duft ihres Haars wahrnahm und die Hautporen unter der Farbe ihrer Tattoos am Halsansatz erkannte.

»Wir sollten mit Ruhe darüber reden.«

»Wann du willst«, erwiderte Lisa. »An einem der nächsten Abende?«

»Ich bin immer im Showroom. Jedenfalls, solange Raimondo nicht da ist.«

»Ach, stimmt. Und keiner von euch beiden ist zum Arbeiten dort.«

Eine Spur von Widerwillen. »Ja, er …«

»Er bringt sich Frauen mit und du dir dein Saxophon.« Lisa lächelte. »So läuft es nun mal. Okay, an einem der nächsten Abende komme ich auch, aber versprich mir, dass wir dann irgendwo noch ein Bier trinken gehen.«

Mario wollte gerade antworten, als es an der Tür klingelte.

»Erwartest du jemanden?«

Lisa schüttelte den Kopf. Sie ging, um durch den Spion zu schauen. Als sie zurückkam, wirkte sie besorgt.

»Es ist Contini.«

»Ach so, muss er deine … deine Schlange suchen?«

»Ja, Bob … aber es ist schon dunkel.«

»Was will er dann hier?«

»Keine Ahnung. Er macht ein finsteres Gesicht, hoffentlich hat er keine schlechten Neuigkeiten.«

Sie hätten beide nicht genau erklären können, weshalb, aber es war ihnen lieber, von Contini nicht zusammen gesehen zu werden. Sie brauchten kein Wort darüber zu verlieren: Lisa ließ Mario leise zur Hintertür hinaus und drückte ihm die CD von Ellington in die Hand. Dann räumte sie die Flaschen in die Küche. Schließlich warf sie einen Blick ins Wohnzimmer: Alles sah ordentlich aus. In diesem Augenblick klingelte Contini ein zweites Mal. Lisa beeilte sich, ihm zu öffnen.

31

Im Dunkeln

Neben Contini, hinter der Tür, stand Francesca.

Lisa sah die beiden etwas verunsichert an. Das Haar im Nacken zusammengebunden und mit einem leicht verlegenen Ausdruck in den dunklen Augen, trat Francesca lächelnd auf sie zu.

»Kannst du dich an mich erinnern? Ich bin die, die den Wagen fährt.«

Lisa wich zur Seite, um die beiden hereinzulassen. Contini wollte wissen, was sie gerade aufgelegt hatte.

»Wir haben durch die Tür Musik gehört.«

»Das war nur ein bisschen Jazz.«

Lisa hoffte, er werde sie nicht bitten, die Scheibe erneut abzuspielen, wo Mario sie doch mitgenommen hatte, doch er sah sie nur weiter mit finsterer Miene an. Sie bat die beiden, Platz zu nehmen, bot ihnen Bier an und begann, über dies und das zu reden. Wie so oft in solchen Situationen endete das Gespräch ausgerechnet an dem Punkt, den Lisa gern vermieden hätte.

»Hast du Balmelli in letzter Zeit gesehen?«, erkundigte sich Contini.

»Ich sehe ihn und Colucci, um über die Situation der Firma zu sprechen.«

»Aber die verraten euch nicht alles«, bemerkte Contini. »Die Versammlung gestern …«

»Hör mir bloß auf!« Lisa musste grinsen. »Heute war im Büro die Hölle los, Geronzi hatte eine Stinklaune. Es ist sowieso eine stressige Zeit, gegen Ende des Jahres nimmt der Betrieb immer zu.«

»Der Betrieb?«

»Unbeglichene Schulden, Leute, die sich nicht an Vereinbarungen halten. Dann müssen wir Pfändungen erwirken, Berichte schreiben, mit den Kreditgebern sprechen …«

Lisa fühlte sich zunehmend in ihrem Element. Als frisch gebackene Angestellte hatte sie das Betreibungs- und Konkursamt gehasst: Sie musste hinterm Schalter sitzen und den Leuten erklären, dass sie ihr Klavier, ihr Auto, ihren Computer oder ihren Fernseher los waren. Viele musterten sie schräg, vielleicht, weil sie nichts von Piercings und Tattoos hielten. Mit der Zeit jedoch hatte Lisa begriffen, dass gerade die Auseinandersetzung mit dem Leid der anderen ihrer Arbeit einen Sinn verlieh und sie mehr sein ließ als bloße bürokratische Schikane.

»Manche Leute werden bestimmt wütend …«, meinte Francesca.

»Wenige. Meist ist Haltung-Bewahren das Einzige, was ihnen noch bleibt.«

»Haltung bewahren«, murmelte Contini. »Klingt interessant.«

Den Leuten gerade in dem Moment zu neuem Mut zu verhelfen, in dem ihre Niederlage abzusehen war. Diese Aufgabe hatte sie anfangs noch bedrückt, machte es ihr jedoch allmählich immer leichter, die Bissigkeit der Kollegen, Geronzis Wutausbrüche und den eintönigen Pendleralltag zwischen Chiasso und Bellinzona zu ertragen. Früher hatte sie sich in die Musik geflüchtet, war auf Open-Air-Konzerte oder auf Auslandsreisen gegangen und hatte öfter auch mal einen Joint geraucht.

Nun bestand ihr Ausgleich dagegen im Leid, in dem Versuch, es zu lindern und ihm Einhalt zu gebieten.

»Mir gefällt das. Ich bin halt eine komische Type.«

Contini lächelte zum ersten Mal. »Wer ist das nicht?« Dann wurde sein Ton wieder ernst. »Du fragst dich bestimmt, wieso wir hier sind. Also, ich muss mich echt bei dir entschuldigen: Ich hätte mich mehr um das Aufspüren von Bob kümmern sollen.«

Die finstere Miene war also nur beruflichem Frust geschuldet.

»Das ist nicht so einfach«, sagte Lisa. »Da draußen wachsen Unmengen an Pflanzen …«

»Da draußen, genau. Heute hat mich ein Freund auf eine Idee gebracht. Er hat gesagt: Und wenn das, wonach wir suchen, viel näher ist, als wir glauben, wenn wir in die Ferne schauen, während das Gesuchte in Wahrheit gar nicht weit weg ist?«

Lisa deutete auf das Terrarium. »Es ist leer … ich habe gründlich nachgeschaut.«

»Schon, aber wir haben das Haus nicht in Betracht gezogen. Ich habe mich informiert und weiß, dass Boas nach einer Mahlzeit enge und dunkle Orte bevorzugen, am besten feucht und abgeschieden, wo sie sich wie in einer Höhle fühlen können. Wieso also in den Wald verschwinden? Welcher Ort ist hier im Haus der feuchteste und dunkelste?«

Contini griff nach seinem Anorak, den er über eine Stuhllehne geworfen hatte, und zog eine Kopie des Grundrisses von Haus und Garten hervor.

»Schau her, ich denke, der dunkelste Ort dürfte genau hier sein. Ganz in unserer Nähe.«

Lisas Blick wanderte zum Ende des Zimmers, zu der Tür, durch die man in den Keller gelangte.

»Meinst du …?«

Contini nickte.

Einige Minuten später stieg der Detektiv mit Handschuhen, Knüppel und Jutesack die Kellertreppe hinab. Rechts ging eine weitere Tür ab, hinter der das Brummen der Heizungsanlage hervordrang. Unten war der Fußboden mit kleinen Steinchen übersät. In der Mitte des Raumes baumelte eine nackte Glühlampe von der Decke, doch sie spendete kaum Licht.

In den Regalen erkannte Contini staubige Flaschen, Marmeladengläser, längst abgelaufene Milchpackungen.

Ringsum Dunkelheit.

32

Etwas bewegt sich

Ein mit Continis Unternehmungen befasster Historiograph hätte für die zweite Hälfte jenes Oktobers eine insgesamt positive Bilanz ziehen können: Der Fall Kater Silverio war gelöst, genauso der Fall mit den Diebstählen im Sportstudio von Chiasso und – ebenfalls in Chiasso – die Sache mit dem entlaufenen Bob. Jetzt brauchte er nur noch der Firma Maltese Investigazioni bei den Ermittlungen zu dem fast-reichen jungen Mann und seiner mehr-als-reichen Verlobten zur Hand zu gehen (wobei diese Abstufungen für Überfluss in ihrer Präzision als typisch helvetisch gelten können) und auf einen Überraschungserfolg im Fall Balmelli zu hoffen.

Mit Bob hatte er ziemlich leichtes Spiel gehabt. Sobald er die Schlange im Heizungskeller wusste, wohin sie sich für eine gemütliche Verdauung im Warmen zurückgezogen hatte, brauchte er nur noch das Licht anzuschalten und den Sack bereitzulegen, um Bob, der es gern dunkel hatte, hineinkriechen zu lassen. Nachdem er auf diese Weise die erste *Boa constrictor* seines Lebens gefangen hatte, war er nach Bellinzona gefahren, wo er in der *Bar Charlie* eine Verabredung hatte.

Obwohl Contini inzwischen eine Monatskarte für die Öffentlichen hatte, gefiel sich Francesca immer besser in ihrer Rolle als Chauffeurin und Mädchen für alles. Während der Fahrt berichtete er ihr von dem Besuch bei Giona und dessen erhellenden Worten und fragte, ob sie die Fahrerei nicht allmählich leid sei.

»Ach was! Ganz im Gegenteil, es ist ein Privileg, die atemberaubenden Tage eines Private Eye live mitzuerleben ...«

»Vergiss nicht«, erwiderte Contini, »dass Philip Marlowes Sekretärin nie geistreiche Bemerkungen gemacht hat.«

»Vielleicht hat er sie deshalb nie geheiratet.«

Francesca ließ ihn an der Bar raus, in der lediglich ein junges Paar am Fenster und hinterm Tresen ein alter, das Gratistageblatt lesender Kellner saßen. Der »Sofakiller« hatte seinen Platz auf Seite eins geräumt und dem letzten Eishockey-Derby zwischen Lugano und Ambrì-Piotta überlassen, das mit einem Sieg für die Mannschaft aus den Bergen ausgegangen war.

»Nicht viel los hier, heute Abend ...«

»Halloween«, antwortete der Kellner. »In den anderen Bars wird gefeiert.«

Contini bestellte ein Gezapftes. Dann rief er Mario an, um ihm mitzuteilen, dass er am nächsten Tag endlich Beppe Riccardi treffen würde, jenen Grenzgänger, der das schmutzige Spiel von InfoLavoro3000 nicht hatte mitspielen wollen. Doch Mario war nervös und wollte gar nichts weiter davon wissen.

Nach einigen Minuten kam, in eine Wolke aus schwarzen Schärpen gehüllt und mit einem Schwall schrillen Gelächters, eine Gruppe junger, als Hexen verkleideter Frauen herein. Auch Lucas tauchte aus dem Hinterzimmer auf und begrüßte Contini augenzwinkernd.

»Was macht die Jagd auf den Mann?«

Als einzige Antwort deutete der Detektiv auf sich selbst, wie er mit seinem Bier am Tisch saß. Lucas lächelte und verschwand nach draußen, derweil der Kellner versuchte, das Kreuzworträtsel in der Tageszeitung zu lösen.

»Gott des Schlafes?«, murmelte er.

Contini sah ihn an.

»Morpheus!«, schlug der junge Mann am Fenster vor. Er wirkte ernst mit seiner großen braunen Brille und der betont nachlässig gestylten Frisur. Die junge Frau ihm gegenüber lächelte ihm zu und streichelte seine Hand.

In diesem Augenblick kam die Steuerberaterin.

Contini stand auf, bat sie, Platz zu nehmen, gab ihr Gelegenheit, einen Martini zu bestellen, und bedankte sich, dass sie ihm ihre Zeit opferte.

»Ich bitte Sie, ich war doch ohnehin in der Nähe …«

In Malteses Augen zog diese Frau den fast-reichen jungen Mann in ein gefährliches Spiel hinein, doch der mädchenhafte Lockenkopf und der schmale Körper, der in einem karierten Kleid steckte, gaben Gloria Marinetti nicht gerade den Anstrich einer *Dark Lady*. Contini rief sich in Erinnerung, dass sie zumindest Stunden hinter verschlossenen Türen in der Wohnung des mit einer Millionärin Verlobten verbrachte. Und es war immer noch unklar, was die beiden da eigentlich trieben.

»Ich weiß, dass Sie als Finanzberaterin tätig sind«, sagte er.

»Ja, früher für ein Geldinstitut, aber jetzt haben wir uns selbstständig gemacht. Alles Leute mit Erfahrung. Und in welcher Branche sind Sie tätig?«

»Als Privatdetektiv.«

»Oh. Da verdient man bestimmt nicht schlecht.«

Sie war fröhlich, selbstsicher. Eine leistungsbereite Frau, die in Zeiten der Krise nach neuen beruflichen Wegen suchte.

»Lebt in Loch Ness«, sagte der Kellner. »Neun Buchstaben.«

Contini stellte sein Bier auf den Tisch. Er würde sie nicht hinters Licht führen, oder zumindest nicht allzu sehr.

»Ungeheuer«, antworteten der ernste junge Mann und Gloria Marinetti gleichzeitig – er mit lauter Stimme, sie so leise, dass nur Contini es hörte. Der lächelte und sagte: »Wir wollen mal nicht übertreiben, ich bin bloß Detektiv.«

Seine Taktik bestand darin, eine Beziehung herzustellen: Er würde zulassen, dass die Steuerberaterin seine Finanzen unter die Lupe nahm – was ihm nicht schaden konnte, zumal die Kosten dafür Maltese und seine Firma übernahmen –, und würde sie dann in aller Ruhe über ihren Ex befragen. Genau das wollte Maltese: eine sanfte, direkte Annäherung. Inzwischen konnte er seine Spione aussenden und egal, was die beiden ausheckten, es würde ans Licht kommen.

»Falls das möglich ist, hätte ich gern etwas Sparhilfe«, sagte Contini.

»Verfügen Sie über regelmäßige Einkünfte?«, fragte sie.

»Von Menschen mit Nachtangst gefürchtet«, verkündete der Kellner.

»Ich würde sagen, nein ... ich nehme, was kommt.«

»Zehn Buchstaben.«

»Ich müsste mir ...«

»Dunkelheit«, rief der ernste junge Mann.

»... Ihre Einnahmen und Ausgaben genauer anschauen, um ...«

»Dunkelheit.« Der Kellner war skeptisch. »Bist du sicher?«

In diesem Augenblick klingelte Continis Handy. Er wollte es gerade ausschalten, als er sah, dass der Anruf von Mario kam.

»Würden Sie mich einen Augenblick entschuldigen?«, sagte er an die Steuerberaterin gewandt. »Tut mir leid, dass ich so ungehobelt bin, aber es ist ein Kunde, der in einer etwas vertrackten ...«

»Kein Problem. Das ist doch selbstverständlich.«

Contini wandte sich ab, um das Gespräch entgegenzunehmen, während der Kellner weiterhin unschlüssig blieb. »Dunkelheit ... zehn Buchstaben ... könnte passen, allerdings ...«

Marios Tonfall ließ nichts Gutes ahnen. Er wirkte überdreht und gleichzeitig verängstigt.

»Bist du's, Contini?«

»Ja.« Es war das erste Mal, dass er ihn duzte. »Was …«

»Bist du noch in der *Bar Charlie*?«

Das Lokal mit seinen farbigen Lämpchen, den rot gepolsterten Samtstühlen, der Stimme des Kellners und dem gerade wieder hereintretenden Lucas, der sich lächelnd die Hände rieb, war warm und gemütlich. Doch als Contini Marios Stimme hörte, schauderte ihn.

»Hör mal, könntest du mir einen Gefallen tun?« Es waren weniger seine Worte als vielmehr der Ton, in dem eine ungewohnte Dringlichkeit lag. »Ich habe gerade mit Colucci gesprochen, er ist unterwegs in die *Bar Charlie.*«

»Tatsächlich?« Contini sah zum Eingang.

»Er meinte, er sei mit diesem Typen zusammen, der die Firma kaufen will, diesem Kerl aus Deutschland. Aber ich trau der Sache nicht, ich habe mich mit Colucci gestritten und würde das Ganze gern klären …«

Die Glastür öffnete sich. Lucas eilte herbei, um behilflich zu sein, und hielt sie auf, während Contini unverwandt hinschaute.

»Keine Sorge«, sagte er. »Ich sitze noch hier und bin selbst gespannt, wie dieser Kerl aussieht.«

33

Midnight Train to Georgia

Mario Balmellis alter Renault fuhr über die Autobahn, durch den Monte-Ceneri-Tunnel.

»Hörst du mich noch?«

»Ja«, antwortete Contini. »Es ist Colucci, ich sehe ihn. Sie kommen grad rein … ich ruf dich zurück, einverstanden?«

Hinter dem Tunnel kamen Bellinzona und der Abzweig nach Trevalli. Von oben sah man auf die mit Häusern und Lichtern übersäte Ebene; ringsum die Umrisse der Berge. An dieser Stelle ging Mario immer vom Gas und nahm das Panorama wie ein Zeichen in sich auf: Bellinzona war eine Festung – das bezeugten die drei beleuchteten Burgen –, eine Schwelle zum Alpenmassiv. Jenseits der Stille der fast noch mediterranen Landschaft waren bereits die gotischen Kirchtürme, die Kanäle, die großen Städte und der wolkenverhangene Himmel Nordeuropas zu erahnen.

Er griff nach dem Handy und gab einen Sprachbefehl: »Schreibe SMS an Anna Balmelli.«

Das Gerät tat, was es sollte, und Mario diktierte hastig seine Nachricht: »Hab versucht, dich anzurufen, Punkt. Wenn du magst, Komma, ruf zurück, Punkt. Wollen wir uns zum Essen treffen, Komma, ganz in Ruhe, Fragezeichen?«

Das Handy wiederholte die Nachricht, und Mario gab den Befehl, sie zu senden. Dann fuhr er von der Autobahn ab. Auf gerader Strecke griff er abermals nach dem Gerät, hielt es vor das Steuer und warf einen Blick ins Postfach. Offenbar gab es keine nennenswerten neuen Nachrichten. Er drückte erneut die mittlere Taste und sagte: »Schreibe E-Mail an Colucci. Hallo, Ausrufezeichen. Ich habe über unser Gespräch nachgedacht, Punkt. Entschuldige bitte, Komma, wenn ich unfreundlich war, Punkt.«

Während er an der Ampel kurz vor Giubiasco stand, legte er eine Pause ein. Das Handy fragte ihn, ob er löschen, senden, den Betreff ändern, die Nachricht ändern oder einen Anhang hinzufügen wolle. Mario beschloss, noch etwas zu ergänzen.

»Aber ich will die Firma nicht aufgeben, Komma, das erscheint mir nicht richtig, Punkt. Und wie gesagt, Komma, habe ich zu Unbekannten kein Vertrauen, Komma, insbesondere jetzt nicht, Punkt. Was hältst du von einem gemeinsamen Essen, Komma, vielleicht zusammen mit Anna, Komma, dann könnten wir in Ruhe über alles reden, Fragezeichen?«

Er kam in den Kreisverkehr der Piazza Grande, vor der Kirche und dem mit modernen Skulpturen übersäten Rasen, und bog in Richtung Bahnhof ab. Während er durch die Tempo-30-Zone fuhr, schrieb er eine SMS an Contini, mit der Bitte, ihn so schnell wie möglich zurückzurufen, und dann eine Nachricht über WhatsApp an Lisa, um sie zu fragen, ob bei Continis Besuch alles glattgelaufen sei.

Vor dem Bahnhofsgebäude lungerten zwei Vampire und eine Frau mit müdem Gesicht herum. Im ersten Augenblick verwirrte ihn der Anblick der Vampire, aber dann fiel ihm ein, dass Halloween war. Eine Gelegenheit mehr, sich zu verkleiden, in diesem ohnehin schon karnevalsüchtigen Land.

Außer der Frau und den beiden Vampiren war niemand am Bahnhof.

Die gelbliche Straßenbeleuchtung und die dunklen Schatten erinnerten ihn an die Bilder eines amerikanischen Malers. Er versuchte, sich an den Namen zu erinnern, dann gab er es auf. Stattdessen kam ihm ein alter Song in den Sinn, ein Song von … von … verdammt, was war mit seinem Gedächtnis los? Ihm fiel nur der Titel ein: *Midnight Train to Georgia.* Es war die Geschichte eines Musikers, der in Los Angeles nicht hatte Fuß fassen können und nun nach Hause zurückkehrte. Mario musste lächeln: Das war seine eigene Geschichte, deshalb war er darauf gekommen.

Er bog rechts in die Via al Ticino und dann links in die Via del Piano ein. Als er auf den Hof vor seinem Haus fuhr, ertappte er sich dabei, *Midnight Train to Georgia* zu pfeifen. Der richtige Song zum richtigen Zeitpunkt. Er dachte an die Nachrichten, die er verschickt hatte, und stellte sich vor, wie Anna bei sich daheim neben dem Handy saß, in dem sich die unbeantworteten Nachrichten häuften. Dann stellte er sich Colucci in der *Bar Charlie* vor, wie er im Beisein dieses Kerls aus Deutschland seine E-Mail las. Er dachte an Contini, an Lisa und an das unsichtbare Netz aus Worten, das er aus der geschlossenen Kabine seines Wagens in die Luft entsandt hatte.

Und rings um ihn her unzählige weitere Nachrichten, Telefonate, Anfragen, Zurückweisungen, Enttäuschungen in dieser Nacht, in der Mütter ihre Kinder als lebende Tote verkleideten … Er verlor sich in solchen Gedanken, gab sich ihrer Bitterkeit hin, als völlig unverhofft das Handy klingelte.

»Mario.« Es war Continis Stimme. »Bist du sicher, dass Colucci mit einem möglichen Käufer unterwegs ist?«

»Er hat es mir selbst gesagt, kurz bevor er reingegangen ist. Wieso?«

»Weil ich ihn habe reinkommen sehen, und zwar alleine.«

»Ist das zu fassen?«

»Er sitzt hier direkt vor mir. Und niemand ist dabei.«

34

Der Anfang vom Ende

Contini hatte ihn keinen Moment aus den Augen gelassen.

Er hatte beobachtet, wie er hereingekommen war, wie Lucas ihm aus dem Mantel geholfen und wie er schließlich Platz genommen und mit gerunzelter Stirn die Frage des Kellners vernommen hatte: »Wissen Sie, was der Anfang vom Ende ist?«

Bevor Colucci reagieren konnte, hatte der ernste junge Mann das Wort ergriffen: »Vielleicht E und n.«

»Was?«

»Ende … das Wort fängt mit E und n an.«

»Ah, stimmt!« Der Kellner lächelte, dann wandte er sich an Colucci. »Verzeihung. Ich stehle Ihnen die Zeit. Was darf es sein?«

Colucci schien nicht gerade erfreut über Continis Gegenwart und hatte sich mit dem Rücken zu ihm gesetzt. Der Detektiv trat auf ihn zu.

»Darf ich?«

»Die Bar ist leer.«

»Ich werde Sie nicht lange stören.« Contini deutete zu Gloria Marinetti hinüber. »Wie Sie sehen, bin ich in Begleitung. Aber sagen Sie, was machen Sie hier so allein?«

Colucci zögerte, bevor er zu sprechen begann. Lucas war ins Hinterzimmer verschwunden, der Kellner hatte das Kreuzworträtsel beiseitegelegt und zapfte ein Bier, die beiden jungen Leute hielten Händchen und sahen sich tief in die Augen, während sie miteinander sprachen.

»Was wollen Sie?«

»Nichts. Ich war gestern sehr überrascht, als Sie sagten, Sie hätten einen möglichen Käufer für Dolcecasa gefunden ...«

»Ich bin der Meinung, das geht Sie nichts an.«

»Vielleicht haben Sie recht. Aber mal unter uns: Finden Sie es nicht seltsam, dass mitten in dem Aufruhr, den dieser sogenannte Sofakiller verursacht hat, ein Unbekannter auf den Plan tritt und ...«

»Hören Sie mal gut zu! Wenn Sie glauben ...«

Gerade als Colucci Contini mit ruppigem Ton ins Wort fiel, vibrierte sein Handy. Er warf einen Blick auf die Nummer und nahm das Gespräch wortlos entgegen. Einige Sekunden lang hörte er bloß zu, dann sagte er: »Ich habe mich tatsächlich schon gefragt ... Aber wo steckst du ... ah, hab verstanden. Du hast recht. Morgen, genau, mach dir keine Sorgen.«

Colucci beendete das Gespräch. Einen Augenblick lang verharrte er in Gedanken versunken, dann schnellte sein Kopf herum, und er wandte sich an Contini. »Sie sind ja immer noch hier. Haben Sie keine Arbeit?«

»Um ehrlich zu sein ...«

»Wissen Sie eigentlich, dass ich versuche, die Firma zu retten? Meinen Sie, das ist so einfach?«

»Nein, ich ...«

»Ist Ihnen klar, dass die Kunden ausbleiben und die Kreditgeber Angst haben? Als würden diese Bürokraten vom Konkursamt nicht genügen, muss auch noch ein Möchtegern-Rächer-der-Armen, ein Idiot, ein Pseudodetektiv, daherkommen. Hören Sie, wie viel wollen Sie?«

»Aber ich ...«

»Los, nennen Sie mir eine Summe, und dann ziehen Sie Leine und lassen uns arbeiten!«

»Arbeiten Sie gerne?« Contini war in solchen Situationen phlegmatisch. »Vielleicht ist es ein Fehler, meinen Sie nicht? Vielleicht ist es besser, etwas, das vorbei ist, loszulassen.«

Colucci erhob sich fluchend. Gloria Marinetti und die beiden jungen Leute erschraken, taten aber so, als sei nichts. Der Kellner blieb, das Gezapfte in der Hand, vorsorglich hinter dem Tresen. Contini sprach leise, sodass es nur Colucci hören konnte: »Dieser mysteriöse Käufer hat nur mit Ihnen gesprochen, und Sie wollen seinen Namen nicht nennen ... weshalb?«

Colucci packte ihn an der Schulter und versetzte ihm einen Stoß: »Wollen Sie mir irgendwas in die Schuhe schieben?« Er war rot angelaufen, seine Augen quollen hervor.

»Nein.« Contini schob die Hand von seiner Schulter. »Aber ich mache mir Sorgen.«

»Ich warne Sie, sollte der mögliche Käufer, wie Sie ihn nennen, zufälligerweise nichts mehr von sich hören lassen, wissen Sie, was ich dann mache?« Inzwischen schrie er. »Ich werde Sie anzeigen, darauf können Sie sich verlassen, ich bringe Sie vor Gericht, ich ... Sie Dreckskerl!«

Nach Coluccis Abgang mit Türenschmeißen und allem, was dazugehört, herrschte einige Sekunden lang verlegenes Schweigen. Es war der Kellner, der die Situation dank langjähriger Erfahrung zu retten wusste: Er stellte das Bier ab, griff nach dem Kreuzworträtsel und erkundigte sich seelenruhig, wer die Angewohnheit habe, Liebespfeile zu verschießen. Und der ernste junge Mann erwiderte noch leicht verunsichert: »Ich glaube, Cupido ...«

35

Angst

Es hieß, Duke Ellington habe *In a Sentimental Mood* komponiert, um den Streit zwischen zwei jungen Frauen zu schlichten. Angeblich hatte er sich ans Klavier gesetzt und die Musik sprechen lassen.

Mario wusste nicht, ob das stimmte, aber das Stück übte in jedem Fall eine magische Wirkung auf ihn aus. Vor allem in der Einspielung mit Ellington und Coltrane von Anfang der 1960er-Jahre.

Es war Medizin: Ein Allheilmittel, das man abends, nach den Anstrengungen eines langen Tages zu sich nahm. In seinen Ledersessel versunken, neben sich ein Glas Wein, spürte Mario, wie sich auch in seinem Inneren der Streit zu legen begann, er spürte, wie die beiden jungen Frauen einander am Ende zulächelten und die Hand reichten. Zumindest bis zur nächsten Auseinandersetzung.

Der fesselnde Klavierlauf, die Becken im Hintergrund, die sieben Töne bis zum langgezogenen F, das die Farbe Blau hatte … wieso funktionierte es diesmal nicht?

Mario war noch einmal ins Auto gestiegen und fuhr über die dunklen Straßen der Ebene.

An einer Kreuzung hielt er und stellte lauter. Er versuchte es mit geschlossenen Augen, aber stärker als die Musik nahm er das Rauschen des Bluts in seinen Adern und das Ein- und

Ausströmen des Atems wahr. Er spürte die Muskelspannung im Rücken und in den Beinen.

Er schlief zu wenig. Wie hätte er schlafen können?

Eine Pleite bedeutet nicht nur den Verlust von Arbeit und Geld. Es ist, als sei man in einem Ballsaal, in dem alle demselben Rhythmus folgen, während man selbst aus dem Takt geraten ist. Man stolpert und schwitzt, bis sich die Menge um einen herum auflöst. Es ist ein kleiner Tod, ein Aus-der-Welt-gestoßen-Werden.

Er setzte den Motor in Gang. Hinter ihm, in einiger Entfernung, tauchten die Scheinwerfer eines anderen Autos auf.

Besser, er kehrte um, fuhr zum Showroom der Firma. Früher oder später würden sie alle Gebäude und Möbel veräußern, die Tischler entlassen und die Maschinen versteigern müssen. Wie oft hatte er es als lastende Pflicht empfunden, in die Fußstapfen des Vaters und des Großvaters treten zu sollen … Doch jetzt befürchtete er, ohne die Firma vielleicht nicht mehr zum Spielen fähig zu sein.

In der Nähe des Showrooms befand sich eine Diskothek, und für diesen Abend kündigte ein Plakat eine lange NACHT DER ANGST an, eine GROSSE HALLOWEENPARTY, alle gemeinsam bis morgens um fünf.

Vor dem Eingang ließ eine Gruppe Zombies eine Weinflasche herumgehen, während unter einer Straßenlaterne eine junge Frau mit einem Werwolf diskutierte. Sie hatte ein weiß geschminktes Gesicht mit einem einzigen roten Tropfen auf der Wange. Mario fuhr langsamer und sah, dass sie weinte, während der Werwolf gestikulierend auf sie einredete. Echte Tränen rannen ihr über das makellose Gesicht mit der akkurat aufgetragenen starren Träne.

Eine Mumie und ein undefinierbares grünes Monster traten aus der Diskothek und begannen lauthals irgendeinen Stadionhit zu grölen. Alle gemeinsam, dachte Mario. Eine große Party.

Es war der Abend vor Allerheiligen. Eine frostige, lange Nacht mit einem Wind, der die Toten erzittern ließ. Mario stellte die Musik leiser und dachte an die Menschen, die er gekannt hatte und die es nicht mehr gab. Mit seinen vierzig Jahren fielen ihm noch nicht allzu viele ein: Er konnte sie alle aufzählen.

Als er vor dem Showroom den Motor ausschaltete, war ihm, als höre er einen anderen Wagen. Als würde jemand in der Nähe halten.

Aber der Hof war dunkel, und nichts rührte sich.

Er lehnte sich zurück und lauschte. Ellington und Coltrane waren verstummt, nur der Wind hinter den Wagenfenstern war zu hören. Er öffnete die Tür einen Spaltbreit und erstarrte im nächsten Augenblick. Waren da Schritte gewesen? Oder war das nur Einbildung? Ihm brach der Schweiß aus.

Vielleicht war ihm jemand gefolgt und …

Es war alles so absurd.

Aber schließlich gab es tatsächlich Tote, die Polizei, aufgeregte Journalisten. Es gab einen Verrückten, der ganz offenbar etwas gegen sie hatte. Gegen die Familie Balmelli. Oder gegen die, die davon noch übrig waren.

Er stieg aus dem Wagen, nahm das Saxophon vom Rücksitz, schloss die Tür und wartete. Als das Licht in der Fahrerkabine ausging, wagte er ein paar Schritte. Und wieder ein dumpfes, metallisches Geräusch. Vielleicht jemand aus der Diskothek, ein Betrunkener, der sich verlaufen hatte?

Er schluckte und setzte zum Sprechen an, brachte aber kein Wort heraus. Langsam hob er den Blick zur Lagerhalle … und was er da sah, verschlug ihm den Atem. Unmöglich, dachte er. Ausgerechnet heute Abend, nicht zu fassen.

In diesem Augenblick streifte eine Hand seine Schulter und packte ihn mit rohem Griff. Er spürte keuchenden Atem an seinem Ohr.

»He«, protestierte er. »Was soll das …«

36

Im Dunkeln gab es Füchse

Contini und Francesca aßen im *Grotto Pepito,* im oberen Teil von Corvesco, zu Abend. Die mit trockenem Laub und Reisig übersäten Steintische im Freien wirkten wie die Überreste eines verfallenen Dorfes. Aus den Höhlen im Fels drang eisige, abgestandene Luft nach draußen. Contini musste an erbarmungslose Winter, an abgemagerte Tiere und blasse Gestalten denken, die auf der Suche nach etwas Essbarem umherirrten.

»Was ist los?«, fragte Francesca. »Du siehst so besorgt aus.«

»Nichts. Ich war in Gedanken beim Winter.«

»Der steht vor der Tür!«, bemerkte Giocondo, während er einen Holzklotz in den Ofen warf. »Und wir sind bereit für den Winterschlaf.«

Das Restaurant blieb auch während der dunklen Jahreszeit geöffnet, obwohl kaum Gäste kamen. Giocondo, der in Aussehen und Gebaren einem Bären glich, bot nur das Allernötigste an: Minestrone, Schlachtplatte, Kuttelsuppe und dazu einen leichten einheimischen Tropfen, der runterging wie Limonade.

Trotz der niedrigen Decke und der kleinen Fenster wirkte der Gastraum hell und einladend. Giocondo erkundigte sich nach dem »Sofakiller«, und Contini erwiderte knapp, dass er die Sache der Polizei überlasse.

»Dann können wir uns ja auf was gefasst machen«, bemerkte Giocondo. »Was darf ich euch bringen?«

Sie aßen Wirsingsuppe und gemischten Aufschnitt: Salami, Coppa, Schinken. Zum Schluss ließ Giocondo sie von dem Käse kosten, der auf einer Alm ganz in der Nähe von Gionas Behausung hergestellt wurde.

Auf dem Heimweg dachte Contini erneut an den Eremiten und das, was er gesagt hatte: dass die naheliegenden Dinge oft am wenigsten sichtbar sind. Tatsächlich hatte Bob noch nicht einmal das Haus verlassen. Und wenn Giona auch bezüglich der Mordfälle recht hatte? Früher oder später würde die Polizei den Mörder finden, aber vielleicht konnte Contini zumindest einen kleinen Beitrag leisten.

»Ich werde eine Liste von allen Leuten zusammenstellen, die etwas gegen die Balmellis haben könnten: Lieferanten, Kunden, ehemalige Kunden. Dann zeige ich sie Torres und diesem Tischler, Beppe Riccardi … den ich morgen treffe.«

»Der ist auch entlassen worden, oder?«, fragte Francesca.

»Aber er hat danach einen besseren Job gefunden. In meinen Augen ist der Mörder jemand, der nicht mehr auf die Beine gekommen ist. Wie sagt Giona? Jemand, der verloren hat.«

»Hat dich das Konkursamt nicht angewiesen, dich rauszuhalten?«

»Schon, aber es hat kein Recht dazu. Ich arbeite in Marios Auftrag.«

»Also wirst du weitermachen, überall herumschnüffeln und dich, wie gehabt, aus Büros und Wohnungen hinauskomplimentieren lassen?«

Contini lächelte. »Wie gehabt.«

Zu Hause angekommen, schaltete er das Licht in der überdachten Eingangsveranda an. Der Wald war eine undurchdringliche Mauer. Über das Geländer gebeugt blieb er stehen, um die Lichter von Corvesco zu betrachten, derweil Francesca Tee kochte.

An manchen Herbstabenden fühlte sich Contini bedrängt. Er hätte das Feindliche, das ihn umzingelte, oder vielleicht bereits in sein Inneres vorgedrungen war, nicht benennen können. Es war ein Gemütszustand, der ihn matt und schwerfällig werden ließ. Vielleicht war es auch nur der Beginn einer Grippe.

Francesca reichte ihm eine Tasse.

»Vorsicht, heiß!«

Warum lebte er hier inmitten von Bergen? Er hätte nach Mailand ziehen können, oder wenigstens nach Lugano oder Bellinzona. Er hatte nichts gegen Städte, und was die Arbeit betraf, wäre dort alles viel einfacher gewesen. Und vielleicht waren die Herbstabende dort weniger trostlos.

»Hör nur, diese Stille«, sagte Francesca.

»Hm.«

»Giocondo hat recht: Es ist alles für den Winterschlaf bereit.«

Aber es gab etwas, das ihn hielt. Er spürte es in einer lang anhaltenden Stille oder beim Anblick der Scheinwerfer eines aus dem Tal heraufkommenden Autos. Von außen betrachtet wirkte der Wald erdrückend, ja geradezu bedrohlich. Die einzige Rettung war, zur Kamera zu greifen und loszuwandern: Auf kaum erkennbaren Pfaden, dicht an einem Bach oder Abhang entlang, gab es keine Gedanken, sondern nur Taten, im Dunkeln gab es Füchse, unerkanntes und dennoch nahes Leben. Er wandte sich zu Francesca um und legte ihr einen Arm um die Schultern.

»Ist dir kalt?«

Francesca drückte sich an ihn. »Ein bisschen …«

Als sie nach ein paar Minuten hineingingen, begab er sich sofort an die Arbeit. Er nahm am Küchentisch Platz und breitete alle Papiere aus, die Mario ihm ausgehändigt hatte: Rechnungen, Beschwerdebriefe, Lebensläufe, Bewerbungsschreiben und Schriftwechsel im Zusammenhang mit irgendwelchen Rechtsstreitigkeiten. Die Aufgabe war klar: Spuren von Hass finden und sich die Namen notieren.

»Brauchst du Hilfe?«

»Wenn du magst…«

Die Arbeit half ihm nicht, zur Ruhe zu kommen. Er hatte das Gefühl, nicht richtigzuliegen, einer falschen Fährte zu folgen.

»Du willst morgen nach Italien, um diesen Tischler zu treffen? Soll ich dich fahren? Es ist ohnehin keine Schule.«

»Vacanze dei morti«, Totenferien, nannte man die Herbstferien im Tessin. Contini erinnerte sich an regenschweren Himmel und Kastanien, ans Herumtrödeln bei den Hausaufgaben, um die Zeit totzuschlagen. Daran, wie die alte Desolina, die ihn nach dem Verschwinden des Vaters bei sich aufgenommen hatte, sich für den Friedhofsbesuch zurechtmachte. Und er dachte an seine Eltern: Seine Mutter war in einem provenzalischen Dorf begraben, und das Grab des Vaters kannte er nicht. Jahrelang hatte er sogar gezweifelt, ob der Vater überhaupt tot war.

Die Erinnerungen, die er während des restlichen Jahres verdrängte, tauchten jedes Mal um diese Zeit stückweise empor. Sie waren schmerzhaft und tröstlich zugleich, glichen dem ersten Luftholen nach einem langen Lauf. Plötzlich traten die Verstorbenen in Erscheinung, auf der Straße oder nach dem Mittagsschlaf, und manchmal rissen alte Wunden wieder auf.

Nach Jahren war Contini jedoch zu der Überzeugung gelangt, dass diese Beharrlichkeit durchaus ihren Sinn hatte. Es waren die Tage um Allerseelen, die Totenferien: Schnittstelle zwischen der Zeitlichkeit und dem, was jenseits der Zeit lag. Solange das Ganze nicht zu lange anhielt, solange man nicht vergaß, trotz allem noch am Leben zu sein.

»Vielleicht hilft dir das hier weiter«, sagte Francesca.

Contini sah sie an: »Was ist das?«

»Ein Beschwerdebrief. Eine Gruppe Tessiner Unternehmer schreibt an die Balmellis beziehungsweise an Dolcecasa. Sie fordern die Unterzeichnung einer allgemeinen Verpflichtung, um ... *um grenzüberschreitende Arbeitsverhältnisse transparenter zu gestalten ... und auf diese Weise die pünktliche Lohnauszahlung zu gewährleisten und sicherzustellen, in welcher Höhe diese erfolgt ... um möglichem Missbrauch vorzubeugen ...* Ich glaube, das ist genau der wunde Punkt, oder?«

»Lass mal sehen.«

Mario hatte auch das von Giorgio unterzeichnete, eher abweisende Antwortschreiben hinzugefügt und einen erneuten Appell seitens der Unternehmer. Doch es waren nicht die Namen der Unterzeichner, die Continis Aufmerksamkeit erregten, sondern ein Satz, der auf die in Deutschland gesammelte Erfahrung eines derselben anspielte.

»He, Contini, bist du überhaupt bei der Sache?«

»Ja, mir war was eingefallen ..., aber es ist mir schon wieder entglitten, es ist vorbei.«

Francesca lächelte und streichelte ihm die Wange.

»Und was vorbei ist ...«

»Ich weiß schon, was vorbei ist, lass es los ...« Contini schnaubte. »Aber das ist nicht so einfach.«

37

Dauernd passiert etwas

Mario wand sich los.

»Was …«

»Hab ich mich erschrocken«, sagte sie. »Entschuldige, ich …«

»Lisa! Was machst du denn hier?«

Die junge Frau keuchte. »Das war vielleicht ein Schock!«

»Wem sagst du das? Du hast dich von hinten angeschlichen und …«

»Ich war nicht sicher, ob du es bist.«

Der Wind fegte in Böen über den Parkplatz und zwischen den wenigen Autos hindurch. Eigentlich handelte es sich um Privatgelände, aber da der Platz nicht abgesperrt war, wurde er abends von Diskobesuchern genutzt. Mario richtete den Jackenkragen auf und betrachtete Lisa. Ihm schien, als lächle sie.

»Wir haben uns gegenseitig Angst eingejagt«, sagte er. »Vielleicht bin ich ein bisschen nervös.«

»Ich hätte dich warnen sollen.« Lisa wirkte verlegen. »Aber du hast mich eingeladen, erinnerst du dich? Ich war auf ein Saxophonkonzert eingestellt und nicht auf so fiesen Wind …«

Mario schaute hinauf zu den Fenstern von Dolcecasa.

»Ich kann nicht.«

»Wieso?« Lisa sah die erleuchteten Fenster. »Ach so, okay. Du meinst …«

Beinahe hätte Mario losgelacht. Es war schon albern genug, dass ein erwachsener Mann nachts zum Saxophonspielen in einen Ausstellungsraum ging. Aber noch heftiger war es, wenn dieser Raum von einem Angestellten in Beschlag genommen wurde, der es erregend fand, Frauen an einen Ort mit zwanzig verschiedenen Betten abzuschleppen.

»Vielleicht habt ihr nur vergessen, das Licht auszuschalten.«

»Nein.« Mario schüttelte den Kopf. »Es geht automatisch aus. Außerdem steht Coluccis Wagen da, der Mercedes dahinten.«

Lisa erwiderte etwas, aber ihre Worte wurden vom Wind verschluckt. Die junge Frau zitterte, und in diesem Moment überkam Mario eine seltsame Empfindung. Trotz allem fühlte er sich leicht, so als habe der Wind einen Mechanismus durchbrochen oder irgendwo ein Gewicht entfernt.

»Warum lächelst du?«, fragte sie.

»Ich habe an …« Mario unterbrach sich. Und wieder: ein dumpfes Scheppern, als schlüge ein Arm gegen eine Wagentür. »Hast du das gehört?«

Lisa hatte nichts gehört. Dennoch kam es Mario so vor, als seien sie nicht allein. Der Lichtschimmer aus den Fenstern von Dolcecasa reichte etwa bis zur Mitte des Platzes, die andere Hälfte wurde spärlich vom Schein der Straßenlampen gestreift. War es Lisa gewesen, die er vorhin gehört hatte, oder jemand anderes?

»Hör doch …«

Das Knirschen von im Wind bewegtem Kies. In der Ferne der Widerhall eines Lachens. Mario entschlüsselte jeden Laut, aber es gab etwas, das ihm entging, eine Reihe unterdrückter Geräusche, als sei jemand darauf bedacht, unentdeckt zu bleiben und sich heranzuschleichen.

»Wann verschwindet Colucci?«, fragte Lisa.

Die helle Stimme ließ ihn zusammenzucken. Er war ein Nervenbündel.

»Weiß nicht. Aber besser, wir warten im Wagen, da sind wir geschützt.«

Vor was geschützt? Mario wollte sich die Frage lieber nicht stellen.

Lisa trug ein schwarzes, knielanges Kleid und dazu rote Strümpfe. Die Nägel waren violett lackiert, von derselben Farbe war der Lidschatten. Außer ihren Piercings trug sie ebenfalls violette Ohrringe. Die Farbkombination stach ins Auge … Mario hatte sie noch nie so elegant gesehen. Er drehte den Zündschlüssel und schaltete die Standheizung ein.

»Wollen wir lieber irgendwo anders hin?«

»Ach nein, lass uns warten. Ich möchte erst das Konzert hören.«

Die Wagenfenster beschlugen allmählich. Mario dachte, dass parkende Wagen etwas Gefährliches an sich hatten. Lisa fragte: »Wieso rufst du Colucci nicht an? Du könntest ihm doch sagen, dass er gehen soll …«

Colucci war für ihn längst weit weg. Darin bestand die Gefahr: Die Welt dort draußen löste sich auf, existierte nicht mehr.

»Ich möchte ihn lieber in Ruhe lassen, er steht ziemlich unter Strom. Wir haben uns gestritten, und ich war ein bisschen heftig.«

Mario unterbrach sich. Er glaubte, erneut einen Schlag gehört zu haben, vielleicht eine zugeworfene Wagentür. Jemand, der verschwand … oder gerade ankam? Eine weitere Gefahr parkender Autos: Die anderen sehen dich, bevor du sie siehst.

»Das kann ich kaum glauben.«

»Was?«

»Dass du heftig warst. Ich finde, dazu bist du nicht der Typ.«

Mario drehte sich zu ihr um. Die Deckenleuchte blendete ihn. Er kniff genervt die Augen zu und streckte die Hand aus, um die Leuchte auszuknipsen.

»Du findest, ich bin nicht der Typ dazu?«

Parkende Autos. Man konnte es drehen, wie man wollte: Sie waren gefährlich. Mario beugte sich zu ihr, er spürte ihren warmen Atem. Dann küssten sie sich.

»Du kannst nie behaupten, einen Menschen wirklich zu kennen«, sagte er nach einer Weile. »Das ist viel zu kompliziert.«

Lisa lächelte. Ihre Hand fuhr unter seine Jacke, sie zog ihn zu sich heran.

»Du hast recht«, sagte sie. Dann küsste sie ihn erneut. »Das ist ja das Schöne ...«

Auf dem Parkplatz vor dem Showroom. Am Vorabend von Allerheiligen. Neben einer Diskothek. Während ganz in der Nähe Colucci seine soundsovielte »Verlobte« von einem Bett ins nächste schleifte. In der verheerendsten Phase seines Lebens, mit der Firma am Rand des Ruins, küsste Mario eine fünfzehn Jahre jüngere Frau, und nicht etwa irgendeine, sondern ausgerechnet die Angestellte des Amtes, das für das Ende ...

Die Gedanken verpufften einer nach dem anderen, wie in einem Feuerwerk, bis alle verschwunden waren. Es war so dunkel, dass Mario nicht einmal mehr Lisas Gesichtsausdruck erkennen konnte. Er küsste sie erneut. Alles war neu: das Piercing auf der Lippe, der Geruch ihres Haars, der weiche Stoff des Kleides und der Strümpfe. Er tastete nach dem Hebel und stellte die Rückenlehne nach hinten. Lisa war über ihm.

Keiner sprach ein Wort. Sie bewegten sich unbeholfen in dem engen Raum, aber auch präzise, als hätten sie gemeinsam die Figuren eines Tanzes eingeübt. Lisa hielt sich am Sitz fest, während sie ihre Stiefel auszog und sich rittlings auf ihn setzte. Mario spürte die Muskelspannung der Beine unter seinen Händen, dann fasste er sie am Rücken und zog sie an sich.

Die Küsse wurden leidenschaftlicher. Während Lisa ihm das Hemd aufknöpfte, wanderte seine Hand von ihrem Hals hinunter zu den Brüsten. Er war von Zärtlichkeit erfüllt und von dem Wunsch, diese Frau nie mehr loszulassen, sie nicht zu verlieren, wenigstens nicht sie, ihre warme Haut, die Zunge, die Zähne, ihre humorvolle und zugleich so unbedarfte Art; er wollte ihr nahe sein mit ihren Tattoos, ihrer *Boa constrictor*, ihren Rappern und ihrer verdammten Arbeit im Konkursamt …

Ein Schlag, heftiger diesmal.

Beide zuckten zusammen. Lisa ließ keuchend von ihm ab.

»Was war das?«

»Ich weiß es nicht.«

Eilige Schritte auf dem Asphalt. Dann ein Motor, das Schleifen der Kupplung. Jemand fuhr hektisch davon, bremste abrupt vor der Toreinfahrt.

Mario knipste das Lämpchen an. Blendendes Licht: Er schaltete sofort wieder aus. Gerade genug Zeit, um Lisas weit aufgerissene, erschrockene Augen zu sehen. Er öffnete die Wagentür einen Spaltbreit, während Lisa sich anzog.

In Hemdsärmeln spähte er hinaus. Der Wind zauste ihm durchs Haar, trocknete den Schweiß. Alles wirkte ruhig.

Einige Sekunden später bemerkte er, vor Kälte zitternd, dass die Lichter im Showroom von Dolcecasa erloschen waren. Die Eingangstür stand sperrangelweit offen, aber Coluccis Mercedes war nach wie vor an seinem Platz.

»Was ist da los?«, fragte Lisa.

»Ich glaube, ich muss nachschauen gehen.«

Er knöpfte eilig sein Hemd zu und schlüpfte in die Jacke.

Erst vor wenigen Wochen – die ihm wie Jahre erschienen – hatte Contini nach ihm gesucht und er, Johnny Fontana, hatte unbewusst gespürt, dass ihn draußen vor dem Lokal jemand beobachtete. An diesem Abend auf dem verlassenen Parkplatz überkam ihn, während Lisa sich hektisch wieder anzog, ein ähnliches Gefühl.

38

Interior Design

Meistens war es Max, der Pianist, der komponierte. Aber während der Wochen, die Mario mit der Band auf Tour gewesen war, hatte auch er ein paar Stücke geschrieben. Sein Lieblingstitel war eine Ballade im Stil von Dexter Gordon namens *Interior Design.* Das raue, durchdringende Saxophon spielte gleichsam gegen die Zeit an, verweilte auf jedem Ton. Mario hatte mit dem Stück von der Schönheit eines abgeschiedenen Zimmers, in dem man ganz für sich sein konnte, erzählen wollen. Seltsam, hatten die anderen gemeint, du redest noch immer von Zimmern und Möbeln, obwohl du ein neues Leben begonnen hast. Aber war das wirklich so seltsam?

Seltsam war allerdings, dass ihm das Stück ausgerechnet jetzt durch den Kopf ging. Während er auf den Eingang zulief, hatte er genau die Melodie von *Interior Design* im Ohr.

Vielleicht wollte er sich auf diese Art Mut machen.

Er schaltete das Licht an und rief nach Colucci. Niemand antwortete.

Beim Üben stellte er sich auf Anraten seines Lehrers immer ein unsichtbares Saxophon vor, das auf seine Phrasen antwortete. Er improvisierte vier Takte, dann hielt er inne und lauschte dem unsichtbaren Saxophon, danach spielte er wieder vier Takte und so weiter. Auch an diesem Abend hörte er, während er das Thema von *Interior Design* vor sich hin summte, das unsichtbare Saxophon: einen langgezogenen Ton, einen Abwärtslauf, zwei kurze Töne … Aber es klang merkwürdig, scheppernd, als höre der Musiker sich selbst nicht richtig.

Er stieg die Wendeltreppe zu den Büros und der Ausstellungshalle hinauf und rief erneut, obwohl es ihm albern erschien. Und wenn Colucci mit einer seiner Verlobten auf einem Sofa rumlag?

Er schaltete die Beleuchtung ein. Kein Mensch war zu sehen. Nur die Nachbildungen von Wohnzimmern, Küchen und Schlafzimmern mit ihren goldschimmerndes Licht verbreitenden Lampen, die die Umrisse weicher erscheinen ließen. Mario brauchte ein paar Sekunden, ehe er bemerkte, dass mittendrin ein ungeordneter Haufen lag.

Das Doppelbett war ein Exklusivmodell, mit Beinen aus Glas und dem Kopfteil aus Massiveiche: Festigkeit und Transparenz, Spuren der Zeit und Wegweiser in die Zukunft. Über dem Bett einige rautenförmige Regalmodule der Serie Tetra, dazu Sitz- und Lehnelemente einer Sofakombination, ein paar Ökosessel aus Alu und Filz. Und dazwischen dieser ungeordnete Haufen, der Körper eines Menschen.

Das Gesicht war halb von der Tür eines Nachtschränkchens der Firma Konfort verdeckt. Vorsichtig umrundete Mario das Bett, als könne der Körper von einem Augenblick zum nächsten anfangen, sich zu bewegen. Doch dann sah er den dunklen Flecken auf der Matratze, das verklebte Haar und vor allem ein Auge, aufgerissen, der Blick zur Decke gerichtet. Ein Auge und der halb geöffnete Mund von Raimondo Colucci.

Er war tot. Reglos wie alles andere ringsum, Sofas, Regale und Esstische. Mario lief einen Schritt, drehte sich, um von der Seite zu schauen, drehte sich erneut mit ungelenken Bewegungen. Es gab nichts Lebendiges mehr, im gesamten Raum gab es nichts Lebendiges mehr außer ihm. Er stellte fest, dass er kaum Luft bekam. Alles drehte sich im Kopf.

Er lief noch ein paar Schritte. Dann zog er einen Hocker heran und setzte sich. Er versuchte, ruhiger zu atmen, hielt den Mund geöffnet. Der Mörder war hier gewesen, im Herzen von Dolcecasa, inmitten der Möbel, und er hatte Colucci überfallen.

»Mario? Ist alles gut?«

Lisa. Mario sprang auf. Er musste sie aufhalten.

»Warte!« Seine Stimme glich einem Krächzen. »Komm nicht rein!«

Er lief ihr entgegen. Er musste sie schleunigst hier rausbringen. Aber was, wenn Colucci noch am Leben war? Wenn er Hilfe brauchte? Ausgeschlossen – in dieser Haltung, mit dem starren Blick. Wenn der Mörder abgehauen war …

»Was ist los? Du machst vielleicht ein Gesicht!«

Mario hielt inne. Und wenn der Mörder gar nicht weg war?

Vielleicht hielt er sich noch irgendwo im Raum versteckt, oder draußen auf dem Parkplatz. Vielleicht wartete er auf sie.

39

Totengedenken

»Als mögliche Todesursachen lassen sich der Aufprall auf einen festen, stumpfen Gegenstand oder die Einwirkung eines Schlaggerätes anführen … Die durch Druck verursachten Gewebequetschungen … Zu verzeichnen sind ferner Hautabschürfungen ersten Grades, Prellungen, die darauf hindeuten …«

Contini hielt im Lesen inne. Dann sagte er: »Tja …«

Mario sah ihn an.

»Ein Pressevertreter der Polizei«, erklärte Contini. »Einer mehr, der zu viele Krimiserien schaut.«

»Wollen die das wirklich so in Umlauf bringen?«, fragte Mario.

Contini nickte. »Die Journalisten kürzen das ohnehin noch zusammen. Die wollen nur, dass ein hübscher Artikel über den Sofakiller dabei herauskommt.«

Mario zog eine Grimasse. Sie befanden sich auf dem Friedhof von Bellinzona, in der Nähe des Betonbaus mit der Leichenhalle. Mario elegant, in schwarzem Anzug, Contini mit seiner üblichen Winterjacke und dem Hut in der Hand. Ringsum waren Frauen mit Gießkannen unterwegs, Familien, trödelnde Kinder und einsame Männer, die vor einem Grabstein verweilten und dann zum Ausgang eilten.

»Mir ist, als seien Jahre vergangen«, murmelte Mario.

Die Morgensonne fiel auf Bronzestatuen und die ovalen

Porträtfotos der Verstorbenen. Der tiefblaue Himmel wurde von den Gipfeln der Berge umgrenzt, die so scharf hervorstachen, als seien sie bloß ein paar Schritte entfernt. Mario war vor einem Grabstein stehengeblieben: einem schlichten Granitblock mit den Namen von Ottavio Balmelli, gestorben 1962, Giorgio und Rita Balmelli, gestorben in den Neunzigerjahren, Giuseppe Balmelli, gestorben 2004, und schließlich – in deutlicherer Schrift – Giorgio Balmelli, dessen Namenszug halb von einem Strauß roter Nelken verdeckt wurde.

»Wozu all diese Bezeichnungen?«, sagte Mario. »Prellungen, Gewebequetschungen … all diese Details, wozu?«

Contini breitete die Arme aus. »Es sind Polizisten. Das ist ihr Job.«

»Als wir raus sind, hatte ich Angst.« Mario sprach mit monotoner Stimme. »Ich dachte, der Mörder beobachtet uns. Ich hatte die Diskothek im Blick, die fröhlichen jungen Leute, die keine Ahnung hatten, dass inzwischen …«

Er schweifte ab, sah auf seine Schuhspitzen, als rede er mit sich selbst. Contini ließ ihn gewähren.

»Diesen Anblick habe ich nicht lange ertragen, ich konnte nicht mehr denken, nicht sprechen. Ich glaube, ich werde niemals mehr so tun können, als sei nichts geschehen.«

Contini fragte sich, was er damit meinte. So tun, als sei nichts geschehen? Es schien, als verweise er auf eine verpasste, aber nach wie vor verlockende Chance. Das Leben der anderen, dachte er, während sein Blick ringsum wanderte, das Leben derer, die an Allerseelen, dem Tag des Totengedenkens, Blumen für ihre Liebsten bringen und nicht von einem Serienmörder brutal umgebracht worden sind. Aber gab es überhaupt ein Leben ohne Kummer, ohne Ungerechtigkeit? Contini bezweifelte das. Im Grunde war jeder wie auch immer geartete Tod eine Ungerechtigkeit.

»Ich wünschte, ich könnte beten«, sagte Mario. »Aber wie geht das?«

Contini dachte an den alten Giona. »Es gibt viele Arten …«

Was ging in Mario vor? Zu seinen Füßen lagen drei Generationen der Familie Balmelli: Ihr Unternehmen war auch eine Art Schutz- und Rückzugsraum gewesen. Was würde jetzt aus ihnen werden? Und aus Mario? Contini schnaubte. Er ließ sich von der Stimmung anstecken.

»Tut mir leid, dass ich dich gebeten habe herzukommen«, sagte Mario.

»Kein Problem.«

Eigentlich war das Treiben rings um die Gräber gar nicht so traurig. Contini bekam regelrecht Lust, auf dem Rückweg in einer Bar auf ein Dunkelbier einzukehren: im Gedenken an die Verstorbenen und ihre Hinterbliebenen.

»Ich wollte dir nicht von meinem Kummer erzählen.« Mario lächelte. »Es ist etwas passiert, und ich wollte, dass außer der Polizei auch du davon erfährst.«

Er hätte es ihm am Telefon sagen können oder am Eingang zum Friedhof. Aber offenbar war Mario daran gelegen, ihn hier, in diesem Wohnviertel mit seinen Häusern und baumbestandenen Straßen, an diesem sonnigen Morgen inmitten von Toten in seiner Nähe zu wissen.

»Worum geht's?«

»Um den Mörder«, sagte Mario. »Er hat einen Brief geschickt.«

40

Es gibt seltsame Leute

Nach dem Tod ihres Mannes zog Anna Balmelli es vor, allein zu sein. Sie ging nicht mehr ins Büro und traf sich nur noch mit Verwandten oder engen Freunden. Sie tat, als sei Giorgio eines natürlichen Todes gestorben, als gebe es keinen Mörder, und deshalb weigerte sie sich, mit Contini zu sprechen.

Aber ebenso wie ausgerechnet sie den ersten Zusammenhang zwischen der Ermordung Prosperis in Como und den mit Dolcecasa verknüpften Mordfällen entdeckt hatte, war sie diejenige, die den Umschlag mit der Nachricht öffnete.

Es waren nur wenige computergeschriebene und an Giorgio Balmelli adressierte Zeilen:

> *Es gibt einen leichten Weg und einen Leidensweg. Wer auf dem leichten Weg ist, glaubt, besser dran zu sein – aber er ist nur blind. Doch jetzt sind wir zurück – wir haben schon versagt – wir waren schon verschwunden – wir haben schon verloren. Jetzt ist es an euch – den Leidensweg zu gehen*

Contini hatte den abfotografierten Text auf Marios Handy gelesen. Wie Kommissar De Marchi gleich klargestellt hatte, gab es keinerlei Beweis dafür, dass er tatsächlich vom Mörder stammte. Mario, den man die halbe Nacht und noch früh am Morgen verhört hatte, konnte seine Nervosität nicht verbergen: »Wenn das nicht vom Mörder kommt … was soll es dann sein, ein schlechter Scherz? Oder glauben die etwa, wir hätten das selbst geschrieben?«

»Es könnte tatsächlich ein Scherz sein«, murmelte Contini.

»Schon, es gibt seltsame Leute, aber jemandem, der ermordet worden ist, so eine Nachricht zu schicken …. ist nicht nur gemein, sondern auch riskant, oder?«

Continis Instinkt sagte, dass die Nachricht echt war. Vor allem beschäftigten ihn die Worte: *wir haben schon verloren.* Ihm ging durch den Kopf, was Giona über den Mörder gesagt hatte: jemand, der verloren hat. Und weiter: *jetzt sind wir zurück …* Jemand, der nach einer Schlappe abhaut und nach Jahren voller Wut zurückkehrt … aber woher?

Es gab einen Mann, der bei Dolcecasa seine Hand im Spiel hatte. Den bisher niemand gesehen hatte außer Colucci. Jemand, der behauptete, aus Deutschland zu kommen.

Kurz nachdem er den Friedhof verlassen und sich zur Haltestelle in der Via Lugano begeben hatte, um auf den Postbus zu warten, fiel ihm das Schreiben ein, das Francesca am Abend zuvor entdeckt hatte. Offenbar gab es Streitigkeiten zwischen einer Gruppe einheimischer Unternehmer und Dolcecasa; im Raum stand der Vorwurf betrügerischer Machenschaften und unlauteren Wettbewerbs. Ein hinreichendes Mordmotiv?

Es war ein Kampf zwischen Armen. In der Möbelbranche hatten nach wie vor die großen internationalen Konzerne das Sagen. Aber Contini war lang genug Detektiv, um zu wissen, wie erbittert Kämpfe zwischen Armen geführt wurden. So viele Diebstähle, Zerstörungsakte, Aggressionen unter Leuten, die das gleiche Leben führten, denselben Beruf ausübten. Oft war es das verletzte Ehrgefühl, an dem sich der Funken entzündete: Wenn du der Meinung bist, dein Rivale spiele ein schmutziges Spiel, musst du ein noch schmutzigeres Spiel spielen, um für Gerechtigkeit zu sorgen.

Er fuhr bis zum Bahnhof von Giubiasco und nahm von dort den Zug nach Paradiso. Er hatte gelernt, sich dem Fluss der öffentlichen Verkehrsmittel anzuvertrauen, was in einem so vielgestaltigen Gebiet wie dem Tessin bisweilen schwierig wurde. Aber ein guter Reisender versteht es, mit Würde abzuwarten, er telefoniert nicht mit lauter Stimme und fragt um Erlaubnis, ehe er in einem Abteil Platz nimmt. Contini hielt sich ehern an diese Regeln, obwohl er oft genug erleben musste, wie wenig Bestand sie noch hatten. Zu seinen Gewohnheiten gehörte darüber hinaus, sich wegen des Fahrplans und der Anschlussmöglichkeiten an den Schaffner zu wenden. Und bisher war er nie enttäuscht worden.

Manchmal dachte er, dass das Gerüst der Schweizer Eidgenossenschaft tatsächlich durch die Eisenbahnschaffner zusammengehalten wurde. Leute, die mindestens vier Sprachen beherrschten, die die menschliche Dummheit (mehr als zu Genüge) kannten und die Kunst, sich nicht aus der Ruhe bringen zu lassen, beherrschten. Wo sonst fand man jemanden, der einem, ohne Taschenrechner und in der Sprache der eigenen Wahl, Euro in Franken umtauschte und darüber hinaus wusste, um wie viel Uhr der Bus von der Schulhaltestelle in Paradiso nach Debarcadero fuhr?

Bevor er sein Büro betrat, blieb er auf der Mole stehen, um den See zu betrachten.

Es war alles so schön: die Berge, das glitzernde Wasser, die geschwungene Linie des Monte Brè. Eine wahre Postkartenlandschaft. Doch jedes Souvenir hat seinen Preis. An diesem Tag hatte Contini zwei Termine: einen mit einem Mann, der von einem Kollegen bestohlen worden war, und einen mit einer jungen Frau aus Varese, die herausfinden wollte, wie ihr

Vater, von dem sie nur wusste, dass er Schweizer war, hieß. Kleine Privataffären, Kümmernisse, die tagtäglich aufs Gemüt drücken und dafür sorgen, dass auch Privatdetektive einen Platz auf der Postkarte finden.

Der Mann saß bereits im Wartezimmer. Bevor Contini ihn hereinbat, räumte er auf, öffnete das Fenster, um zu lüften, und hörte die Nachrichten auf dem Anrufbeantworter ab. Die erste war doch tatsächlich von dem neuen Kunden, der Bescheid gab, bereits da zu sein.

»Wunder der Technik«, murmelte Contini.

Die zweite Nachricht war länger: »Hallo Contini, ich bin's, Renzo Maltese … Eigentlich solltest du eine SMS bekommen, aber ich wollte rausfinden, ob du weißt, welchen Knopf du drücken musst, um die Ansage abzuhören …« Ein undefinierbares Geräusch, ähnlich einem Grunzen, das Contini als Lachen deutete. »Schon gut, lassen wir das. Hast du eigentlich die Steuerberaterin getroffen? Vielleicht kannst du versuchen, sie unter Druck zu setzen … Ach ja, und erinnere mich daran, dass ich dir die GPS-Daten gebe. Sollen wir noch ein paar Tage weitermachen?«

Er hatte ganz vergessen, dass Maltese im Fall Balmelli mit einer Beschattung beauftragt war. Contini hatte einfach so, seinem Instinkt folgend, darum gebeten, nachdem er mit den Angestellten des Konkursamtes gesprochen hatte.

Es gab Zeiten, da es an Arbeit mangelte, und andere, in denen alle Fälle auf einmal kamen. Contini konnte sich nicht erlauben, sie abzulehnen, es sei denn, ein Auftrag nahm ihn vollkommen in Anspruch. In so einem Fall leitete er sie gern an Maltese und seine Firma weiter, und der zeigte sich in mageren Zeiten dafür erkenntlich.

Der Mann im Wartezimmer war um die fünfzig: graues, gewelltes Haar, leicht melierter Dreitagebart, randlose Brille.

Sein Problem schien nicht allzu schwerwiegend zu sein … zumindest war Contini dieser Meinung, solange er nicht alle Details erfahren hatte.

Herr Bernasconi arbeitete für den Rundfunk, in einem Gebäude, in dem alle Büroräume denselben Schlüssel hatten. Als er bemerkte, dass sein Cello verschwunden war, hatte er daher sofort gewusst, dass ein Kollege ihn bestohlen hatte.

»Ich habe Anzeige erstattet, aber Sie wissen ja, wie das läuft.« Der Tonfall war ruhig, aber Bernasconi schien zu allem bereit. »Ich will mein Cello zurück. Es ist mindestens achttausend Franken wert, plus die Zweitausend für den Bogen …«

»Darf ich fragen, ob Sie als Musiker für den Rundfunk arbeiten?«

»Nein, nein, ich bin bei den *Eitsch-Ar*.«

»Wie bitte?«

»Human Resources, Personalabteilung.«

Contini konnte es nicht fassen. Wieso kamen die alle zu ihm?

»Wollen Sie mir erzählen, dass Sie das Cello mit ins Büro nehmen, um abends, bevor Sie nach Hause gehen, die gute Akustik im Flur zu nutzen?«

Bernasconi riss die Augen auf. »Ja, aber … woher wissen Sie das?«

41

Grand Canyon

Contini, der sich bisweilen gern selbst quälte, hatte den Fall des Cellospielers angenommen. Ebenso wie den der jungen Frau, die ihren Vater suchte, wobei er ihr erklärt hatte, dass er erst in ein paar Tagen mit der Arbeit werde beginnen können.

»Ich habe jahrelang gewartet«, hatte sie erwidert, »da kommt es auf eine Woche nicht an.«

Contini hatte ihr geraten, sich keinen falschen Hoffnungen hinzugeben. Allerdings konnte man bei verschwundenen Personen – »Fahndungsfällen«, wie es im Fachjargon hieß – nie so genau wissen: Manchmal genügten zehn Minuten im Internet, manchmal musste man monatelang in Archiven oder Grundbuchämtern stöbern. Eigentlich war der Vater der jungen Frau gar nicht verschwunden, er war nur nie in Erscheinung getreten.

Nach den Mandanten kam der schwierigere Teil, nämlich die Kontenprüfung für den Monat Oktober, der immerhin im Plus endete, und das Abfassen dreier Abschlussberichte. Einen für Signora Noemi (Titel: »Katzenfahndung«), einen für das Fitnessstudio in Chiasso (»Diebstahl und Unterschlagung«) und einen für Lisa Macchi (»Boafahndung«).

Als Francesca am zeitigen Nachmittag vorbeikam, traf sie ihn an, wie er, über seinen Schreibtisch gebeugt, mit einem Messer an einem Holzbötchen schnitzte.

»Ich sehe, du bist im Stress«, begrüßte sie ihn lächelnd.

Contini hob das Bötchen an und balancierte es auf einem Finger: »Das ist die schwierige Kunst der Seefahrt.«

Francesca nahm auf dem für Klienten bestimmten Korbsessel Platz. Contini warf ihr einen Blick zu: offenes Haar, roter Mantel, hochhackige Schuhe.

»Wollen wir ausgehen?«, fragte er.

»Ich lad dich zum Mittagessen ein. Hast du Mario getroffen?«

»Ja.« Contini legte das Bötchen beiseite. »Er sagt, dass er weitermachen will, sowohl mit den Ermittlungen als auch mit der Firma. Außerdem will er für alle, die Dolcecasa treu geblieben sind, ein Abendessen organisieren. Aber ich weiß nicht, ob er da wirklich den Durchblick hat…«

»Und was wirst du machen?«

»Ich werde zu dem Essen gehen. Und auf jeden Fall muss ich diesen Tischler, Beppe Riccardi, noch sehen. Das Treffen habe ich auf morgen verschoben: Ich werde mit dem Zug nach Chiasso fahren und ihn von dort zur Arbeit begleiten.«

»Und die Idee, dass ein Konkurrent oder möglicherweise interne Rache dahinterstecken könnte?«

»Das ist bloß eine Idee.« Contini seufzte. »Und wie du weißt, ist es mit Ideen so eine Sache…«

Sie aßen im Restaurant *Da Piero*, wo es an diesem Tag Fisch gab: gebratene Maränen mit Zwiebeln, Karotten, Salbei und Rosmarin, das Ganze achtundvierzig Stunden mariniert. Dazu gönnten sie sich ein Glas Merlot und zum Abschluss ein Stück von dem Brotkuchen, den Piero, der Wirt, jedes Jahr zu Allerheiligen backte.

Den Kaffee tranken sie auf der Terrasse, in der Sonne, die den See fast wie im Frühling glitzern ließ. Doch die dunklen Berge brachten Continis Gedanken wieder auf den Friedhof von Bellinzona. Wie viele Jahre es kostete, etwas aufzubauen, wie viel Geduld, und wie wenig genügte, um alles wegzufegen! Mario war nun allein an der Spitze der Firma, aber auch allein im Leben mit seinen immer aussichtsloser werdenden Träumen. Was hatte er mit Lisa vor dem Showroom zu schaffen gehabt, bevor sie Coluccis Leiche entdeckten? Mario hatte ausweichend reagiert, aber die Antwort war nicht schwer zu erraten. Was wohl die Polizei darüber dachte … und Geronzi, Lisas Chef, wie würde der die Sache aufnehmen? Contini wandte sich an Francesca: »Würdest du ausgerechnet mit der Amtsperson ausgehen, die mit deiner Pleite befasst ist?«

»Warum nicht? Meine Mutter hat immer gesagt: Wen du nicht schlagen kannst, mit dem musst du dich verbünden.« Sie legte eine Pause ein. »Im Ernst, ich weiß es nicht. Kommt darauf an, ob die Pleite für ihn einem Scheitern auf ganzer Linie gleichkommt oder ob es nur die berufliche Seite ist.«

»Das lässt sich schwer trennen«, bemerkte Contini.

War er selbst nicht auch ein Gescheiterter? Trotz seines Alters hatte er noch immer keinen richtigen Beruf, hatte keine Laufbahn im Blick und plagte sich mit Aufträgen herum, die jede ernst zu nehmende Agentur abgelehnt hätte. Wer war er, dass er Mitleid mit Mario verspürte? Er dachte erneut an die Namen auf den Grabsteinen, an die Träume, denen diese Menschen ein Leben lang hinterhergejagt waren und die sie teilweise sogar verwirklicht hatten. All das war, einem Trugbild gleich, verschwunden, wobei sich Contini, warum auch immer, des Eindrucks nicht erwehren konnte, dass Niederlagen beständiger waren. Was blieb am Ende von einem Menschen? Das, was man besessen, oder das, was man nie bekommen hatte, das, was man ersehnte … oder gar das, woran man verzweifelte?

Derartige Fragen waren es, auf die er normalerweise während seiner Streifzüge durch den Wald eine stumme Antwort fand.

Auf dem Rückweg schlug er Francesca vor, ein bisschen Musik zu hören. Jetzt, da sie fuhr, konnte er ihr schlecht Brel, Brassens oder Aznavour unterjubeln. Sie nötigte ihn im Gegenzug nicht dazu, Coldplay zu hören, und so suchten sie nach einem Kompromiss.

»Sie nennen sich Timber Timbre. Sie singen auf Englisch, aber vielleicht gefällt es dir ja trotzdem …«

»Timber Timbre. Was ist das denn für ein Name?«

Der Sound war gar nicht schlecht. Stimmungsvoller Background und dazu die dunkle, volltönende Stimme des Sängers. Insbesondere ein Stück, *Grand Canyon,* löste etwas in Continis Geist, während er die Landschaft hinter dem Wagenfenster vorbeiziehen sah. Er war in einer von Bergen und Kirchtürmen umschlossenen, engen Umgebung groß geworden. Doch vielleicht blieb am Ende gerade die Sehnsucht nach unbegrenzter Weite, nach wilden und offenen, immer neuen Horizonten in ihm bestehen …

»Alles gut?«, fragte Francesca. »Du bist wohl mal wieder in deiner fernen Welt.«

Contini lächelte. »Ich komme jetzt auf die Erde zurück.«

Und wenn er Erde sagt, dachte Francesca einige Minuten später, meint er tatsächlich Erde. Sie standen vor einem Baumstamm, und Contini erklärte ihr haarklein den Unterschied zwischen Fuchs- und Dachsexkrementen.

»Man muss sich den Ort anschauen: Dachse bevorzugen normalerweise eine Vertiefung, während Füchse ihren Kot zur Gebietsmarkierung verwenden und gut sichtbare Stellen wählen, wie in diesem Fall.«

»Aha.«

»Auch Dachskot hat diese Würstchenform, aber meist runder und etwas dicker …«

Das war nicht gerade der Inbegriff eines romantischen Nachmittagsspaziergangs.

Doch Francesca hatte begriffen, dass ein Fußmarsch durch den Wald intimer sein konnte als ein Abendessen bei Kerzenschein. Natürlich ließ sich Fuchskot nicht mit Erdbeeren und Champagner vergleichen, aber immerhin war er ein gutes Mittel gegen rührselige Gemeinplätze.

Contini vermerkte die Bewegungen der Füchse in seinem Notizheft. Während sie gingen, war er viel entspannter, seine Gesten und Worte wirkten heiterer. Dennoch ahnte Francesca seine Nervosität. Es waren diese Geschichte mit Dolcecasa und vor allem Marios Schicksal, die ihn nicht losließen. Sie hatte den Verdacht, dass Contini sich in Mario und seinen Ängsten und Minderwertigkeitsgefühlen wiedererkannte. Doch jetzt hatte Mario eine jüngere Frau kennengelernt, eine, die ganz anders war als er selbst. Am Ende war Contini so verrückt, die Situation auf sich zu projizieren.

»Ich habe übrigens keine Tattoos, Contini …«

Er schnellte herum. Francesca lächelte: Sie hatte ins Schwarze getroffen.

Sie nahm ihn in den Arm und küsste ihn. »Weißt du, dass ich manchmal denke, du bist verrückt?«

»Ja, da gebe ich dir recht.«

Der Abend verlief ruhig. Francesca hatte zwei Pakete Nudeln und ein bisschen Salat mitgebracht. Contini steuerte den Schinken für eine leckere Carbonara und eine Flasche Wein bei. Den Kaffee tranken sie auf der überdachen Veranda, mit Blick auf die Lichter von Corvesco. Dann schauten sie einen Film, den Contini ausgesucht hatte: Er war an der Reihe.

Francesca musste einen Contini-Klassiker über sich ergehen lassen – *Mein großer Freund Shane*, mit Alan Ladd –, und wieder einmal kamen sie nicht dahinter, ob Shane tödlich verletzt wurde oder wie durch ein Wunder unversehrt blieb. Und Contini, der sich ab und zu wiederholte, gab erneut sein Urteil zum Besten. Shane war beides. Verletzt und unversehrt. Er konnte nicht erklären, wie das möglich sein sollte, spürte aber, dass dies die einzige Lösung war.

42

Schweizer Geheimnisse

Es gibt etwas, woran in der italienischen Schweiz kein Mangel herrscht: Journalisten.

Drei gedruckte Tageszeitungen, Fernsehen, Rundfunk, Zeitschriften, Gratisblättchen, Websites – alle ließen sie ihre Spürhunde von der Leine, um Arbeiter, Ehefrauen, Amtspersonen und ungläubige Kunden zu interviewen (»Vorgestern war er noch bei mir und hat einen Tisch geliefert, er stand genau hier, im Wohnzimmer …«). Es wurden Fotos geschossen und zu dem flüchtigen »Sofakiller«, der bereits das vierte Opfer auf dem Gewissen hatte, Phantombilder entworfen.

Von vier Toten waren drei bei Dolcecasa beschäftigt gewesen.

Wie konnte eine Firma, die ohnehin in Schwierigkeiten steckte, in so einer Situation ihre Maschinen wieder in Betrieb nehmen und ihre Ausstellungsräume öffnen?

Mario Balmelli hatte sich genau dazu entschlossen. Deshalb kehrten am 3. November, dem Gerede des gesamten Kantons zum Trotz, alle an die Arbeit zurück.

»Diese übertriebene Eile!« Beppe Riccardi konnte es kaum glauben. »Warum bloß? Wegen des Geldes?«

Contini zuckte mit den Schultern. »Keine Ahnung.«

Riccardi bog scharf ab, um sich in einen Kreisverkehr einzuordnen, wobei Continis Hut von der Ablage über dem Armaturenbrett glitt. Riccardi fing ihn mit einer Hand auf und reichte ihn dem Detektiv. Dann fuhr er fort: »Mario ist nie dem Geld hinterhergerannt. Er hat in seinem Büro gehockt, Saxophon gespielt und war nicht gerade derjenige, der den Laden am Laufen hielt. Der eigentliche Schuft war Giorgio. Über Tote soll man nichts Schlechtes sagen … aber eigentlich ist es genau das, was du hören willst, oder?«

»Nichts Schlechtes, sondern einfach die Wahrheit«, korrigierte Contini.

»Das ist nicht eben wenig …«

Contini lächelte. Wenn nicht einmal mehr die Möglichkeit bestünde, die Wahrheit herauszufinden, wozu sollte es dann Detektive geben?

»Die Wahrheit ist, dass die Balmellis in ziemliche Betrügereien verwickelt waren.«

Riccardi war ein handfester Mann um die vierzig, mit grauem Schnauzer und Militärhaarschnitt. Er hatte keine Angst, obwohl er genau wusste, dass seine berufliche Stellung ziemlich heikel war.

»Wir Grenzgänger sind eine bedrohte Spezies.«

»Bedroht?«

»Ich weiß schon, es gibt ziemlich viele von uns. Aber auch die Dinosaurier waren ziemlich zahlreich, oder? Dennoch …«

Tagtäglich fuhr er auf der Autobahn von Chiasso bis Bellinzona und von dort auf der Landstraße weiter nach Locarno. Man hätte meinen können, dass er sich angesichts all der zurückgelegten Kilometer inzwischen gut im Tessin auskannte.

»Aber dem ist nicht so«, hatte er erklärt, nachdem er Contini mit einem waghalsigen Manöver auf dem Bahnhofsvorplatz in Chiasso in Empfang genommen hatte. »Du sagst: Das sind Schweizer. Und du glaubst zu wissen … Aber ich schau mir die Nummernschilder mit den Länderkennzeichen an und denke mir: Warum sind das keine Italiener? Weißt du, warum?«

»Wenn ich mich recht erinnere, hat Napoleon Bonaparte 1803 …«

»Natürlich, der schon wieder! Es ist leicht, Napoleon die Schuld in die Schuhe zu schieben, zumal er nicht mehr am Leben ist. Aber warum gibt es heutzutage noch einen Zoll? Das hat wohl kaum etwas mit Geld, also mit Bankgeheimnis und dergleichen zu tun.«

»Ich glaube nicht.«

»Zumal sie das jetzt ohnehin abgeschafft haben, oder? Der Schweizer ohne Geheimnis! Nicht zu fassen, was das nur wieder soll …«

»Wie ein Cowboy ohne Pistole«, bemerkte Contini.

Riccardi lachte. »Ja, genau … oder wie Federer ohne Tennisschläger!«

»Oder wie Napoleon ohne Hut«, setzte Contini noch eins drauf.

»Schon wieder Napoleon!« Riccardi lachte laut. »Auf den bist du regelrecht versessen!«

Während der Herbstferien, wenn die Schulen geschlossen hatten, waren die Straßen normalerweise weniger verstopft, dennoch standen Contini und Riccardi bereits kurz hinter der Grenze ab der Autobahnauffahrt im Stau. So kam das Gespräch auf Verkehr. Riccardi bemerkte, dass er die Redeweise der Tessiner, Autoschlangen als *colonne* zu bezeichnen, was ja eigentlich so viel wie »Säulen« bedeutete, immer lustig gefunden habe.

»Ich stell mir die Autos dann immer übereinandergestapelt vor …«

Contini war froh, die Fahrt miterleben zu dürfen, die Warterei, die Langeweile, die Suche nach einem passablen Radiosender. Doch brachte ihn das alles dem »Sofakiller« näher?

Vermutlich nicht, aber er hatte das Gefühl, dass der Schlüssel zum Geheimnis gerade in diesen belanglosen Gesprächen über Arbeit, über mehr oder weniger angemessene Löhne, über Entlassungen und Chancengleichheit verborgen lag.

»In Locarno geht es mir gut«, sagte Riccardi. »Es ist eine seriöse Firma, die sich nicht leichtfertig übernimmt. Anders als die Balmellis ...«

In den Fahrzeugen ringsum saß fast immer nur eine Person. Zwar hatte man von offizieller Seite her versucht, zu Fahrgemeinschaften zu animieren, aber mit mäßigem Erfolg. Auch unter der Vielzahl von Pendlern, ob grenzüberschreitend oder nicht, war jeder nur auf sich selbst bedacht: Es galt, die Stellung in der jeweils eigenen Fahrerkabine zu behaupten.

»Als ich noch bei Dolcecasa beschäftigt war, kamen ziemlich viele aus der Gegend um Como. Manchmal sind wir gemeinsam gefahren, aber die Atmosphäre war nicht gut.«

»Waren daran die Balmellis schuld?«

Riccardi warf ihm einen Blick zu. »Nicht sie direkt, sondern das, was sie verkörpern. Letztlich zählt immer nur das Geld, und alles muss geheim bleiben.«

»Schon wieder ein Geheimnis?«

»Ich verdiene viereinhalbtausend Franken im Monat. Wie viel nimmst du als Privatdetektiv ein?«

Contini lächelte.

»Siehst du, das bringt dich in Verlegenheit.«

»Achtzig Franken die Stunde. Aber ich nehme es mit der Abrechnung nicht so genau.«

»Ah, sehr gut.« Riccardi lachte. »Wenn doch alle so wären wie du. Hier hält jeder hinterm Berg, sie haben Angst vor der Steuer, vor Skandalen ...«

»Ist das der Grund, warum niemand die Machenschaften von Dolcecasa zur Anzeige gebracht hat?«

»Es sind schwierige Zeiten, jeder bangt um seinen Arbeitsplatz. Und selbst wenn man nur die Hälfte des Mindestlohns bekommt, lässt sich davon in Italien leben. Weißt du, ich nehme es den Leuten, die da mitmachen, nicht übel.«

»Wussten die anderen Firmen davon?«

»Viele haben es genauso gemacht. Aber irgendwann waren zu viele Gerüchte im Umlauf, und ein paar Politiker haben angefangen, ihre Nase da reinzustecken. Es gab sogar eine Befragung in eurem Parlament.«

»Im Grande Consiglio, dem Kantonsparlament.«

»Genau. Damals haben auch wir Arbeiter eine Versammlung einberufen, zumindest ein Teil von uns. Wir haben mit einigen Unternehmern gesprochen, und die haben den Beschluss gefasst, ein Abkommen zu unterzeichnen. Aber die Balmellis haben nicht unterschrieben.«

»Das wird den anderen nicht gefallen haben.«

»Ganz und gar nicht. Zumal kurz zuvor die Firma Mobiliamo, für die Colucci gearbeitet hat, pleitegegangen war. Die haben das falsche Spiel natürlich mitgespielt, aber genutzt hat es ihnen nichts. Danach ist Colucci zu den Balmellis gewechselt …«

»Er wusste also von den Betrügereien.«

»Ich bitte dich.«

»Er hat es geleugnet.«

»Nochmals: Ich mag nicht schlecht über Tote reden. Aber mal ernsthaft: Hältst du es wirklich für glaubwürdig, dass Colucci von nichts wusste? Bei jemandem wie Mario, der ganz in seiner eigenen Welt lebt, kann ich mir das vorstellen, aber Colucci war für den gesamten Vertrieb verantwortlich!«

»Hm.«

»Als es damals um das Abkommen zum Lohndumping ging, gab es Mobiliamo schon nicht mehr. Kopf der Unternehmensinitiative war das Einrichtungshaus Colombo Arredamenti: Gianni Colombo hat, solange er mitmischen konnte, immer ein faires Spiel gespielt.«

»Und dann?«

»Seine Firma hat, was die Produktion betrifft, eng mit Mobiliamo zusammengearbeitet, deshalb ist dann bei ihm ebenfalls alles zusammengebrochen.«

Wenn auch selten, so kam es doch hin und wieder vor, dass Contini im Auftrag bestimmter Firmen ermittelte. Er kannte die erbitterten Kämpfe, die Angst ums Überleben, die Gebietsansprüche, die Stück um Stück vorangetrieben wurden. Angesichts der Krise in Italien und der instabilen Lage in Europa entwickelte sich das Tessin immer mehr zu einer Art Wildem Westen, wo plötzlich aus dem Boden schießende Goldgräber renommierten Fachkräften gegenüberstanden und man schon bald die einen nicht mehr von den anderen unterscheiden konnte.

»Also ist auch Gianni Colombo pleitegegangen?«

»Ich glaube er ist nach Deutschland verschwunden und hat sich dort mit einem Cousin zusammengetan. Aber das ging ebenfalls schief, und wenn mich nicht alles täuscht, ist er vor ein paar Wochen gestorben. An Herzversagen, also nichts Verdächtiges.«

»Ein Infarkt? War er jung?«

»Vergiss es. Er war um die siebzig, und bei allem, was er durchgemacht hatte …«

»Du hast gesagt, vor ein paar Wochen?«

Riccardi nickte, während er die Autobahnabfahrt Bellinzona Süd in Richtung Locarno nahm.

»Mir tut es leid um ihn, er war ein anständiger Kerl. An einem gewissen Punkt, just als sich für die Balmellis das Blatt zum Schlechten zu wenden begann, war er fast aus dem Schneider. Dann haben sie irgendwie doch noch die Kurve gekriegt, und ab da ist es mit Colombo nur noch bergab gegangen: Die Partnerin hat ihn verlassen, der Sohn wollte nichts mehr von ihm wissen, der Cousin in Deutschland ist pleitegegangen, Geld und Freunde sind verschwunden.«

Also Scheitern auf ganzer Linie, dachte Contini. Ein Mann, der mit siebzig Jahren einsam am Bettelstab endete, während andere rings um ihn her weiterhin Geld scheffelten. Andere, die den Sturmwind überstanden hatten.

»Aber sag mal, wie sind die Balmellis eigentlich der Pleite entgangen?«

»Das ist ein Geheimnis«, erwiderte Riccardi augenzwinkernd.

»Schon wieder eins?«

Der Tischler lachte in sich hinein. Ringsum fiel gleißendes Sonnenlicht auf die graue, platte Erde und schien von ihr gleichsam absorbiert zu werden. Sie kamen an Einkaufszentren vorbei, an Nudelfabriken, Möbelfirmen – wann die wohl pleitegehen, dachte Contini –, dann an kleinen Einfamilienhäusern, Werbeplakaten, Imbissbuden und an einem Restaurant, das bei Junggesellenabschieden Raclette und Fondue zum Sonderpreis anbot.

»Hin und zurück, jeden Tag, das dauert …«, sagte Riccardi. »Aber es ist nett, mal Gesellschaft zu haben. Und obendrein noch Rätselraten zu spielen.«

Er machte sich einen Spaß daraus, ihn im Ungewissen zu lassen. Contini versuchte zu raten: »Vielleicht hat im Konkursamt jemand beide Augen zugedrückt.«

»Bist du bereit für ein bisschen Klatsch? Kann aber sein, dass es bloß Lügenmärchen sind …«

»Das Risiko nehme ich in Kauf. «

»Scheinbar arbeitet in dem Amt eine junge Dame, die allerhand weiß. Aber als es darum ging, die Unstimmigkeiten bei Dolcecasa anzuzeigen, hat sie so getan, als sei nichts. Da waren nämlich Gefühle im Spiel …«

»Eine junge Dame?«

»Mehr weiß ich darüber nicht«, sagte Riccardi und ordnete sich auf der linken Spur in Richtung Mappo-Morretti-Tunnel ein. »Aber ich habe bei Dolcecasa gearbeitet, und ich traue keinem von denen. Oder, besser gesagt, ich traute … Mensch, du bringst mich echt immer wieder dazu, schlecht über Tote zu reden.«

43

Warum sterben alle?

»Ich kapier gar nichts mehr.«

Der alte Giona nickte, als sei das eine gute Nachricht.

»Vielleicht sollte ich mich auf Cellodiebstähle und Ermittlungen in vorehelichen Angelegenheiten beschränken.«

»Selbstmitleid«, kommentierte Giona knapp.

Sie saßen draußen vor der Hütte. Der Wald war kahl, und auch die Tannen weiter oben wirkten grau und kraftlos.

»Und wieso erwischt ihn die Polizei nicht?«, fragte Giona.

»Sie werden noch mit ihren Analysen und Befragungen beschäftigt sein, vielleicht suchen sie auch nach diesem unauffindbaren Geschäftspartner aus Deutschland … wobei ich bezweifle, dass es den jemals gegeben hat.«

»Warum hätte Colucci ihn sich ausdenken sollen?«

»Keine Ahnung.« Contini starrte auf das dichte vergilbte Gras. »Zu Balmelli hat er am Telefon gesagt, er würde mit dem Käufer in die Bar gehen, dabei habe ich mit eigenen Augen gesehen, dass er allein war. Wozu diese Lüge?«

Giona machte eine Geste, als wolle er sagen: Woher soll ich das wissen?

»Es gibt da diesen Klüngel von Unternehmern«, begann Contini erneut. »Und Gianni Colombo hätte guten Grund gehabt, sich zu ärgern. Aber er ist selbst gestorben, und zwar noch bevor es zu den Mordfällen kam. Weshalb sterben alle?«

»Ah.« Giona lächelte. »Das ist die wichtigste Frage überhaupt.«

Contini sah ihn finster an.

»Werd nicht gleich wütend. Du gehörst doch zu denen, die es nehmen, wie es kommt, oder?«

Contini schüttelte den Kopf.

»Machst du dir Sorgen um Balmelli? Er könnte der Nächste sein ...«

»Sehr ermutigend.«

»Vielleicht kannst du es verhindern.« Giona hielt einen vertrockneten Zweig in der Hand und zeichnete Schnörkel in den Staub. »In der Nachricht des Mörders ist von ›Leidensweg‹ die Rede. Er sagt, dass er zurück sei. Hast du zu diesem Colombo Ermittlungen angestellt? Verwandte, Freunde? Er ist nach Deutschland gegangen, stimmt's?«

»Das ist eine ziemlich dünne Fährte.«

»Mag sein. Vielleicht versucht der Mörder, seinen Opfern nahe zu sein, vielleicht will er auf diese Weise seine Rache auskosten. Sag, bist du noch mal im Konkursamt gewesen?«

»Laut Riccardi hatte eine Angestellte ein Verhältnis mit einem der Balmellis. Und tatsächlich war Lisa letztens mit Balmelli im Auto zusammen. Wer weiß, vielleicht hatte sie vor Mario was mit Giorgio ... obwohl mir das seltsam erscheint. Oder vielleicht war es die andere, diese Veronica Molina?«

»Dann musst du also das tun, worauf du dich besonders verstehst, Detektiv ...«

»Und das wäre?«

»Begib dich auf die Jagd nach Klatsch.«

44

Pilgrimage

Mario sprach von der Arbeit. Contini hörte zu. Und die Minuten verstrichen unter Saxophonklängen, die aus den Boxen auf dem Schreibtisch ertönten.

»Ich entwerfe alles hier, am Computer. Die Arbeiter in der Werkstatt haben Zugang zu dem Programm. Dann müssen nur noch die Maschinen eingestellt werden, und wenige Sekunden nach meiner Eingabe nimmt der Entwurf Gestalt an.«

»Und wenn dir ein Fehler unterlaufen ist?«

»Die Leute in der Werkstatt kontrollieren alles. Aber die Arbeit an sich regle ich von hier, ohne runter zu müssen.« Mario bewegte die Maus, um in dem Entwurf eines Schrankes einige kleine Schrauben zu versetzen. »Es ist wie Zauberei: Du denkst dir was aus, gibst es in den Computer ein, und schon fängt die Maschine an zu hobeln und zu sägen. Wir sind im Tessin die Einzigen, die dieses Programm haben.«

Angesichts der Flucht von Johnny Fontana konnte Contini sich diese Begeisterung nicht recht erklären. Als habe er seine Gedanken erraten, stellte Mario die Musik lauter und sagte: »*Pilgrimage*, von Michael Brecker. Kennst du ihn?«

Contini schüttelte den Kopf.

»Wenn man bedenkt, dass Michael da schon krank war: eine Gruppe von Freunden, alles großartige Musiker, und er, der wenig später sterben sollte.« Mario feilte weiter an dem

Schrank auf dem Bildschirm herum. »Jahrelang habe ich versucht, so zu spielen wie er … bis ich schließlich begriffen habe, dass mir das niemals gelingen wird. Und weißt du was? Dadurch habe ich die Musik noch mehr lieben gelernt. Damals habe ich den Entschluss gefasst abzuhauen, weil ich plötzlich keine Angst mehr vor meinen Grenzen hatte, verstehst du?«

Das Schrankmodell, Marios leise Stimme, die Saxophonklänge. Es war, als hätte es den Mörder und die Verbrechen nie gegeben. Vielleicht stellte Mario sich vor, sein Bruder sei noch am Leben, nebenan in seinem Büro. Contini hatte ihm von Riccardis Gerede berichtet. Mario hatte von all dem keine Ahnung und sprach nur für sich. Er gab zu, sich mit Lisa zu treffen, fügte aber gleich hinzu, dass sie nie über die Arbeit redeten.

»Und wieso hast du beschlossen, die Werkstatt wieder in Betrieb zu nehmen?«

»Weil ich nie ein großer Musiker und auch nie ein großer Unternehmer sein werde. Also mache ich das, wovon ich was verstehe.«

Contini versuchte, ihn zum Nachdenken zu bewegen.

»Muss dieses Abendessen für die Kunden unbedingt sein? Der Mörder hat …«

»Erzähl mir nichts von dem Mörder.«

»Aber in dem Brief schreibt er …«

»Du kannst ermitteln, so viel du magst, genau wie die Polizei, ich aber habe beschlossen, nicht länger daran zu denken und nach vorn zu schauen.«

So musste Contini also, um ein bisschen Tratsch aufzuschnappen, runter in die Werkstatt, wo drei Arbeiter darauf warteten, Zugang zu dem Schrank zu erhalten, den Mario ein Stockwerk weiter oben gerade entwarf. Die Leitung der Arbeiten in dem spürbar verzagten Klima oblag Franco Piscitello.

»Ah, der Detektiv«, sagte er, kaum hatte er Contini erblickt. Er war weder abweisend noch herzlich.

»Stört es euch, wenn ich mich ein bisschen umschaue?«

»Machen Sie's sich bequem. Aber hier werden Sie den Mörder nicht finden.«

In der Tat musste man sich fragen, was dieser Besuch bringen sollte. Dennoch beschäftigte Contini sich über eine Stunde damit, die Maschinen zu begutachten und inmitten all des Lärms den Geruch von Sägespänen und erhitztem Metall zu schnuppern. Er bückte sich, um Vorrichtungen zu inspizieren, stattete dem Lager mit den zur Auslieferung bereitstehenden Möbeln einen Besuch ab, betrachtete prüfend die diversen Holzsorten und die mit Schrauben, Muttern und verschieden geformten Metallstiften angefüllten Regalfächer. Auch wenn die Zeit drängte, durfte man sich nicht aus dem Rhythmus bringen lassen, das wusste er nur zu gut. Zum Plaudern brauchte es Leerlauf, ein paar Kaffees aus Plastikbechern und Zeiger, die auf der großen weißen Uhr an der Wand stillzustehen schienen.

Am Ende ließ sich Piscitello doch noch zu ein paar Sätzen hinreißen.

Contini hatte von Anfang an gespürt, dass diesen Tischlermeister im Wesentlichen eines ausmachte: dass er ein beharrlicher Arbeiter war, bei dem jeder Handgriff saß. Es gab keine Ausrutscher, keine falschen Bewegungen. Auch seine mit Bedacht gewählten Worte entpuppten sich als präzise: »Eine Angestellte aus dem Konkursamt? Das ist nicht das eigentliche Problem.«

Er schraubte den Deckel der Thermoskanne auf und schenkte zwei Tassen Kaffee ein.

»Ich weiß schon, dass diese junge Angestellte, die mit den Tattoos ...«

»Lisa Macchi.«

»Genau, also dass die sich mit Mario trifft. Aber dagegen ist wohl nichts einzuwenden! Sie sind jung, lassen wir sie also, würde ich sagen. Viel problematischer ist dieser Amtsleiter.«

»Geronzi? Und weshalb?«

»Vor ein paar Jahren sind wir nur deshalb nicht pleitegegangen, weil Geronzi den Karren aus dem Dreck gezogen hat. Da drängen sich mir zwei Fragen auf: Warum hat er das getan? Und im Gegenzug für was?«

Damit schraubte er die Thermoskanne zu und begab sich wieder an seine Fräsmaschine. Contini folgte ihm.

»Zwei gute Fragen … und wie lauten die Antworten?«

»Ah, die Antworten!« Piscitello, bereits ganz von seiner Arbeit in Anspruch genommen, drehte ihm den Rücken zu. »Was weiß denn ich? Schließlich bin ich kein Detektiv …«

45

Midlife-Crisis

Contini rief ein Taxi, um sich in die *Bar Charlie* bringen zu lassen, wo er versuchen wollte, seine Gedanken zu ordnen. Aber zuvor ging er noch einmal in den Showroom, wo Mario gerade ein junges Pärchen herumführte.

Mario gab ihm ein Zeichen, er solle warten, und Contini versuchte, sich zwischen den Möbeln im Hintergrund zu halten. Der Saal war umgestaltet worden, und nichts deutete darauf hin, dass hier ein paar Tage zuvor unter Stühlen, Lampenschirmen und Nachttischchen vergraben eine Leiche gelegen hatte … Alles in diesen eigens für die Kunden geschaffenen Räumlichkeiten hatte wieder an seinen Platz gefunden.

Das Pärchen – er mit Lederblouson, sie mit Etuikleid und Markenschuhen – verströmte die Aufgeregtheit derjenigen, die sich ohne einen Gedanken ans Geld ihre Zukunft aufbauen. Das Kaufritual nahm einige Zeit in Anspruch: Sie stellten Fragen, suchten einander mit Blicken, und hin und wieder kamen Spannungen auf. Am Ende war es dann sie, die mit entschiedener Geste die Wahl traf. Sie nahmen einen Tisch, der so breit war wie Continis gesamte Küche, und dazu bestellte sie mit zarter, aber fester Stimme vierzehn Stühle aus weißem Holz: ein Zwischending zwischen moderner Skulptur und Papageien-Sitzgestell. Contini hoffte nur, dass bei so vielen Stühlen für einen einzigen Haushalt wenigstens die Familie groß war.

Als Mario das Pärchen endlich verabschiedet hatte, kam er eilig auf den Detektiv zu und reichte ihm die Hand.

»Ich wollte dir unbedingt noch auf Wiedersehen sagen … und mich entschuldigen.«

»Entschuldigen?«, fragte Contini. »Wofür?«

»Dafür, dass ich vorhin so abweisend war. Ich mach mir ziemliche Sorgen: Ich weiß zwar, dass die Polizei den Mörder schnappen wird … aber der hat unterdessen Colucci umgebracht.«

Die Angst war da, Contini konnte sie endlich spüren. Sie verbarg sich hinter den Exkursen über Jazz, hinter dem Wahnsinn, das Geschäft geöffnet zu halten und dieses Abendessen für Stammkunden zu veranstalten.

Gemeinsam begaben sie sich zum Ausgang.

»Du hast mich wirklich in einer schwierigen Zeit kennengelernt. Wenn man die vierzig erreicht … hört man auf einmal eine Tür nach der anderen zuschlagen.«

Contini nickte. »Midlife-Crisis.«

»So nennt man das. Das Problem ist, dass du bis zu einem gewissen Punkt alles vor dir herschieben und dir einbilden kannst, dass du eines Tages endlich der sein wirst, der du sein willst.«

Sie überquerten den Platz bis zu dem Wagen.

»Es braucht eine Weile. Man muss begreifen, dass man nicht nur seine eigene Rolle spielt, dass man nicht einfach so tun kann, als habe das Ganze noch nicht begonnen … und ich kann dir versichern, dass ich fast so weit war, das einzusehen. Aber dann ist dieses Chaos ausgebrochen.«

Contini sah ihn an. Mario holte zu einer weiten Geste aus, als wolle er seine existenziell-künstlerisch-wirtschaftliche Krise in ihrer gesamten Tragweite umschließen.

»Ein Mörder! Zwar bin ich durch ihn meiner Midlife-Crisis entkommen, aber ich habe das Gefühl, plötzlich gealtert zu sein.«

Tatsächlich wirkte Mario in dem wohltuend warmen Sonnenlicht, das von den Autos reflektiert wurde, wie der blasse Schatten jenes Mannes, der unter dem Namen Johnny Fontana Saxophon gespielt hatte. Gebeugter Rücken, Augen, denen man den Schlafmangel ansah, wirres, struppiges Haar.

»Vielleicht ist es besser so«, meinte Contini.

»Hä?«

»Immerhin bist du am Leben. Midlife-Crisis, Pleite, Verwandte und Freunde, die einem Mörder zum Opfer gefallen sind, emotionales Durcheinander … aber du bist hier, und du lebst.«

»Ich lebe.« Mario schien nicht überzeugt.

Das Taxi wartete. Bevor Contini losfuhr, ließ er das Wagenfenster herunter. »Ich komme heute Abend zu dem Essen. Wird Lisa auch da sein?«

Mario nickte.

»Gut«, sagte Contini. »Auch sie ist am Leben.«

Das Taxi setzte sich in Bewegung. Während sie durch die Toreinfahrt rollten, schaute Contini in den Rückspiegel: Mario hatte sich nicht von der Stelle gerührt. Wie ein einsamer Bauer auf dem Schachbrett stand er da und starrte auf die Mauer. Niemand konnte wissen, was er dort sah.

46

Leidensweg

Mario Balmelli hatte kultivierte Freundinnen und Freunde. Einige lebten in der Schweiz, andere in Italien, die meisten hatten im Ausland studiert, und viele gingen einer Arbeit nach, die sich schwer mit nur einem Wort beschreiben ließ. Leute mit Köpfchen, das hatte Contini gleich gemerkt. Sie verstanden etwas von Ironie und Toleranz, und wenn nötig, konnten sie sogar gerührt sein. Sie sprachen gern über Bücher – sie liebten Bücher –, und sie hatten kleine, etwas verrückte Schwächen, die sie nur zu bereitwillig gestanden: für die Rockmusik der Siebzigerjahre, für die Peanuts, für französische Karikaturisten, für eine Fernsehserie über Zombies, für die Trainer von Inter Mailand oder, noch schlimmer, für Tarantino-Filme.

Sie glaubten fest an die großen Dinge. Solange diese auf einen breiten Konsens trafen und dem Gemeinwohl dienlich waren. Sie lachten oft, denn sie dachten positiv, und manchmal wählten sie Wörter wie: hegen, Vision, legendär oder Small Talk. War Mario tatsächlich einer von ihnen, den es in ihren Kreis zurückzuholen galt, oder gehörte er für sie zu jenen »großen Dingen«, die es zu unterstützen galt?

Schwer zu sagen. Natürlich war und blieb er jemand, der Möbel verkaufte, und gehörte nicht derselben Gesellschaftsschicht an wie Diana Perissin, genannt Didi, die alle zu sich nach Hause eingeladen hatte. Aber Mario liebte die Musik, hatte an der Universität Filmforen besucht und war, wenn jemand einen arabischen Dichter zitierte, schlagfertig genug, so zu tun, als kenne er ihn.

Didi Perissin, groß, kühl, mit langem, weißem Pullover und blondem, zur Seite gekämmtem Haar, das ihr auf die rechte Schulter fiel, war beim Anblick von Lisas Nietenjacke und ihren Schaftstiefeln etwas verunsichert.

»Ah, du arbeitest mit Mario zusammen?«

»Nicht mit ihm zusammen«, sagte Lisa. »Jedenfalls nicht direkt. Das heißt, wir kooperieren.«

Didi neigte mit höflich fragendem Gesichtsausdruck den Kopf.

»Sie ist vom Konkursamt«, mischte sich Mario ein.

Didi musterte die junge Frau erneut, taxierte ihre soziale Stellung. Vielleicht repräsentierte sie ein Stück weit authentische Menschlichkeit, der man mit Bereitschaft und Offenheit für das Andersartige begegnen sollte. Didi war ganz sicher nicht rassistisch eingestellt. Sie hasste sie, die Rassisten. Genauso wie die Intoleranten.

»Mario, das ist eine unglaubliche Geschichte!«, rief sie. »Ich meine, dieser Verrückte, der weiter mordet und sonst wo sein könnte …«

Schweigen. Mario öffnete den Mund, als setze er zum Sprechen an, und schloss ihn wieder. Nun hielt Didi es für angebracht, die Spannung zu lindern. »Wirklich bedauernswert, das Ganze«, murmelte sie, wobei sie Marios Arm streifte. »Irgendwie halb kafkaesk und halb wie in einem amerikanischen Thriller.«

Mario lächelte. »Da muss man nur noch Lisas Rolle begreifen …«

Auch Didi lächelte. »Jetzt aber Schluss mit den negativen

Gedanken! Heute Abend wollen wir uns amüsieren und unter uns sein.«

Das Problem war genau dieses »unter uns«. Francesca hatte Contini hergebracht und war dann eine Freundin besuchen gegangen.

»Bleibst du nicht hier?«, hatte er gefragt.

»Nein. Du weißt selbst, dass ein Detektiv, um geheimnisvoll zu wirken, als Einzelgänger in Erscheinung treten muss.«

»Ach komm! Ich bin hier mitten unter ...«

»Los jetzt, Contini.« Sie hatte gelächelt. »Zeig dich von deiner besten Seite.«

Ein Kuss, und weg war sie, ab ins Tal verschwunden. Bis zur Ankunft von Mario und Lisa war er allein herumgeschlendert. Als er Lisas Blick begegnete, hatte er sofort begriffen, dass die Dinge nicht zum Besten standen.

»Kopf hoch«, hatte er gesagt. »Wird schon schiefgehen.«

Lisa hatte ihn nur durchdringend angeschaut.

Didi lebte in Ruvigliana, einem Viertel, in dem die Straßen und Wege nach Blumen und Baumarten benannt sind: Francesca und Contini hatten sich zweimal verfahren, ehe sie ans Ziel gelangt waren.

Seit es in den Siebzigerjahren zur Eingemeindung von Castagnola in die Stadt Lugano gekommen war, hatte sich Ruvigliana immer stärker zu einer, wie die Immobilienmakler es nannten, »Luxusgegend« entwickelt: Weitab vom Verkehr, weitab von Tourismus und Arbeitsalltag wirkte Lugano von oben wie eine friedliche alte Kleinstadt, in der nichts Schlimmes geschehen konnte. Die zur Sonne ausgerichteten Häuser waren mit Swimmingpool, Sauna und Fitnessanlagen ausgestattet. Eine Viertelstunde von der Autobahn entfernt schien das Leben seinen Rhythmus zu verlangsamen, weniger aufdringlich zu sein, um die Ruhe der Anwohner nicht zu stören.

Vom Wohnzimmer blickte man auf den See, einen dunklen Flecken mit den Lichtern von Caprino und Campione am gegenüberliegenden Ufer. Im ganzen Raum verteilt standen einzelne Tischchen: Didi hatte erklärt, dass sie sich, um die Sache zwanglos zu halten, entschlossen habe, ein *Standing Dinner* zu geben.

Was sollte dieses Abendessen, was brachte es? Contini kam nicht dahinter. Vielleicht wollte Mario einen letzten Versuch zur Rettung von Dolcecasa unternehmen. Möglicherweise wollte er einfach von vorn beginnen, die Kontakte, die er als Johnny Fontana hatte abreißen lassen, wiederherstellen. Aber wozu dann Lisa mitbringen? Und wie konnte er ignorieren, dass mit dem »Sofakiller« im Zentrum der Aufmerksamkeit das *Standing Dinner* zur Farce geraten musste?

»Mario, ich muss meiner Schwester Bescheid sagen, dass sie bei dir vorbeischaut! Sie ziehen gerade um und suchen verzweifelt …«

»Dann sollte sie sich besser beeilen.«

Mario nahm sich in gekonnter Weise selbst aufs Korn. Er schlenderte von einer Gruppe zur nächsten, lauschte den Beileidsbekundungen für seinen Bruder, sprach über die drohende Pleite. »Hoffen wir das Beste«, sagte er. Dann stellte er Lisa vor und erzählte, dass sie sich auf höchst ungewöhnliche Weise kennengelernt hatten …

Fast klang es wie ein schönes Märchen: Der Unternehmer um die vierzig und heimliche Musiker verliebt sich in die Amtsperson, die seine Pleite abzuwenden versucht. Tatsächlich riss die ein oder andere junge Frau die Augen auf und stieß einen Ruf zärtlichen Erstaunens aus. Die meisten wurden jedoch überhöflich.

»Lisa, stimmt's? Hoffentlich geht es dir gut mit dieser Geschichte …«

»Deine Arbeit muss echt interessant sein, ich meine intensiv.«

»Was macht ihr da eigentlich genau im Konkursamt?«

Contini beobachtete Lisa aus dem Augenwinkel, sah, wie sie die Antworten, die ihr auf der Zunge lagen, herunterschluckte: Was glaubst du, was wir machen, Erdbeeren pflücken? Stattdessen sagte sie: »Wir beschäftigen uns mit heiklen Fällen.«

»Ich kann mir vorstellen, dass ihr die derzeitige Krise ganz schön zu spüren bekommt.«

Lisa nickte.

»Wir bitten euch inständig: Rettet unseren Mario! Wo sollten wir denn ohne Dolcecasa unsere Möbel herbekommen?«

Und sie lachten.

Außer den engsten Freunden bevölkerte eine Schar Bekannter die Terrasse, die Garderobe und die zur Bar umfunktionierte Küche. Im Hintergrund trieb auch er sich herum, der Privatdetektiv auf den Spuren des »Sofakillers«. Manche taten so, als würden sie ihn nicht kennen, und verfolgten ihn dann mit Blicken, andere fragten arglos, ob er eine Pistole dabeihabe. Viele behandelten ihn, als sei er ein Schauspieler.

»Sagen Sie, diese Jeans, das weiße Hemd … ist das nicht ein etwas zu gewöhnlicher Look?«

»Wo bleibt der Trenchcoat?«

»Und der Schnauzer?«

»Wozu denn ein Schnauzer? Er ist doch nicht Magnum!«

»Na ja, hier oben ist die Stimmung doch wie in Hollywood, oder?«

»Vielleicht ein Hawaihemd …«

Es gab auch Leute, die ernsthaft über den Mörder sprechen wollten. Viele hatten ihre eigenen Vermutungen: dass es sich um einen entlassenen Arbeiter handelte, einen konkurrierenden Unternehmer ... Contini ließ sich nicht aus der Reserve locken.

»Darf ich vielleicht ein Selfie machen?«

»Wie bitte?« Contini drehte sich langsam um.

Eine Frau um die vierzig, extrem hellblondes Haar, Lippenstift und Make-up. Sie stellte sich neben ihn, zog ihr Handy hervor, lächelte, löste aus, prüfte, löste erneut aus. Schließlich sagte sie: »Verdient man eigentlich gut als Detektiv?«

Contini verspürte das Bedürfnis, etwas zu trinken. Dumm war nur, dass er, wenn er einen Whisky bestellte, dem Klischee entsprechen und die übrigen Gäste erheitern würde. Schließlich gab er sich mit ein paar Gläschen Grappa zufrieden.

»Ertränkst du deinen Kummer in Alkohol?«, fragte Mario.

Contini sah ihn an. »Und du?«

Mario deutete auf die Wohnzimmereinrichtung. »Das stammt alles von uns ... die Möbel meine ich: alle von Dolcecasa.«

Sie standen in einer Ecke nicht weit von der Terrassentür. Die hellen Möbel waren von zarter Linienführung: runde Tischchen, Stühle mit geschwungener Rückenlehne, Bücherregale, die einen Halbkreis formten. Mario hielt ein mit roter Flüssigkeit gefülltes Glas in der Hand. In dem Glas steckte ein Trinkhalm.

Der Abend versprach lang zu werden: Nach dem *Standing Dinner* sollte es in einer Bar in Bioggio weitergehen, wo die Blue Diamonds bei einer Jamsession auftreten würden.

»Ich habe alle eingeladen«, erklärte Mario. »Alle, die hier sind. Es sind nette Leute, weißt du? Man muss sie einfach nehmen, wie sie sind.« Contini fragte sich, ob er zu viel getrunken hatte, aber Marios Blick war klar, die Stimme fest. »Auch unsere Kunden kommen in die Bar, ja selbst Lisas Kollegen. Ich will sie alle dahaben. Um zu feiern, verstehst du?«

»Was gibt es denn zu feiern?«

»Das Ende von Dolcecasa. Oder vielleicht den Anfang.« Er betrachtete sein Glas, als erkenne er es nicht wieder. »Ich will nicht flüchten, egal was passiert.«

Contini machte sich auf die Suche nach Lisa und fand sie in Gesellschaft von Didi auf der Terrasse. Verschanzt hinter ihrem Lächeln, versuchte die Hausherrin zu ergründen, welcher Art die Beziehung zwischen Lisa und Mario war. Die junge Frau antwortete mit solcher Ernsthaftigkeit, dass sich um sie ein Kreis von Zuhörern gebildet hatte, die sich über ihre Arglosigkeit amüsierten.

»Ihr trefft euch also einfach so, wie Freunde?«

»Weiß nicht«, erwiderte Lisa. »Wir stellen einander keine Fragen.«

»Aber musst du dich nicht um seine Firmenpleite kümmern?«, wunderte sich Didi.

»Da habt ihr was, worüber ihr reden könnt«, kommentierte einer der Umstehenden leise. »Die Liebe auf den Trümmern des Ruins!«, mischte sich ein zweiter ein. Und Didi ergänzte sanft: »Das ist bestimmt nicht leicht für dich.«

In diesem Moment kreuzten sich Continis und Lisas Blick. Was wollte sie ihm zu verstehen geben? Aus den dunklen Pupillen sprach nichts als Zorn. Sie hielt seinem Blick stand, dann trat sie auf ihn zu und flüsterte: »Ich hau ab.«

Hinter ihr hatte das Gespräch bereits eine andere Wendung genommen. Didi erzählte von einer ihrer Reisen ans Nordkap, von dem Hotel dort und dem Nordlicht.

Bevor Contini etwas erwidern konnte, hatte Lisa schon Mario aufgespürt. Er stand in der Ecke neben dem Fernseher, gebückt, um die CDs in dem wellenförmigen Wandregal zu inspizieren, als er hinter seinem Rücken Lisa sagen hörte: »Diese Leute gefallen mir nicht. Ich hau ab.«

Mario fuhr herum, richtete sich auf. Er versuchte zu sprechen: »Ich weiß, dass ... Sie meinen es nicht böse, es ist nur ...«

Doch Lisa steuerte bereits auf die Haustür zu. Mario sah Contini an, der sich erlaubte, ihm einen Rat zu geben: »Geh ihr hinterher!«

Lisa bahnte sich ihren Weg zwischen lächelnden Gesichtern und Tabletts hindurch, die mit dem beladen waren, was Didi *Fingerfood* nannte. Sie erreichte die Garderobe, schnappte ihre Jacke und trat, ohne sie überziehen, ins Freie. Hinter ihr Mario, in Hemdsärmeln und ein wenig außer Atem. Derweil zögerte Contini, ob er ihnen folgen sollte. Wollte er sich wirklich in diese Angelegenheit einmischen? Doch dann dachte er, dass alles zusammenhing: die Morde, Marios Niedergeschlagenheit, die Musik, die Begegnung mit Lisa, dieses absurde Fest und der Wutausbruch. Alles Teil ein und derselben Geschichte, die er sich nicht entgehen lassen wollte.

Draußen sah er Mario auf die Freitreppe zulaufen und zog den Schluss, dass Lisa vor ihm sein musste. Der Weg wurde durch eine Reihe von Leuchtkugeln erhellt, und ein merkwürdiger Geruch nach Ananas lag in der Luft. Contini erinnerte sich, bei seiner Ankunft Schneeglöckchen und andere winterharte Pflanzen gesehen zu haben, und vermutete, dass der Geruch von irgendwelchen exotischen Sträuchern stammte.

Er ging die Treppe zu dem von Laternen gesäumten Parkplatz hinunter und hatte bereits die Hälfte hinter sich, als er Lisas Schrei hörte. Er sah, dass auch Mario stehengeblieben war.

Eilig lief er zu ihm, doch Mario hörte ihn nicht kommen. Als Contini seine Schulter berührte, wandte Mario sich ruckartig und mit erschrockenem Ausdruck um.

»Was ist da los?«, fragte der Detektiv.

»Ich weiß es nicht«, antwortete Mario. »Das war Lisas Stimme ...«

Marios Blick schweifte über den Parkplatz, und auch Contini entdeckte, wonach er gesucht hatte: Die beiden alten Autos, Lisas Mazda und Marios Renault, parkten nebeneinander. Doch nirgends eine Spur der jungen Frau. Mario rief: »Lisa!«

Keine Antwort. Sie liefen zum Parkplatz hinunter.

»Wir sind mit zwei Wagen gekommen, weil sie nicht sicher war, ob sie zum Konzert bleiben würde, und ich …«

Mario brach ab. Contini bemerkte, dass er die Augen aufgerissen hatte. Er folgte seinem Blick und erkannte im fahlen gelblichen Licht der Laterne den in rotbrauner Farbe und Druckbuchstaben gesprayten Schriftzug auf der Windschutzscheibe des Renaults: DER LEIDENSWEG.

47

Der Mann aus Deutschland

Wieder Lisas Stimme.

»Das ist sie«, sagte Mario.

Sie war nicht weit entfernt. Contini hastete, gefolgt von Mario, an den Autos vorbei und lief die Stufen hinunter, die zu einem weiteren, tiefer gelegenen Parkplatz neben der Hauptstraße führten. Nach wenigen Metern hatte er die junge Frau erreicht: Ihr Haar war zerzaust, und sie keuchte.

»Alles in Ordnung?«, fragte er.

»Ich habe ihn gesehen«, stieß sie hervor. »Er war dabei, auf die Scheibe zu sprayen und … da ist er, da unten an der Treppe.«

Contini zögerte nicht. Hals über Kopf stürzte er den kürzesten Weg über den Hang hinab und näherte sich der Gestalt, auf die Lisa gedeutet hatte. Die Parkplätze waren, hängenden Gärten gleich, außer durch die Straße auch untereinander durch steile Treppen verbunden. Der unterste, mit einer Brüstung eingefasste und von Bäumen gesäumte Platz diente gleichzeitig als Aussichtsplattform zum See hin.

Der Mann sprang die letzten Treppenstufen hinab, und als er den Fuß auf den Boden setzte, geriet er ins Stolpern. Er brauchte einige Sekunden, um wieder auf die Beine zu kommen, und Contini gewann Zeit. Er sprang ebenfalls, rollte sich über den Boden, erhob sich mit fließender Bewegung. Der Mann überquerte den Parkplatz.

Contini sah nur graue, schemenhafte Umrisse.

Der einzige Ausweg war die Straße, doch für den Flüchtenden war es zu spät. Stattdessen sprang er über die Brüstung, hinter der stark abschüssiges Gelände, eine Art Steilhang, begann, auf dem vereinzelte Grasbüschel wucherten. Als sich Contini von oben herüberbeugte, sah er ihn erneut stolpern und böse zu Fall kommen.

Genau in diesem Augenblick verriet sich der Mann zum ersten Mal.

Contini war gute zehn Meter entfernt, weshalb er nicht jedes Wort erfasste, aber doch nah genug, um zu verstehen, dass der Fremde auf Deutsch fluchte. Deutlich vernahm er das Wort *Scheiße*.

Beeindruckt von dieser Entdeckung, zog Contini sich zurück. Colucci hatte also doch nicht gelogen: Der Mann aus Deutschland existierte tatsächlich. Ein Schatten der Vergangenheit, jemand, der fortgegangen war und sein Leben verändert hatte … und jetzt sogar Deutsch sprach? Und wie hatte er es geschafft, ohne Bezugspunkte, ohne Verbindungen all diese Morde zu begehen? Vor allem aber: Wieso hatte er es gewagt, Kontakt mit Colucci aufzunehmen, bevor er ihn umbrachte?

Diese Gedanken kamen und gingen im Bruchteil einer Sekunde, während Contini über die Brüstung kletterte und versuchte, die dunkle Gestalt, die sich unterhalb von ihm bewegte, nicht aus den Augen zu lassen.

Er war gerade im Begriff, das Bein über die Brüstung zu schwingen, wobei er sich noch mit einer Hand festhielt, als er ein dumpfes Geräusch und ein Schnalzen wie von einem zurückschnellenden Gummiband vernahm, begleitet von einem Vibrieren in der Luft. In dem Augenblick, als er begriff, dass der Mann auf ihn schoss, wiederholte sich das Geräusch. Diesmal hörte Contini, wie sich die Kugel in die Brüstung bohrte.

Was tun, wenn man wie eine Zielscheibe über einem Abhang hing, während ein Irrer auf einen zielte?

Sobald es darauf ankam, konnte Contini sehr schnell reagieren, auch wenn seine Bewegungen nicht allzu koordiniert waren. Er stützte den Fuß auf die Brüstung, drückte sich ab und warf sich in die Tiefe. Die Hände um den Kopf gelegt, um sich vor dem Aufprall zu schützen, rollte er den Abhang hinab, entfernte sich aus dem gefährlichen Schein der Laternen.

48

Straight Life

Verdreckt, verwirrt und verbeult wie er war, ließ Contini sich von Mario ein Glas Grappa bringen. Er konnte es nicht fassen: Nach dem Abendessen waren sie wegen des Konzerts alle nach Bioggio umgezogen. Die durch Contini verständigte Polizei hatte die Schießerei vor den Gästen geheim gehalten und bestimmt, dass der Abend weitergehen solle wie geplant.

»Ich finde das irrsinnig«, sagte Contini.

»Stimmt.« Mario nickte. »Es ist ein Irrsinn, alles ist ... Lisa, die sich aus dem Staub gemacht hat; ich, der ich hier spiele wie ein Depp. Und du, der du in eine Schießerei geraten bist wie ein echter Detektiv ...«

»Wie ein vermeintlicher, würde ich eher sagen. So was passiert normalerweise nur in Krimis.«

Kommissar De Marchi behielt aus einer Ecke des Lokals Musiker und Gäste im Blick, beobachtete, wer ein und aus ging, wer zu viel trank und wer zu wenig. Weitere Polizisten überwachten die Eingänge des Lokals und die Straßen von Bioggio, während ein Suchtrupp noch immer die Straßen von Castagnola und Ruvigliana durchkämmte. Möglicherweise war der Mörder, da er zu Fuß hatte flüchten müssen, noch irgendwo dort oben in einem der Gärten versteckt. Vielleicht hatte er seinen Wagen aber auch in einiger Entfernung vom Hauptparkplatz stehen lassen und war längst entkommen. Es bestand also die, wenn auch noch so vage Möglichkeit, dass er noch einmal auftauchte, eventuell sogar während der Jamsession.

»Man darf sich nicht Bange machen lassen«, hatte De Marchi gesagt. »Das ist genau das, was er will: uns in Aufruhr versetzen und Chaos hinterlassen.«

Auf der Bühne standen Max, Conrad, Lello und Pin… Mario war es gelungen, die Blue Diamonds wieder zusammenzubringen, und Contini hatte das Gefühl, an den Anfang zurückgekehrt zu sein, in die Zeit, als er auf der Suche nach Johnny Fontana durch die Jazzclubs der Peripherie gezogen war.

Das Lokal war geräumig, mit holzvertäfelten Wänden und niedriger Decke. Statt Stühlen gab es auf rustikal getrimmte Bänke. Das gedämpfte Licht erzeugte eine diffuse Stimmung, wie in den Augenblicken zwischen Traum und Erwachen, wenn man nicht genau weiß, ob das Geträumte wirklich existiert oder nicht.

Alle waren gekommen: eine strahlende Didi Perissin, alte und neue Freunde, die besten Kunden von Dolcecasa, Franco Piscitello und einige der treuesten Geschäftspartner, Enea Geronzi und Veronica Molina vom Konkursamt, selbst Anna, die Frau des verstorbenen Giorgio, war da, in Begleitung einer Freundin, die Contini, als er versucht hatte, sich zu nähern, einen tödlichen Blick zugeworfen und ihn mit den leise gezischten Worten: »Finden Sie das etwa angebracht?« abgewiesen hatte.

Mario hatte tatsächlich alle eingeladen, selbst die Zulieferer, seinen Automechaniker und die Bestattungsunternehmer.

»Je mehr Leute da sind, desto schwerer wird es«, hatte er Contini erklärt.

»Und was bringt das?«

»Ich will für sie spielen. Es gelingt mir nicht, die passenden Worte zu finden, aber ich möchte jedem etwas sagen, etwas, das aufrichtig ist…«

Mario glaubte, mit dem Saxophon werde ihm das gelingen. Contini mochte ihm nicht widersprechen. Paradoxerweise kam Mario ihm, trotz allem, was geschehen war, selbstsicherer und weniger niedergeschlagen vor. Das sagte er ihm.

Mario hielt den Blick gesenkt. »Ich habe aufgehört, mir etwas vorzumachen. Jetzt weiß ich und gestehe mir ein, dass ich ein Gescheiterter bin.«

»Es sind schwierige Zeiten«, sagte Contini.

»Nein. Ich bin ein Gescheiterter. Siehst du das nicht? Alles ist eine einzige Katastrophe.«

Contini dachte an die Morde, die Pleite, die zerschlagenen Träume. Wie hätte er ihm widersprechen sollen?

»Doch manchmal denke ich«, begann Mario erneut, »dass es noch schlimmer sein muss, nie zu verlieren. Vielleicht ist Erfolg nur eine raffiniertere Form des Scheiterns.« Er lächelte unsicher, als sei er selbst nicht ganz überzeugt. Dann erhob er sich und ging zur Bühne.

Keiner der Gäste wusste, dass der Mörder kurz zuvor in Erscheinung getreten war, und doch lag etwas Düsteres in der Luft. Als zöge der Mörder, ohne überhaupt anwesend zu sein, die Aufmerksamkeit auf sich.

Ohne anwesend zu sein? Vielleicht hatte De Marchi ja recht…

»Alles in Ordnung, Kommissar?«

»Ich habe jetzt keine Zeit.«

Contini nahm neben dem Polizisten Platz.

»Wenn Sie mit niemandem sprechen, könnte das verdächtig wirken.«

»Auf wen?«

Contini kratzte sich am Kopf. »Na ja, auf mich. Ich könnte mir vorstellen, dass diese ganze traurige Geschichte der Versuch eines Verzweifelten ist.«

«Ich habe Sie nicht um Ihre Meinung gebeten. Und nehmen Sie es mir nicht übel, aber mir wäre es lieber, Sie würden gehen.«

»Vielleicht kann ich Ihnen behilflich sein. Ich habe ein paar Nachforschungen angestellt und könnte mir vorstellen, dass es sich bei dem Mörder um einen ehemaligen Kollegen handelt.«

Der Kommissar sah ihn mit müdem Blick an.

»Um jemanden, der durch die Vormachtstellung von Dolcecasa an den Rand gedrängt worden ist«, fuhr Contini fort. »Jemanden, der sich an der Nase herumgeführt fühlte. Ich geh davon aus, dass die Abteilung für Finanzvergehen die Spur mit dem Lohndumping verfolgt hat …«

»Wir haben alle Spuren verfolgt. Freunde, Feinde, Kollegen. Alles wird geprüft. Wir brauchen Sie wirklich nicht, Contini.«

»Und wieso habt ihr ihn dann noch nicht erwischt?«

De Marchi antwortete nicht.

»Ich habe ihn sprechen hören«, setzte Contini erneut an. »Ich habe ihn gesehen.«

»Das weiß ich, und ich danke Ihnen für Ihre Hilfe. Vielleicht können Sie ja doch etwas für uns tun … Schauen Sie sich um, und falls Sie etwas Verdächtiges bemerken, teilen Sie es uns mit.«

Contini kam sich vor wie ein Kind, das der Lehrerin eine Zeichnung zeigt und zur Antwort bekommt: Schön, wie wär's, wenn du noch die Sonne malst? Er hatte gute Lust, nach Hause zu gehen und sich ins Bett zu legen, aber Mario hatte darauf bestanden, dass er blieb.

»Ich fände es schön, wenn du dir die Musik anhören würdest«, hatte er mit angespannter Miene gesagt. »Als Erstes haben wir *Straight Life* gespielt, in der Version von Art Pepper mit der Percussion Section von Miles, hast du die im Kopf?«

Contini hatte verneint.

»Art hatte im Knast gesessen und monatelang nicht gespielt, sein Saxophon war in schlechtem Zustand, und er war nicht auf eine Aufnahme vorbereitet ... dennoch ist das Album ein Meisterwerk. Wer weiß, vielleicht ist die Musik genau deshalb perfekt – weil nichts gestimmt hat.«

Sobald Mario über Jazz redete, kam er in Fahrt, obwohl die Angst, die Contini an ihm bemerkt hatte, als sie Lisa gefolgt waren, nicht verschwunden war.

Schwer zu sagen, ob Lisa noch einmal zurückkommen würde. Und ebenso schwer, ob Mario an diesem missglückten Abend zu irgendeiner Form der Perfektion finden würde.

Aber jetzt war keine Zeit mehr für Vermutungen. Vielleicht hatte De Marchi recht: Besser, man überließ alles den Fachleuten. Doch wieder einmal sollte es Contini sein, der den Beweis erbrachte, dass der Mörder im Lokal gewesen sein musste.

Auf der Bühne hatte Max soeben *In a Sentimental Mood* angekündigt.

Nach den ersten Akkorden ging Contini auf die Toilette. Und just während er sich die Hände wusch, entdeckte er die Schrift auf dem Spiegel. Ein einziges Wort, rechts unten: WEG. Mit roter Farbe gesprayt.

Durch die geschlossene Tür hörte man Musik und im Hintergrund Stimmengewirr. Kam das von ihm? Natürlich, von wem hätte es sonst sein sollen? Vielleicht hatte er wieder »der Leidensweg« schreiben wollen und war gestört worden ... Und wo war er jetzt? Vielleicht noch im Lokal? Als Contini aus der Toilette kam, spielte Mario gerade sein Solo. Als er De Marchi informierte, war Conrad, der Bassist, an der Reihe. Und als die Polizei alle Türen verschloss und niemanden mehr hinausließ, stimmten die Musiker erneut das wehmütig romantische Thema an, das so schön war wie die Sehnsucht oder der Wunsch nach etwas, das man nie bekommen hat.

49

Wort-Barrikaden

Jagd auf den Mann. Dem Killer auf der Spur. Lugano in Angst. In den folgenden Tagen hagelte es Schlagworte, und die Informationsflut wurde immer gewaltiger, zog erregte Facebook-Kommentare und Zeitungstitel nach sich, führte zu Wutausbrüchen in den Büros der Staatsanwaltschaft und zu Spannungen in den Open Spaces, wo Journalisten auf Beutefang gingen. Es kam nichts Konkretes dabei heraus. Im Hintergrund gingen die Polizisten weiterhin ihrer Routinearbeit nach: Sie durchforsteten die Liste der ehemaligen Mitarbeiter, Angestellten und Konkurrenten, zogen alles in Betracht, was im Umfeld der Balmellis zu Hass oder Raserei hätte führen können.

Den einzig brauchbaren Hinweis hatte jemand geliefert, den die Zeitungen als »kleinen luganesischen Privatdetektiv« bezeichneten. Elia Contini hatte den Mörder auf Deutsch fluchen hören. Kam er also aus Deutschland? Oder aus der Zentralschweiz, aus Österreich? Oder hatte er Deutsch gewählt, weil es sich, wie einige Spaßvögel behaupteten, besonders gut zum Fluchen eignete?

»Alles Geschwätz«, kommentierte Lisa. »Bei uns im Amt hat der Chef verboten, darüber zu reden.«

»Wirklich?« Contini wurde hellhörig. »Das scheint mir übertrieben.«

»Er ist zur Zeit etwas sonderbar. Alle sind sonderbar.«

Sie waren in Paradiso. Der See hinter dem Fenster hatte sich dem Herbst angepasst und war von fast noch dunklerem Grau als der Himmel. Contini hatte Lisa um ein Treffen gebeten, und sie hatte angeboten, in seinem Büro vorbeizuschauen.

»Ich guck mir gern an, wo die Leute arbeiten«, hatte sie gleich beim Hereinkommen gesagt. Dennoch wirkte sie zerstreut. Sie hatte weder die im Bau befindlichen Holzflöße auf dem Schreibtisch noch die Fuchsfotografien an den Wänden, noch den Computer bemerkt, der wie ein büßender Schüler in der Ecke stand. »Nett hier«, hatte sie lediglich gesagt. »Eine wohltuende Unordnung.«

Nach kurzer Zeit kam Contini auf den Punkt und fragte nach Mario.

»Es geht ihm gut«, antwortete sie leicht abwehrend. »Das heißt, der Konkurs ist nunmehr unabwendbar. Aber er will trotzdem weiterarbeiten. Solange noch Möbel im Lager sind, sagt er, wär es dumm, sie nicht zu verkaufen.«

Contini hoffte, sie würde fortfahren. Aber sie schwieg, und so musste er ihr alles aus der Nase ziehen.

»Seht ihr euch noch? Ich meine, abgesehen von der Arbeit.«

»Wir sehen uns.«

Contini wusste, dass Fragen bisweilen mit Umsicht gestellt werden mussten und Antworten durch Schüchternheit verschleiert wurden. Nicht weil die Leute unbedingt schüchtern waren – Lisa war es garantiert nicht, sosehr sie das auch glauben machen wollte –, sondern vielmehr, weil Schüchternheit ein gutes Mittel war, um nicht ungehobelt und plump zu wirken und möglichst wenig Aufmerksamkeit auf sich zu ziehen.

»Seht ihr euch … öfter?«, fragte Contini.

»Geht so.«

»Und seine Freunde?«

»Welche?« Lisas Augen funkelten kurz auf. »Diese Leute von der Party? Auf die kann man gut verzichten.«

Das war nicht gerade eine Liebeserklärung. Aber Contini verstand es, hinter die Wort-Barrikaden zu schauen, und er begriff, dass sie im Grunde gern über ihn sprach. Er fragte sie, ob Mario sich von dem, was ihm widerfuhr, erholen werde.

»Ich glaube, er wird es schaffen«, antwortete sie.

Sie hielt inne, um Luft zu holen. Dann sah sie Contini in die Augen und fragte: »Aber was ist mit dem Mörder? Bist du ihm auf der Spur?«

»Ich sehe mich bei den Unternehmern um. Vor allem bei denen, die ein Beschwerdeschreiben unterzeichnet haben … aber wozu erzähle ich das? Wäre schön, wenn ihr vom Amt irgendwas Interessantes hättet.«

»Die Polizei hat schon alles mitgenommen.«

»Könnte ich nicht trotzdem mal auf einen Kurzbesuch vorbeischauen?«

Lisa erwiderte, dass Geronzi ihn auf keinen Fall sehen wolle, dass sich aber vielleicht was machen ließe, wenn er in der Mittagspause käme. Sie verabredeten sich für den nächsten Tag. Anschließend begab sich Contini zu Fuß ins Zentrum von Lugano.

Er war mit Gloria Marinetti verabredet, der Steuerberaterin des fast-reichen jungen Mannes, der seine mehr-als-reiche Verlobte heiraten wollte. Sie trafen sich in einem Restaurant in der Nähe des Kasinos, doch dann schlug Contini einen kleinen Spaziergang vor. Nachdem er eine erste Verbindung zu ihr hergestellt hatte, beschloss er nun, mit offenen Karten zu spielen, wobei er auf seine persönliche, altmodische Ermittlungstaktik zurückgriff.

Sie trug einen Mantel mit Schachbrettmuster, unter dem ihre Kurven vollkommen verschwanden. Mit ihrem zarten

Hals und dem offenen, fröhlichen Gesicht wirkte sie wie eine Schülerin, die einen freien Augenblick nutzte, um der Schule zu entfliehen. Doch trotz der Schminke bemerkte Contini die Schwere ihrer Augenlider und einen kaum wahrnehmbaren Schatten in ihrem Blick.

Selbst der technologisch so bewanderte Renzo Maltese musste zugeben, dass Contini ein ganz besonderes Talent hatte, nämlich, sich den Kummer anderer Leute anzuhören. Und Gloria hatte tatsächlich Kummer: Sie war in den fast-reichen Michele verliebt. Contini hielt den Fall schon für gelöst: Die beiden sahen sich täglich und hatten bereits früher ein Verhältnis gehabt …

Doch Gloria schüttelte den Kopf.

»Nein«, sagte sie. »Du täuschst dich. Michele liebt sie.«

»Sie?«

»Amelia«, sagte die Steuerberaterin. »Seine Verlobte.«

»Und weshalb …«

»Weshalb?« Gloria lächelte freudlos. »Ich frage mich, weshalb ich dir das alles erzähle.«

Sie betraten den Parco Ciani, den öffentlichen Park von Lugano: Bänke, Kieswege, eine neoklassizistische Villa und die beschauliche Aussicht auf Campione d'Italia, auf den Monte Brè und den Monte San Salvatore. Selbst die Schwäne, die das Brot der Touristen verschmähten, wirkten vollkommen sorglos. Als sie das Hafenbecken erreicht hatten, schlugen sie den Weg zur Mündung des Cassarate ein.

»Ich weiß, dass du ein von ihr bezahlter Detektiv bist.«

»Das stimmt nicht ganz. Ich …«

»Oh, versuch nicht, dich rauszureden. Ich werde dir trotzdem alles erzählen, denn …« Die junge Frau senkte die Stimme. »Denn ich bin völlig verzweifelt.«

Wenn man es drauf anlegt, findet man im Parco Ciani

Winkel, in denen die Stadt und die Zeit außen vor zu bleiben scheinen. Man braucht sich nur an eine Eiche oder Linde zu lehnen oder lang genug an einem Rastplatz oder auf einem Mauervorsprung der Uferbefestigung des Luganer Sees zu verweilen. Mit den vielen großen Bäumen, dem Geruch des Sees, diesem friedlichen, auch an den düstersten Tagen noch zarten Himmel könnte man meinen, in dieser kleinen Stadt an den Anfang des 20. Jahrhunderts zurückversetzt zu sein.

Eine Weile schwiegen Contini und die junge Frau. Er dachte, dass ihm der Park im Winter, ohne die exotische Blütenpracht und all die Touristen, lieber war. Sie starrte wie in Träumerei versunken auf den See. Doch dann kehrte sie mit einem Schlag in die Gegenwart zurück. »Ich bin in Michele verliebt. Er will Amelia. Und sie hat Angst, dass er ihr Geld will. Erscheint dir das alles nicht völlig dumm?«

»Dumm oder traurig?«

»Beides. Hör zu, mein lieber Detektiv, denn da du es ohnehin herausfinden würdest, kann ich es dir auch erzählen: Das Problem ist nämlich, dass Michele kein Geld hat.«

So gelang es Contini zu entwirren, was Francesca später amüsiert als »Das Geheimnis der unterschiedlich reichen Verlobten« bezeichnete. Als er ihr an diesem Abend alles erzählte, war sie ziemlich ratlos.

»Aber was interessiert ihn das Geld?«, fragte sie.

Die gleiche Frage hatte Contini auch Gloria gestellt. In der Tat war Geld für Michele etwas ganz Normales, eine Selbstverständlichkeit. Er hatte nicht so viel wie Amelia, aber er war nicht gerade ein armer Schlucker. Dennoch war in finanzieller Hinsicht der Unterschied zwischen ihnen derart, dass eine Ehe in manchen Kreisen einen Skandal ausgelöst hätte, oder zumindest dezentes Schmunzeln oder verhaltene Missbilligung, wodurch auf längere Sicht ihre soziale Stellung ins Wanken geraten würde.

In Continis Augen war das alles absurd. Michele dagegen hatte begonnen, mit seiner Steuerberaterin zusammenzuarbeiten, und versuchte Tag für Tag, gemeinsam mit Gloria, seine finanzielle Situation in Ordnung zu bringen, die Spielschulden zu vertuschen und die heikelsten Geschäfte geradezubiegen.

»Danach wird er ganz ihr gehören«, hatte Gloria schließlich bitter festgestellt. »Michele und Amelia. Amelia und Michele. Und ich werde meine Arbeit erledigt haben.«

Noch am selben Abend rief Contini bei Renzo Maltese an. Er erklärte ihm, dass er wichtige Informationen zu dem Fall habe und dass er und seine Leute wohl mit dem Beschatten aufhören könnten. Maltese hörte sich alles schweigend an, und am Ende rief er: »Die sind doch alle nicht ganz dicht!«

Contini pflichtete ihm bei und schlug vor, mit Michele zu reden, ihn davon zu überzeugen, dass es besser war, seiner Verlobten reinen Wein einzuschenken.

Letztlich hatte er nichts zu verbergen … zumindest nichts Gravierendes.

»Bin ich etwa Eheberater?«, warf Maltese ein. »Ich werde ihnen den Bericht und die Rechnung vorlegen. Was den Rest betrifft, sollen sie selber zusehen, wie sie klarkommen.«

»Ich habe der Steuerberaterin versprochen, dass du keine Schwierigkeiten machst.«

»Das hast du versprochen? Dein Problem!«

Doch am Ende ließ sich Maltese überreden und stimmte widerwillig zu, dem jungen Mann, den er seit Tagen mit Hilfe von Wanzen, Beschattungsmaßnahmen und heimlich geschossenen Fotos ausspionierte, einen väterlichen Rat zu erteilen.

»Wieder ein Großauftrag im Eimer«, kommentierte Maltese in resigniertem Ton. »Aber apropos Wanzen … ich muss dir noch den Überwachungsbericht geben, um den du mich gebeten hattest.«

»Gibt's da was Interessantes?«, fragte Contini.

Maltese erklärte, er habe sich die GPS-Koordinaten nicht angesehen, werde sie ihm aber noch am Abend zusenden. Und so lud Contini, unter den schadenfrohen Anweisungen seines Kollegen, den Bericht auf seinen Computer herunter, studierte die Tabellen, verglich sie mit den Karten und stellte fest, dass es tatsächlich jemanden gab, der zur falschen Zeit am falschen Ort gewesen war.

Jemand aus dem Umfeld von Dolcecasa?

Vielleicht. Jedenfalls eine unverdächtige Person.

Eine Person, die allem Anschein nach keinen Grund hatte, den Balmellis zu grollen. Aber mit dem Groll war das so eine Sache, das hatte Contini bei seiner Arbeit schnell gelernt. Die Leute verlieren wegen der unglaublichsten Dinge den Kopf.

»Was ist los?«, fragte Francesca, die seine Aufregung bemerkte.

»Vielleicht sind wir endlich an dem Punkt. Ich habe durch Maltese ein Auto überwachen lassen, und die Ergebnisse deuten darauf hin, dass der Mörder …«

»Du weißt, wer er ist?«

»Hm … nein, noch nicht genau. Aber ich habe eine Idee, und auf jeden Fall schaue ich morgen im Konkursamt vorbei.«

50

Die Kunst des Scheiterns

In einem reichen Land ist es nicht einfach, arm zu sein. Manche sagen: Wenigstens stirbt man nicht vor Hunger. Manche reden auch von Erwerbsarmut. Als könnte Erwerbstätigkeit von der Schande der Armut befreien, dachte Contini auf der Treppe zum Konkursamt. Die Gesichter der Leute, denen er im Hinaufgehen begegnete, wirkten zwar vielleicht nicht ausgehungert, aber von Scham verzehrt. Als nage etwas in ihrem Inneren. Wie diese Würmer, die einem die Eingeweide zerfressen, bis man begreift, dass man zwar arm werden kann, aber alles daransetzen muss, es zu vertuschen. Er blieb stehen, um ein gut gekleidetes Pärchen vorbeizulassen. Sie stritten miteinander, hörten aber sofort auf, als sie die Gegenwart eines Fremden bemerkten.

Du bist arm? Schau dir die anderen an, die einfach nur erwerbstätig sind, mach es wie sie. Der Grat zwischen einem Zahlungsbefehl und Urlaub auf Djerba, zwischen einem geleasten Mercedes und einer gepfändeten Stereoanlage ist schmal. Auf dem letzten Treppenabsatz blieb Contini stehen und lauschte. Kurz bevor sie auf die Straße traten, begannen die beiden jungen Leute, die sich nun ungestört glaubten, erneut zu streiten.

Der Sprung von einer sozialen Schicht in die andere ist nicht gestattet. Nur im Märchen streift der König zwischen

Bettlern herum und gelangt die Küchenmagd an den Hof. In den zivilisierten Ländern sind dazu Papiere, Akten, Wohnsitzbescheinigungen erforderlich. Wie aztekische Priester begleiten die Mitarbeiter des Konkursamtes ihre vermeintlichen Schützlinge bis zur Opferung: Sie archivieren Kompromisse und falsche Hoffnungen und zeichnen am Ende in dreifacher Ausführung den letzten Schlag auf.

»Contini!« Lisa hatte ihn auf dem Treppenabsatz erspäht. »Doch nicht um diese Uhrzeit ...«

Sie war besorgt.

»Ich bin zu früh«, sagte er. »Musst du weg? Kann ich dich begleiten?«

»Ich nehme den Dienstwagen, da ist es nicht angebracht ...«

Lisa wandte sich um, als wollte sie sich vergewissern, ob die Tür geschlossen war. Sie trug einen roten Rollkragenpulli und hatte das Haar im Nacken zusammengebunden, was sie jünger wirken ließ. Neben ihr standen zwei Männer um die fünfzig, die Contini mit unverhohlener Neugierde musterten.

»Ich muss die Gerichtsdiener begleiten«, erklärte Lisa. »Normalerweise ist das nicht ... aber es handelt sich um einen schwierigen Fall, auch der Anwalt wird da sein ...« Die junge Frau rang nach Fassung. »Mit anderen Worten, komm am besten in zwei Stunden wieder.«

»Vielleicht kann ich mit Geronzi sprechen«, versuchte es Contini erneut.

»Nein.« Lisa hatte sich gefangen. »Er würde dich rauswerfen.«

Contini wandte sich an die Gerichtsdiener und deutete eine knappe Begrüßung an. Er wusste, dass an ihnen die Drecksarbeit hängen blieb: in die Wohnungen gehen, sich um die Pfändungen kümmern. Der eine antwortete etwas überrascht, der andere kaute weiter auf irgendetwas herum. Abgesehen von besonderen Fällen hatten die Mitarbeiter aus dem Amt nichts mit der Vollstreckung zu tun. Vielleicht war Lisa deshalb bei dem Gedanken, die Gerichtsdiener begleiten zu müssen, so nervös.

»Also gut«, sagte er schließlich. »Ich dreh eine Runde und komm dann wieder.«

In diesem Augenblick ging die Tür zum Amt auf, und Geronzi erschien, mit einem Gesicht, das ein Donnerwetter verhieß.

»Sie hier … Lisa! Dürfte ich erfahren, was …«

»Guten Tag«, begrüßte ihn Contini.

»Ich warne Sie«, begann Geronzi. »Ich warne Sie, sich weiterhin in unsere Arbeit einzumischen. Lisa, was geht hier vor sich?«

»Nichts.« Lisa sah Contini an, als wolle sie sagen: Sieh zu, wie du klarkommst. Dann zuckte sie mit den Schultern. »Alles in Ordnung, Chef. Wir gehen jetzt.«

Damit verschwand sie eilig die Treppe hinunter.

Contini und Geronzi sahen sich eine Weile lang an, bis der Amtsleiter mit einer Art Knurren wiederholte: »Ich warne Sie, länger hierzubleiben.«

»Habe verstanden.« Contini hob die Arme, wie um sich zu ergeben. »Ich gehe. Aber lassen Sie sich gesagt sein, dass eine Verbindung zwischen dem Mörder …«

»Ich warne Sie, haben Sie mich verstanden?«

»… und dem Konkursamt von Bellinzona besteht. Ich dachte mir, bevor ich die Aufmerksamkeit der Ermittler darauf …«

»Muss ich erst die Polizei rufen?«

Contini unterbrach sich. »Kann ich Ihnen nicht wenigstens ein paar Fragen stellen?«

Geronzi vermied es, ihm in die Augen zu schauen. »Nein. Verschwinden Sie endlich.«

»So löst man keine Probleme«, murmelte Contini.

Geronzi tat, als habe er nicht verstanden, und wandte sich ab. Contini konnte ein leichtes Zittern erkennen, als sich Geronzis Hand auf die Klinke legte. Einen Augenblick lang zögerte er, dachte daran zu insistieren. Doch dann ließ er es bleiben: Schließlich konnte er sich schlecht gewaltsam Zutritt verschaffen. Das Ganze hatte jedoch einen bitteren Beigeschmack, als sei er zu spät gekommen, als sei das Unvermeidliche irgendwo bereits geschehen oder geschehe gerade.

51

Ein Kinderspielzeug

An diesem Morgen hatte Lisa noch vor der Arbeit bei Mario daheim vorbeigeschaut, ohne ihn anzutreffen. Auch in der Zweigstelle von Dolcecasa war er nicht, und da er auch nicht ans Handy ging, begann sie im Freien nach ihm zu suchen.

Im November hat die Magadinoebene den Charme eines Theaters kurz vor der Generalprobe. Vergilbtes Gras, nackte Erde, kahle Bäume: Man hat das Gefühl, sich durch halbfertige Kulissen zu bewegen. Lisa konnte sich den Frühling nicht einmal vorstellen. Den Angaben Franco Piscitellos folgend parkte sie den Wagen neben einem Gasthof. Sie überquerte die Böschung und hatte nach wenigen Minuten den Fluss erreicht.

Mario war tatsächlich da. Ausnahmsweise ohne Saxophon.

»Hallo!«, rief Lisa.

Er wandte sich langsam um.

»Wie geht's?«, fragte sie ein wenig unsicher.

Nach der Party und der Botschaft auf der Windschutzscheibe war Mario noch undurchschaubarer geworden. Obwohl die Firmenleitung nun in den Händen der Zwangsvollstrecker lag, hatte er die Arbeit nicht aufgegeben, aber bisweilen verlor er sich in seinen Gedanken, und man musste ihn mehrfach ansprechen, ehe er antwortete. Zwischen seinen Augen stand die gewohnte vertikale Falte.

»Woher wusstest du, dass ich hier bin?«

»Inzwischen kenne ich dich. Und Franco Piscitello hat mir den Weg erklärt.«

»Ich gönne mir grad eine kleine Pause. Heute muss ich Möbel ausliefern.«

»Aber du brauchst doch nicht … «

»Das macht mir nichts aus«, unterbrach er sie. »Magst du dich nicht einen Moment setzen?«

Die Bank mit Blick auf den Fluss stand halb versteckt hinter einer Buschreihe. Die Holzlatten waren morsch, der rote Lack halb abgeblättert, das Metallgestell verrostet.

»Es ist schön, auf den Fluss zu schauen«, sagte Mario. »Schon als Junge bin ich hierhergekommen, wenn ich allein sein wollte: Ich war dann entweder wütend oder verliebt.«

Lisa legte eine Hand auf seine.

»Man sollte sie öfter anschauen, die Flüsse«, fuhr Mario fort. »Sie haben viel zu erzählen.«

Er lächelte ihr zu, dann legte er seinen Arm um ihre Schulter.

Sie küssten sich.

Noch nie hatte Lisa eine Beziehung mit einem Mann wie ihm gehabt. Nicht nur dass er älter war, damit hatte sie bereits Erfahrung, nein, bei ihm trafen die unterschiedlichsten Dinge zusammen: die Liebe zum Jazz und das Möbelgeschäft, der Wunsch nach Einsamkeit und diese Masse an eingebildeten Freunden. Ganz zu schweigen von der Geschichte der Balmellis, der Belastung durch die Firma.

Mario gefiel ihr. Er gab ihr ein Gefühl von Sicherheit und Frieden, ohne sie zu erdrücken oder sie verändern zu wollen. Und sie fand ihn schön mit seinem selbst in Momenten der Traurigkeit frischen Gesicht.

»Es sind über sechshundertsiebzig«, sagte Mario.

»Was?«

»Letztes Jahr sind im Tessin über sechshundertsiebzig Insolvenzverfahren eröffnet worden. Da bin ich wenigstens nicht allein, stimmt's?«

Lisa seufzte.

»Aber wenn man pleitegeht, ist man immer allein. Wie nennt ihr das bei euch im Amt? ›Eigeninsolvenz‹. So ist es im Grunde immer.«

»Ach Mario, hör auf damit …«

»Im Internet heißt es dann, dass eine Pleite auch Möglichkeiten eröffnet, dass man lernt zu kämpfen, dass sich neue Wege ergeben. Mir würde man sagen: Schau, du hast diese großartige Frau kennengelernt.«

Lisa versuchte zu lächeln.

»Aber das stimmt nicht«, fügte er hinzu. »Ich will dich nicht mit dem Ende von Dolcecasa und diesem Irren in Verbindung bringen, der Giorgio ermordet hat. Ich bin glücklich, dass es dich gibt, Lisa, wirklich. Dennoch bleibt die Pleite ein Faktum.«

Hinter den trockenen Sträuchern rauschte der Fluss, und Mario hielt den Blick darauf geheftet: Doch sein Sichtfeld war verschleiert, als hindere das Drängen der Gedanken ihn am Sehen.

»Heute Nacht habe ich Stunden im Internet verbracht. Ich habe nach jemandem gesucht, der mir hätte sagen können, wie ich reagieren, was ich tun muss.«

»Im Internet?«

»Aber ich bin nur auf Leute gestoßen, die über Möglichkeiten sprechen. Möglichkeiten!« Erregt beugte er sich nach vorn. »All diese Websites mit den Geschichten von Steve Jobs, den sie rausgeschmissen haben; von Einstein, der erst mit vier Jahren gesprochen hat; von Elvis, dem sie geraten haben, als LKW-Fahrer weiterzuarbeiten … Und Spielberg, der von der Filmhochschule geflogen ist, oder Michael Jordan oder die Beatles, alle sind sie auf Ablehnung gestoßen, bis sie sich durchsetzen konnten und Erfolg hatten.«

Mario sprach schnell, angespannt und mit steifem Oberkörper, als habe er sich seine Worte zuvor genau überlegt.

»Niemand spricht über das wahre Scheitern. Wo sind die Geschichten der Leute, die tatsächlich wieder LKW fahren?« Er legte eine Pause ein und fuhr dann leiser fort. »Die Firma ist endgültig verloren. Und ich werde niemals ein großer Musiker. Warum spricht im Internet niemand über Leute wie mich?«

»Besser so«, erwiderte Lisa. »Vielleicht hast du ja die Chance, glücklich zu sein.«

Mario sah sie erstaunt an. »Warum sagst du das?«

»Du weißt, dass du schwach bist, dass du nicht wie Steve Jobs und diese anderen bist. Aber wenn dir was Schönes passiert, bist du dann bereit, es festzuhalten?«

Lisa hatte langsam gesprochen und jedes ihrer Worte durchdacht. Sie war es nicht gewohnt, über solche Dinge zu reden, aber auch das war Teil von Marios besonderem Reiz: all die Probleme, all die Fragen. Er hatte studiert, er war Künstler, aber manchmal erkannte er die einfachsten Dinge nicht. Und statt sie einfach noch mal zu küssen, zermarterte er sich den Kopf.

»Zu anderen Zeiten und ohne die Insolvenzregelungen wäre ich in der Armut gelandet. Heute machen sich die Leute eher darüber lustig: Du bist pleite, was soll's, eine Tür geht zu, dafür öffnet sich ein Tor … Oh Gott, was für ein Satz!«

Er lächelte Lisa zu und erkundigte sich, warum sie hier draußen nach ihm gesucht habe. Ob sie vielleicht etwas brauche?

»Tut mir leid, dass ich dich nicht schon eher gefragt habe.«

Es gibt etwas, das Erfolgreiche und Gescheiterte gemeinsam haben, dachte sie. Beide reden und reden … am liebsten über sich selbst.

»Ich wollte dir bloß hallo sagen. Aber komm doch mit. Lass uns einen Kaffee trinken gehen.«

Sie wollte nicht, dass er allein hier zurückblieb und auf den Fluss starrte.

»Mach dir keine Sorgen um mich«, sagte Mario. »Ich muss nur begreifen, was mit mir passiert.«

»Aber nicht, indem du im Internet schaust, was …«

»Ich habe auch die Geschichte von Ernest Shackleton gelesen«, fiel Mario ihr ins Wort. »Kennst du den? Er war ein Entdecker, dem fast alle Unternehmungen misslungen sind. Er ist nie zum Südpol vorgedrungen und hat nie die Antarktis durchquert.«

Lisa seufzte hörbar.

»Er hat nie etwas auf die Reihe bekommen: Depressionen, Alkohol, undurchsichtige Liebschaften. Aber sobald sich die Dinge zum Schlechten wandten, ist er ein ganz anderer geworden. Etwa, als er 1915 sein Schiff verloren hat, im Eis zerschellt. Stell dir das vor, allein inmitten von Packeis, in Dunkelheit und Kälte. Und er schaut seine Mannschaft an und sagt: Gut, Jungs, lasst uns nach Hause gehen.«

»Und hat er es geschafft?«

»Ja, in einem wahnsinnigen Unterfangen, an der Grenze des Menschenmöglichen …«

»Dann ist er also doch nicht gescheitert, stimmt's?«

»Nein«, Mario runzelte die Stirn. »Ich weiß, was du damit sagen willst. Er brauchte die Fehlschläge … aber sein einziger Sieg war das Überleben. Das ursprüngliche Ziel hat er jedenfalls nie erreicht. Aber es war nicht er selbst, der mich beeindruckt hat, sondern etwas, das er in sein Tagebuch geschrieben hat.«

»Hast du das auch gelesen?«

Mario lächelte. »Es war eine lange Nacht …«

Er erzählte, dass Shackleton, nachdem sein Schiff zerstört war und er eine Strecke von tausendfünfhundert Kilometern über eines der gefährlichsten Meere der Welt zurückgelegt hatte, in Südgeorgien, unweit von Kap Hoorn, endlich die Landung gelungen war. In einer einsamen Bucht hatte er die Überreste eines vom Ozean angespülten Schiffes entdeckt: Fässer, Bäume, Teile der Masten und des Kiels sowie unter anderem den Rumpf eines kleinen Modellschiffchens, vermutlich ein Kinderspielzeug.

»Shackleton fragte sich, welche Tragödie wohl dahinter verborgen lag«, sagte Mario. »Ein Spielzeug, verstehst du? Die einzige Spur eines Schiffsbruchs: ein kleines, am Ende der Welt vom Meer an die Felsen gespültes Spielzeug. All die Hoffnungen, die Begeisterung, wer weiß, vielleicht war es eine Auswandererfamilie … wenn man anfängt, darüber nachzudenken, kommen einem die Tränen.«

Sie schwiegen lange. Dann flüsterte Mario: »Das ist Scheitern. Nicht die Misserfolge der Großen und auch nicht Shackletons Niederlagen. Sondern dieses Spielzeug. Dieses kleine Schiffchen bringt alles zum Ausdruck, was ich brauche.«

»Und das wäre?«

»Ich weiß nicht, welche Geschichte sich dahinter verbirgt, und keiner wird es je erfahren. Was hat das zu bedeuten, wieso ist dieses Spielzeug in Sicherheit gelangt? Ich verstehe es nicht, aber ich habe etwas, worüber ich nachdenken kann.« Pause. »Vielleicht muss man es auch gar nicht verstehen, vielleicht sollte man nur hin und wieder an dieses Schiffchen denken.«

52

Enthüllungen

Er saß am unteren Ende der Treppe, die zum Konkursamt führte, und dachte über den unauffindbaren Mann aus Deutschland nach.

Warum hatte Colucci am Telefon zu Mario gesagt, er sei mit dem deutschen Käufer zusammen, und hatte die *Bar Charlie* dann doch allein betreten? Vielleicht hatte sich Colucci das alles ausgedacht … aber aus welchem Grund? Außerdem hatte Contini den Mörder sprechen oder, genauer gesagt, fluchen hören. Und zwar auf Deutsch. Dieser Mann existierte also tatsächlich.

Contini wusste, wann er in einer Sackgasse gelandet war. Er lenkte seine Gedanken in eine andere Richtung und fragte sich, wie er das, was Malteses GPS enthüllt hatte, deuten sollte. Aber auch in dem Fall war ihm klar, dass er allein nicht weiterkommen würde. So entschloss er sich zu einem Anruf.

»Was gibt's?«, fragte Lisa am Ende der Leitung knapp.

»Entschuldige«, sagte Contini. »Ich muss dich wegen einer dringenden Sache stören.«

»Hör zu, ich bin mitten bei der Arbeit …«

»Euer Wagen war am Tatort.«

»Was?«

»Der Dienstwagen des Konkursamts. Auf dem Parkplatz von Dolcecasa.«

Contini erklärte ihr, dass ihm das Verhalten der Amtsmitarbeiter, insbesondere das von Geronzi, verdächtig erschienen war und er deshalb Maltese gebeten hatte, den Wagen zu überwachen. Daher wusste er jetzt sicher, dass sich genau in der Verbrechensnacht jemand aus dem Amt auf dem Parkplatz von Dolcecasa aufgehalten hatte, da, wo auch sie, Lisa, und Mario gewesen waren.

Lisa brauchte einige Sekunden, ehe sie antwortete: »Aber wer sollte das sein?«

»Das wüsste ich auch gern.«

Eine weitere Pause. Dann sagte Lisa: »Ich habe auch eine Information für dich.«

Contini bemerkte die Sorge in ihrer Stimme. »Worum geht es denn?«

»Es ist eine heikle Sache … Versprichst du mir, dass du nur darauf zurückgreifst, wenn es unbedingt nötig ist?«

Contini versprach es, und Lisa erzählte, dass sie per Zufall in einem Karteischrank ein verstecktes Dokument entdeckt habe. Der Schrank sei abgeschlossen gewesen, aber es komme ja häufig vor, dass die Schlösser für die verschiedenen Modelle einer Serie identisch …

»Und du hast ihn zufällig geöffnet?«, fragte Contini.

»Nicht gerade zufällig.« Lisa war verlegen. »Mir war aufgefallen, dass in letzter Zeit eine merkwürdige Spannung im Amt herrschte, vor allem, sobald die Sprache auf Dolcecasa kam. Ich hatte es satt, ständig außen vor zu bleiben; ich hatte das Gefühl, dass mir etwas verheimlicht wurde. Deshalb habe ich eines Nachmittags …«

Contini versicherte ihr, dass sie angesichts der Umstände genau richtig gehandelt habe. Um was für ein Dokument es sich denn handle?

»Um eine Anzeige. Das erste Mal, als Dolcecasa fast pleitegegangen ist, hat jemand ein Schreiben verfasst und die Firma etlicher Unstimmigkeiten bezichtigt, unter anderem einer Form der Steuerhinterziehung. Das hätte gereicht, um den Laden dichtzumachen. Aber niemand ist dem nachgegangen. Das ist insofern merkwürdig, als in solchen Fällen die Insolvenzgesetze nicht greifen und das Ganze vors Strafgericht geht.«

Atemlos fragte Contini, wer den Brief unterzeichnet habe.

»Gianni Colombo«, antwortete Lisa, »vom …«

»Einrichtungshaus Colombo Arredamenti«, ergänzte Contini. »Derselbe, der die gemeinsame Initiative gegen das Lohndumping angestrengt hat.«

»Kennst du ihn?«

»Nein. Aber ich weiß, dass die Balmellis die Initiative nicht unterzeichnet haben. Wenig später war Colombo pleite … und ist nach Deutschland verschwunden.«

Endlich, dachte Contini. Endlich kamen sie der Sache auf die Spur. Noch war alles wirr, aber allmählich bekam die Geschichte Sinn. Wie bei Signora Noemis Kater, als er ihn endlich in seinem Versteck aufgespürt hatte, oder wie bei Gloria Marinetti, als ihm aufgegangen war, dass sie den fast-reichen jungen Mann nicht seiner Verlobten entreißen, sondern ihm vielmehr helfen wollte und dafür sogar ihre Liebe zu ihm opferte.

»Kannst du nicht noch mal herkommen? Wenn Geronzi mich schon nicht sehen will, könnte ich vielleicht wenigstens mit deinen Kollegen sprechen.«

Lisa versprach, ihr Bestes zu versuchen. Contini würde alle Informationen der Polizei übermitteln, aber zuvor wollte er sie eigenhändig überprüfen. Letzten Endes hatte er keine Beweise und nicht einmal Erklärungen: Gianni Colombo schien das Bindeglied zwischen der Sache mit dem Lohndumping und dem Konkursamt zu sein, und obendrein kam er aus Deutschland … aber er war tot. Alles, was Contini in der Hand hatte, waren wiederkehrende Namen von Personen und Autos, die sich an Orten befanden, wo sie nicht hingehörten.

Ausgerechnet eine dieser Personen sollte Contini durch Zufall behilflich sein, sich auch ohne Lisas Zutun Zutritt zum Konkursamt zu verschaffen.

53

Verletzte Tiere

Verletzte Tiere suchen sich erst ein Versteck, bevor sie ihren Schmerz zum Ausdruck bringen. Genau wie die Menschen, die ihre Schwäche hinter einem Lächeln und Seidenkrawatten verstecken.

So hatte auch Lucas, der unglückselige Besitzer der *Bar Charlie*, ein Lächeln aufgesetzt – und eine Seidenkrawatte angelegt.

Contini beobachtete, wie er langsam näher kam und sein Spiegelbild heimlich in Wagenfenstern musterte, als wolle er sichergehen, dass alles saß. In der Hand hielt er eine Kunststoffmappe mit mehreren Blättern. War es nicht besser, so zu tun, als habe er ihn nicht bemerkt? Nein, vielleicht konnte er sich ja mit seiner Hilfe Zugang verschaffen. Contini stand auf und lief ihm entgegen.

»Hallo, weißt du noch, wer ich bin? Ein Kunde aus der Bar.«

»Ja natürlich.« Lucas lächelte. »Der Detektiv.«

Contini sah, dass er einen nervösen Blick auf den Eingang und dann auf den sich rings um das Gebäude ziehenden Parkplatz warf: das verletzte Tier auf der Suche nach einem Fluchtweg.

»Mach dir keinen Kopf«, beruhigte er ihn. »Früher oder später müssen wir alle da durch.«

Lucas entspannte sich. Er erklärte Contini, dass er mittlerweile am Ende sei. Er habe die Bar geschlossen, und genau an diesem Tag würden sie kommen und einen Teil der Einrichtung beschlagnahmen. Dennoch hatte er nicht alle Hoffnung aufgegeben: Das spürte man an dem vibrierenden Ton seiner Stimme und dem leicht fiebernden Blick, aus dem trotz der Demütigungen noch Kampfbereitschaft sprach.

»Wenn sie mir noch mal Aufschub gewähren …«

Contini begleitete ihn bis zum Eingang. Er musste nur reinkommen und mit ein paar Angestellten sprechen. Wenn Geronzi sich derart verschanzte, musste die Situation ziemlich heikel sein. Vielleicht war der Augenblick gekommen, die Sache ins Rollen zu bringen.

»Hör mal, du könntest mir einen Gefallen tun.«

Lucas wandte sich zu ihm um.

»Könntest du, bloß für zehn Minuten, einen Detektiv einstellen? Jemanden, der dir bei den Verhandlungen bezüglich des Konkursverfahrens zur Seite steht?«

Lucas war nicht gerade begeistert. Er hatte sich entschlossen, ohne Anwalt zu der Unterredung zu gehen, und jetzt sollte er mit einem Detektiv auftauchen?

»Nur für ein paar Minuten«, erklärte Contini. »Dann verschwinde ich, und du verzichtest auf meine Dienste, um dich der Kompetenz der Angestellten anzuvertrauen.«

Lucas lächelte. »Das heißt, am Ende wärst du es, der mir einen Gefallen erweist?«

Der junge Mann ließ sich überreden, und diesmal lief alles glatt, zumal Lucas nicht mit dem Chef, sondern mit Veronica Molina verabredet war. Contini hielt sich im Hintergrund, sodass die Angestellten ihn vermutlich mit einem Geschäftspartner oder Anwalt verwechselten. Aber als Veronica den Blick hob und ihn von Lucas zu Contini wandern ließ, erblasste sie schlagartig. Auch sie wirkte wie ein gehetztes Tier.

»Was haben Sie hier verloren?«, flüsterte sie.

»Ich bin Berater des hier anwesenden Herrn …«

Contini spähte auf die Papiere, die Lucas in der Kunststoffmappe bei sich hatte, um den Nachnamen des jungen Mannes herauszufinden. Doch Veronica erhob bereits die Stimme: »Sie können nicht hierbleiben. Sie haben nicht das Recht …«

»Beruhigen Sie sich«, beschwichtigte Contini sie. »Ich werde niemanden behelligen.«

Schon als er diesen Raum das allererste Mal betreten hatte, war ihm klar gewesen, dass hier etwas nicht stimmte. Damals hatte es sich lediglich um eine hinter der Büroroutine verborgene Spannung gehandelt, jetzt dagegen standen Veronica Tränen in den Augen, auch wenn sie die Lippen aufeinanderpresste und hart blieb. Was ging hier bloß vor sich? Welches Geheimnis hüteten Geronzi und seine Angestellten? Contini wusste, dass er nicht viel Zeit haben würde, deshalb verschoss er seine Munition gleich zu Beginn.

54

Doktor Geronzis Brille

Die unbewegte Luft und das müde Licht eines Herbstnachmittags. Ein erschrockener junger Mann mit einem Bündel Papiere unterm Arm. Eine mindestens ebenso erschrockene Frau, blass unter ihrem Make-up und plötzlich so wehr- und schutzlos in ihrem Kostüm, mit den gepflegten Fingernägeln und dem von einer geheimnisvollen Kraft zersetzten Lächeln. Und der Detektiv, unnachgiebig so weit nötig, aber bereit, hinter diese geheimnisvolle Kraft zu steigen.

Contini stützte die Hände auf die Schreibtischplatte und blickte Veronica, die zu ihm aufsah, in die Augen. Sie schob den Stuhl zurück.

»Habt ihr einen Fehler begangen?«, fragte Contini. »Habt ihr euch bestechen lassen? Jemand war vor Ort in jener Nacht, als Colucci ermordet wurde. Die Polizei wird es erfahren und am Ende alles aufdecken. Wäre es nicht besser, ihr kämt ihr zuvor … wer auch immer von euch darin verstrickt ist?«

Lucas mit seinen Papieren und dem ein paar Nummern zu großen Anzug machte ein Gesicht, als wäre er am liebsten anderswo. Veronica blieb gefasst, aber ihre Augen schimmerten feucht.

»Das sind alles Lügen. Wir erledigen unsere Arbeit, und das Gesetz verbietet uns …«

»Es sind vier Menschen ums Leben gekommen!«

»Damit habe ich nichts zu tun, ich weiß nichts über diesen Killer!«

»Prosperi, Crespi, Giorgio Balmelli, Colucci … Lesen Sie keine Zeitung? Sie begreifen offenbar nicht, dass er verzweifelt ist und längst weiß, dass man ihn in Kürze schnappen wird!«

Contini legte eine Pause ein. Dann senkte er die Stimme. »Wollen Sie einen Mord auf dem Gewissen haben?«

Er übertrieb. Ihm war klar, dass sie sich zwar in einem geschlossenen Raum befanden, dass aber in den angrenzenden Räumen Ohren gespitzt wurden und Finger auf der Tastatur lagen, bereit, E-Mails an Vorgesetzte weiterzuleiten.

»Hören Sie«, begann Lucas. »Ich bin gekommen, um zu fragen, ob es möglich wäre, für die *Bar Charlie* Aufschub …«

In diesem Augenblick flog, wie sollte es anders sein, die Tür auf, und Geronzi erschien. Zunächst sprach er kein Wort, sodass Lucas sich genötigt sah, fortzufahren.

»Ah, Herr Geronzi, ich war gerade dabei, Frau Molina zu sagen, dass in Sachen *Bar Charlie* …«

»Contini!«

Lucas, erneut in die Nebenrolle abgedrängt, verstummte. Geronzi und Contini setzten dort an, wo sie kurz zuvor aufgehört hatten: der Amtschef misstrauisch, der Detektiv hartnäckig. An einem bestimmten Punkt holte Letzterer ein zum Quadrat gefaltetes Schreiben aus der Jackentasche und hielt es Geronzi unter die Nase. Der hob die Augenbrauen, zog dann aber aus alter Gewohnheit die Brille aus der Westentasche und begann zu lesen.

»Es ist ein Überwachungsbericht«, sagte Contini. »Der Dienstwagen Ihres Amtes … ich habe einen GPS-Bewegungsmelder anbringen lassen.«

»Wie bitte?«, rief Veronica. »Aber mit welchem Recht …«

»Ruhe!«, befahl Geronzi.

Einige Sekunden später hob er den Kopf und sagte, ganz ruhig jetzt: »Es gibt keinerlei Beweise.«

»Ich weiß«, erwiderte Contini. »Aber die Polizei wird sie finden.«

»Verlassen Sie auf der Stelle dieses Amt.«

»Wenn wir zuvor ungestört darüber reden würden, könnte ich Ihnen vielleicht helfen ...«

»Verlassen Sie dieses Amt.«

Weshalb begnügte sich Contini nicht damit, den Bericht der Polizei auszuhändigen? Vielleicht, weil er dahinterkommen wollte, an welchem Punkt die ganze Angelegenheit ins Rollen gekommen war. Er war davon überzeugt, dass es etwas gab – ein Faktum, ein Schweigen, einen unkontrollierten Gedanken –, das den Anstoß sowohl für das Drama um Dolcecasa als auch für die Spannungen im Konkursamt und den vom Mörder für seine Opfer bestimmten »Leidensweg« gegeben hatte.

»Verzeihen Sie, Herr Geronzi«, stotterte Lucas. »Soll ich lieber ein andermal wiederkommen? Oder ...«

Geronzi beachtete ihn nicht. Deshalb bedeutete Veronica ihm, vor ihrem Schreibtisch Platz zu nehmen. Lucas dankte ihr.

»Ich werde Sie nur fünf Minuten behelligen, länger dauert es nicht ...«

Contini bemerkte, dass Veronica nur mit Mühe die Tränen zurückhielt. Und ebenso wenig entging ihm, dass Geronzi sich wie ein Roboter bewegte. Er hatte nicht einmal die Lesebrille abgenommen und wäre beinahe gegen die Wand gerannt. Daraufhin nahm er die Brille doch ab und starrte zwinkernd vor sich hin. Mit seinen großen Augen und dem schütteren Haar wirkte er wie ein aus dem Nest gefallenes Küken.

Ein weiteres Mal fand sich Contini auf dem Treppenabsatz

vor dem Amt wieder. Und wieder hatte er dieses Gefühl. Da gab es etwas, das er gesehen oder das irgendjemand gesagt hatte. Vielleicht war es der Augenblick gewesen, als Veronica beinahe losgeweint hätte … oder ein Wort, ja, irgendeines der vielen Worte, die Geronzi ausgestoßen hatte …

Wenn er sich bloß erinnern könnte!

Einen Moment lang schien ihm das, wonach er suchte, vor Augen zu schweben, doch dann war es ihm entflohen. Ebenso wie ihm einige Abende zuvor zwischen den Villen von Ruvigliana der Mörder entflohen war.

Ein Wort, ein einziges Wort würde alles erklären. Warum hatte er es sich nicht gemerkt? Sein Unterbewusstsein hatte es erfasst und sendete ihm nun, einem Schiff in Seenot gleich, Warnsignale aus dem Dunkel der Erinnerung. Zum zweiten Mal stieg er die Stufen hinab, und während er sich das Hirn zermarterte, ging er im Geist jede Bewegung und jede Silbe durch. Du bist ein Idiot, sagte er sich. Ein Idiot …

55

Nobody Knows the Trouble I've Seen

Bei Radio Swizz Jazz brachten sie einen alten Song von Louis Armstrong. Das Wetter war gut, und Mario ließ, als er an der Ampel vor der Piazza Simen stand, das Wagenfenster herunter. Die Herbstsonne tauchte Häuser, Autos, ja selbst die Werbetafeln in goldenes Licht. Mario merkte, dass er den Takt auf das Lenkrad klopfte, und dachte, dass es egal war, wie schlecht die Dinge liefen. Früher oder später würde sich alles wieder einrenken.

Vielleicht war es das letzte Mal, dass er mit dem Lieferwagen von Dolcecasa unterwegs war. Sein letzter Tag als Unternehmer. Oder vielmehr der letzte Tag, an dem er Arbeit hatte. Danach würde er im Amtsblatt landen, und die Gläubiger würden sich nehmen, was von der Firma noch übrig war. Aber Contini hat recht, dachte er: Ich bin am Leben. Ich will vor allem lebendig bleiben.

Genau wie Lisa gesagt hatte. Oder wie Louis Armstrong ihm gerade sagte. Es würden schwere Zeiten kommen, und sicher war die Vorstellung merkwürdig, dass Dolcecasa nach über siebzig Jahren nicht mehr existieren würde. Aber dafür gab es Lisa mit ihrer *Boa constrictor,* ihrer so besonderen Art zu küssen, ihrem Lächeln. Es gab Contini, der sich durchschlug und in jeder Lage zu improvisieren wusste. All das gab es noch.

Rasch wählte er eine Nummer, und Lisa antwortete prompt über die Freisprechanlage.

»Ciao, hallo!«, begrüßte Mario sie. »Ich bin unterwegs.«

»Ja, ich höre es … wo steckst du?« Lisas Stimme klang bedächtig, vielleicht ein wenig erstaunt über seinen schrillen Ton.

»In Bellinzona. Ich war im Geschäft, jetzt muss ich nach Altanca, im Leventinatal. Bist du bei der Arbeit?«

»Ich bin auf dem Weg dorthin zurück.«

»Warum nimmst du dir nicht mal einen Nachmittag frei?«

Lisa seufzte.

»Ein paar Stunden. Es ist die letzte Fahrt, und es wäre schön, wenn du dabei wärst.«

»Die letzte Fahrt?«

»Morgen wird dichtgemacht. Aber Familie Resinelli wartet seit Wochen auf ihr Wohnzimmer, und mir schien es richtig, zum Abschluss etwas Schönes zu machen.«

Lisa ließ sich überreden, ihn zu begleiten, und Mario fuhr zurück zur Piazza Governo, wo sie neben dem Seehund saß und auf ihn wartete.

Bevor er sich bemerkbar machte, betrachtete er sie eingehend: Sie trug einen roten Rollkragenpullover unter schwarzer Lederweste, dazu eine dunkle Mütze, und ihr blasses Gesicht wirkte besorgt. Ein paar junge Leute kamen vorbei, dann zwei Mütter mit Kinderwagen. Lisa rührte sich nicht. Mario dachte, dass Dolcecasa für sie keine Bedeutung hatte. Keine Tradition war, kein Familiensymbol. Lisa hatte lediglich einen verdrehten Vierzigjährigen kennengelernt, der mit dem Saxophon zur Arbeit ging. Sie hatte ihn kennengelernt und trotz der Unterschiede die innere Nähe zu ihm gespürt. Auch er erkannte sich in ihr wieder: Sie war eine Zuflucht und gleichzeitig unerforschtes Terrain. War das Liebe … oder etwas dergleichen?

Tatsache war jedenfalls, dass Mario, während er mit Lisa gen Norden fuhr, Glück empfand.

Er hatte weder den Mord an Giorgio noch die Drohungen des Mörders vergessen. Und die Vergangenheit war stets gegenwärtig: seine Großeltern, seine Eltern ... sein Vater, der gestorben war, bevor alles den Bach runterging, und seine im Pflegeheim zwischen Unruhe und Abwesenheit schwebende Mutter.

Und mittendrin, wie eine Art Fixpunkt, das viele Jahre zuvor auf der anderen Seite der Welt von Kapitän Shackleton erblickte Spielzeugschiffchen.

In stillen Momenten dachte Mario über diese Dinge nach und wunderte sich über seinen Gemütszustand. Immer wieder sagte er sich, dass es kindisch und unvernünftig sei, doch trotz des Schmerzes, trotz allem wollte es ihm an diesem Tag nicht gelingen, die Hoffnung aufzugeben.

56

Die verliebte Steuerberaterin

Contini war davon überzeugt, dass die *Bar Charlie* ihm Glück brachte. Von Anfang an war ihm klar gewesen, dass hier, zwischen den etwas gekünstelten bunten Lichtern und den zu niedrigen Tischen, der geeignete Ort zum Nachdenken war. Und so kam er denn tatsächlich beim Betreten der *Bar Charlie* darauf, wer der Mörder sein musste.

Wieder einmal war ihm in gewisser Weise Lucas behilflich. Wobei er den entscheidenden Anstoß dem alten Kellner verdankte, der so gern Kreuzworträtsel löste. Das größte Verdienst ging allerdings an Gloria, die verliebte Steuerberaterin.

Die *Bar Charlie* war geschlossen. Die Gerichtsdiener kamen und gingen, um das Inventarverzeichnis zu erstellen. Doch der alte Kellner, der Contini empfing, meinte, er könne ihm durchaus ein Bier servieren.

»Aber ohne Bezahlung. Sagen wir, es geht aufs Haus …«

»Ich habe Ihren Chef vor Kurzem getroffen.«

»Wie geht es ihm?«

Contini sah sich um. Die Stühle stapelten sich auf den Tischen, Bilder und Spiegel waren von den Wänden genommen worden und lehnten am Tresen. Die Flaschenreihen hinter dem Tresen wiesen etliche Lücken auf, und die Kasse war mit einer Plastikhaube bedeckt.

»Es ist aus, was?«, fragte Contini.

»Lucas hat es versucht. Aber diese Stadt ist bereits mit Bars gepflastert.«

Einer der Gerichtsdiener machte mit einem Hüsteln auf sich aufmerksam.

»Wir kommen in fünf Minuten zurück. Sind Sie dann noch da?«

Der alte Kellner lächelte. »Wo sollte ich denn bitte schön hingehen?«

Sie setzten sich ins Hinterzimmer und nahmen zwei Flaschenbiere aus dem Kühlschrank. Contini sah, dass auf dem Tisch die *Rätselwoche* mit einem halb gelösten Kreuzworträtsel lag.

»Wenn ich nicht weiterkomme, leg ich es dahin«, erklärte der Kellner. »Nehm ich es später, vielleicht nach einer Stunde, wieder zur Hand … zack, dann komme ich auf den Namen, den ich gesucht habe!«

Etwas in Continis Erinnerungen geriet in Bewegung. Ein Detail, das, während er sprach, eine Sekunde lang … Er merkte, dass der Kellner den Blick auf ihn richtete, und begriff, dass er ihm eine Frage gestellt hatte. Er entschuldigte sich.

»Kein Problem. Ich kenn das, dass man manchmal abdriftet. Ich habe nur gemeint, dass man in Ihrem Beruf manchmal auch nicht weiterkommt, oder?«

Contini nickte, obwohl er in Gedanken ganz woanders war. *Dann komme ich auf den Namen, den ich gesucht habe.* Was hatte das zu bedeuten? *Den Namen …*

»Umso größer muss dann die Befriedigung sein, wenn man einen Fall gelöst hat … Ist es nicht wie im Krimi, wenn der Detektiv alle Anhaltspunkte unter einen Hut bringt und erklärt, wer der Täter war?«

Contini lächelte.

»Nicht ganz …«

Er dachte an den Fall des fast-reichen jungen Mannes. Er hatte sich auf ganz undramatische Weise gelöst, aber zuvor hatten Renzo Maltese und seine Gehilfen Wochen damit verbracht, herauszufinden, wer Gloria Marinetti wirklich war: eine wahnsinnige Verliebte oder eine gewissenhafte Steuerberaterin? Am Ende hatte sich, wie so oft, herausgestellt, dass beides zutraf.

Beides …

»Ja, ich weiß schon, in der Realität ist es anders«, sagte der Kellner. »Aber manchmal muss man ein bisschen träumen. Ich mag die alten Mondadori-Krimis, vor allem die mit Nero Wolfe.«

Contini hörte ihm nicht mehr zu. Allmählich begann es sich zu lichten, und als Erstes kamen ihm Gionas Worte in den Sinn: *Manchmal muss man nur so tun, als sei man ein anderer, muss unsichtbar werden und den richtigen Moment abpassen.*

»Wolfe hat die Fälle gelöst, ohne das Haus zu verlassen. Heutzutage wäre das nicht möglich … eigentlich damals schon nicht! Aber in Büchern schon, das ist gerade das Schöne.«

Während der Kellner sprach, kehrte das Bild zurück, Contini erfasste, was ihm im Konkursamt entgangen war, und verlieh dem Schemen, den er in Ruvigliana erspäht hatte, Gestalt.

»Die modernen Krimis sind mir zu blutrünstig«, fuhr der Kellner fort. »Nicht, dass sie mir zu heftig wären. Sie langweilen mich vielmehr.«

Steuerberaterin und Verliebte. *Beides.* Gedanken und Bilder überschlugen sich. Er sah Colucci vor sich, wie er mit dem mysteriösen Käufer aus Deutschland die Bar betrat, und begriff, weshalb den nie jemand zu Gesicht bekommen hatte.

Er erhob sich. Er war es. Er musste es sein.

Contini hatte dem »Sofakiller« einen Namen und einen Nachnamen gegeben. Er murmelte: »Entschuldigen Sie, ich muss kurz telefonieren …«

Damit trat er aus dem Hinterzimmer in die halb leere Bar, in der sich ringsum die Möbel stapelten. Alles passt zusammen, dachte er, am Ende passt alles zusammen. Hoffentlich war es nicht schon zu spät.

Als Erstes musste er Mario erreichen, um ihm die Entdeckung mitzuteilen und dafür zu sorgen, dass er in Sicherheit war. Dann würde er seine Theorie überprüfen. Doch als Allererstes musste er sich einen Wagen besorgen … und jemanden, der ihn fuhr.

Francesca merkte sofort, dass etwas nicht stimmte.

»Wo steckst du, was ist passiert?«

»Noch nichts«, sagte Contini. »Bist du noch in Bellinzona? Ich weiß, ich hatte gesagt, ich fahr mit dem Zug zurück, aber ich brauch jemanden, der mich fährt.«

»Wohin denn?«

»Keine Ahnung … ich muss so schnell wie möglich Mario Balmelli erreichen.«

»Warum?«

Contini zögerte. War Zeit genug, um Francesca alles zu erklären? Aber er konnte sie schlecht ohne jede Erklärung da hineinziehen.

»Kannst du dich erinnern, dass Colucci in die *Bar Charlie* gekommen ist, während er mit Mario telefoniert hat? Und dass er gesagt hat, er sei mit diesem Deutschen zusammen, der Dolcecasa übernehmen wolle?«

»Aber du hast niemanden gesehen.«

»Genau das ist der Punkt.« Contini versuchte, sich kurz zu fassen. »Aber es war doch jemand dabei … wenn auch unsichtbar, wie Giona gesagt hat.«

»Was hat Giona damit zu tun?«

»Er hat mich zum Nachdenken gebracht. Er und Gloria Marinetti.«

»Gloria, die Steuerberaterin?«

»Die verliebte Steuerberaterin. Beides zusammen, verstehst du?«

»Oh Contini, hör mal… «

»Ich erinnere mich, dass, kurz bevor Colucci die Bar betreten hat, Lucas, der Barbesitzer, hereingekommen ist und ihm geholfen hat, die Jacke auszuziehen. Dann ist Lucas ins Hinterzimmer verschwunden und nicht mehr herausgekommen. Derweil wurde Colucci immer nervöser, als habe sein Begleiter ihn im Stich gelassen.«

»Aber welcher Begleiter?«

»Lucas! Für mich war er der Barbesitzer, aber für Colucci war er der Mann, mit dem er hergekommen war. Wir haben ihn gesehen und gedacht: der Besitzer dieses Lokals. Aber woher sollte Colucci das wissen?«

»Du meintest, sie sind zusammen gekommen.«

»Einer nach dem anderen, im Abstand von wenigen Sekunden.«

»Du hast sie gesehen, oder?«

»Ich habe erst Lucas und dann Colucci hereinkommen sehen, aber ich dachte nicht, dass sie zusammengehören, weil ich ja mit einem Deutschen gerechnet habe. Deshalb war der Begleiter unsichtbar: Er war beides zugleich! Colucci wusste nicht, dass die Bar ihm gehört, er war zum ersten Mal hier.«

»Lucas… das heißt, deiner Meinung nach hat Lucas Colucci gegenüber so getan, als sei er ein Kaufinteressent aus Deutschland…«

»Er kommt tatsächlich aus Deutschland«, unterbrach Contini sie. »Ich war heute mit ihm im Konkursamt. Irgendwann ist mein Blick auf die Umschläge gefallen, die er dabeihatte, und ich habe seinen Namen gelesen: Lucas Colombo. Dann ist es mir wieder eingefallen: Colombo, wie der Konkurrent der Balmellis, der nach Deutschland ausgewandert und dort gestorben ist.«

»Dann wäre Lucas also …«

»Der Mörder.«

Contini legte eine Pause ein, aber Francesca sagte nichts. Also fuhr er fort und versuchte, ihr alles in möglichst knappen Worten zu erklären.

»Er war es, den ich neulich Abend verfolgt habe. Mir ist tatsächlich von Anfang an sein merkwürdiger Akzent aufgefallen. Aber es war kein osteuropäischer Akzent, wie ich erst dachte. Vielmehr spricht er wie jemand, der jahrelang in Deutschland gelebt hat, sodass er inzwischen sogar in dieser Sprache flucht.«

»Dann ist der junge Mann also zurückgekommen, um Rache zu üben?«

»Ich weiß es nicht. Er ist zurückgekommen und hat die Bar eröffnet. Als es mit der Bar dann den Bach runterging, ist vermutlich irgendwas mit ihm passiert, er hat den Kopf verloren. Seine Wut hat sich gegen die Balmellis und all jene gerichtet, die das System des Lohndumpings am Laufen hielten. Also gegen die, die Colombo Arredamenti in den Ruin getrieben haben.«

»Mir kommt das ziemlich weit hergeholt vor«, wandte Francesca ein. »Überleg mal, wie viel Zeit du in dieser Bar verbracht hast. Und nie hast du irgendeinen Verdacht geschöpft, er hat dich nach dem Mörder gefragt, hat sich nach dir und nach deiner Arbeit erkundigt.«

»Er hat auch mit Mario gesprochen, und er war im Konkursamt. Ebendie Tatsache, dass ihm die Bar gehörte, und dazu der Umstand, dass er am Pleitegehen war, haben ihm die nötige Deckung gegeben. Denk nur an die Wut, die er mit sich herumgetragen haben muss.«

Nach einer kurzen Pause murmelte Francesca: »Du hast keine Beweise. Und alles steht auf wackligen Beinen.«

»Ich weiß. Deshalb müssen wir uns ranhalten.«

»Was hast du vor?«

»Erst mal ruf ich Mario an. Derweil kommst du mich abholen, und wir versuchen, Lucas zu erreichen. Mal sehen, was er uns zu sagen hat.«

»Aber wenn du recht hast, ist er gefährlich …«

»Wir werden aufpassen.«

Contini kehrte ins Hinterzimmer zurück, um sich bei dem alten Kellner zu entschuldigen.

»Ich muss ein weiteres Telefonat führen.«

»Machen Sie nur in aller Ruhe.« Der Kellner deutete auf die *Rätselwoche*. »Ich kann mich allein beschäftigen.«

Die Gerichtsdiener waren in die Bar zurückgekehrt, deshalb trat Contini hinaus auf den Gehweg. Er hatte das Gefühl, keine Minute verlieren zu dürfen. Aber gerade als er anrufen wollte, vibrierte sein Handy. Jemand versuchte, ihn anzurufen: eine unbekannte Nummer. Was tun? Vielleicht war es zufällig Mario oder Lucas. Er beschloss ranzugehen, aber als er die Stimme am anderen Ende hörte, wusste er, dass er einen Fehler begangen hatte.

57

Lonesome Boulevard

Ich bin ein glücklicher Mensch, dachte Mario. Die Autobahn führte in nördlicher Richtung Stück für Stück aufwärts, und er spürte, wie die Last der Sorgen von ihm abfiel, während der Lieferwagen gemächlich vorankam, den Biaschina-Viadukt und den Tunnel passierte und sich der Ausfahrt Faida nährte.

Lisa saß neben ihm. Mit offenem Haar, das von ihrem roten Rollkragenpullover abstach, die Beine übereinandergeschlagen, schaute sie entspannt zum Fenster hinaus wie eine Touristin. Er betrachtete sie, ihre strahlenden Augen, die zarte Haut, die Hände mit den langen, schmalen Fingern. Je länger er darüber nachdachte, desto klarer wurde ihm, dass es in diesem Augenblick nichts anderes gab als sein Verlangen nach dieser Frau. Alle anderen Gefühle, die Unsicherheit, der Schmerz, selbst die Angst kamen zur Ruhe in dieser Welle aus … ja aus was?

Tja, Mario war sich nicht sicher, wie er es definieren sollte.

Er wagte nicht zu glauben, dass er sich ausgerechnet jetzt, bei allem, was gerade passierte, verliebt hatte. Aber er wollte auf keinen Fall Zeit damit verschwenden, nach einem Namen für seine Empfindungen zu suchen, zumal Worte noch nie seine Stärke gewesen waren. Er hätte gern *In a Sentimental Mood* aufgelegt, aber er fand nur eine CD von Gerry Mulligan im Wagen. Also hörten sie ein wenig überfrachtete Stücke wie

Lonesome Boulevard oder *I Heard the Shadows Dancing*, die in gewisser Weise zu der beschaulichen Schönheit dieses strahlenden Novembertages passten.

»Von mir aus könnte es immer so weitergehen«, sagte Mario.

»Mit was?«

»Mit dem Fahren. Immer weiter nach Norden, ohne anzuhalten.«

»Wie Didi …«, murmelte Lisa mit der Andeutung eines Lächelns. »Deine Freundin hat von ihrer Reise ans Nordkap erzählt.«

Mario schnaubte und schaltete herunter, um die Ausfahrt zu nehmen. »Hör mir mit Didi auf. Bei uns ist das was ganz anderes, wir werden ja wohl nicht hin- und wieder zurückfahren.«

»Ach nein? Wir fahren mit dem Auto zum Nordpol? Und dann?«

»Dann fahren wir auf der anderen Seite wieder runter. Nach Süden!«

Beide lachten.

»Du glaubst es nicht!«, rief Mario, während er nach links in Richtung Faido abbog. »Du glaubst es nicht, aber wir fahren gerade nach Süden …«

Vor ihnen, in der Ferne, zeichneten sich der schneebedeckte Gipfel des Lucendro und das Gotthardmassiv gegen den klaren Himmel ab. Die kahlen Felder zu beiden Seiten der Straße schienen das Mittagslicht zu reflektieren. Lisa setzte die Sonnenbrille auf und fragte: »Wollen wir anhalten und was essen?«

Diese schlichte Frage rührte Mario. Sie waren allein unterwegs, ohne genau zu wissen, was eigentlich zwischen ihnen war. War vielleicht das die Freiheit? Er hatte sie mit seinem Saxophon gesucht, während seiner Reisen mit den Blue Diamonds, als er für wenig Geld gespielt hatte. Schon damals hatte Giorgio immer wieder versucht, ihm den Wert ihrer Unabhängigkeit zu erklären: Denk an die Leute, die für einen Chef arbeiten, hatte er gesagt; denk an die, die nichts laut sagen dürfen. Bis er sich, welche Ironie des Schicksals, ausgerechnet während der letzten Lieferfahrt endlich frei fühlte. Und dieses Gefühl hatte nichts mit dem Herumtingeln als Musiker zu tun, nichts mit irgendwelchen Chefs oder dem Aussprechen von Dingen.

Sie parkten auf dem zentralen Platz in Faido und stiegen aus, um belegte Brötchen zu kaufen. Als sie zurückkamen, sahen sie, dass jemand um den Lieferwagen herumschlenderte, als habe der seitlich angebrachte Werbeschriftzug DOLCECASA ARREDAMENTI ihn angelockt. Er hatte eine Umhängetasche und trug ein gebügeltes weißes Hemd über schwarzen Jeans.

Mario begrüßte ihn in der Annahme, es handle sich um einen Kunden, doch als der andere ihm die Hand reichte, erkannte er ihn: Es war Lucas, der Besitzer der *Bar Charlie* in Bellinzona, der Typ, der alte Songs von Sonny Rollins und Scheiben von Billie Holiday als Hintergrundsound laufen ließ.

»Herr Balmelli, ich habe nicht damit gerechnet, Sie in dieser Gegend zu treffen ... Liefern Sie Möbel aus?«

Sie plauderten eine Weile. Lucas kam kurz auf das Scheitern mit der Bar zu sprechen, und Mario versuchte, ihn zu ermutigen: »Man muss Geduld haben.«

Daraufhin erklärte Lucas, er habe eine Verabredung in Airolo mit jemandem, der ihm vielleicht helfen könne, aber er habe den Bus verpasst.

An diesem Punkt war es selbstverständlich, dass Mario anbot, ihn mitzunehmen. Lieber wäre er mit Lisa allein gefahren, aber das wäre nicht gerade freundlich gewesen. Außerdem musste man an einem Tag wie diesem mit Unvorhersehbarem rechnen. Der Lieferwagen war geräumig: ein altes Modell mit großer Fahrerkabine und einem Klappsitz hinter dem Fahrersitz. So ließen Mario und Lisa den jungen Lucas einsteigen und setzten die Fahrt nach Airolo fort, während Mulligans Bariton-Saxophon die Harmonien von *Splendor in the Grass* zärtlich zum Klingen brachte.

58

Wichtige Mitteilungen

»Sind Sie es, Herr Contini?«

»Ja, mit wem …«

»Signora Noemi am Apparat. Erinnern Sie sich? Die ›Mama‹ von Silverio … also eigentlich das Frauchen, wobei das Wort Frauchen bei einer Katze völlig unpassend ist! Manchmal habe ich eher den Eindruck, als betrachte Silverio mich als seinesgleichen …«

Signora Noemi kicherte, und Contini versuchte, sie zu unterbrechen.

»Ich bin leider sehr in Eile, Signora Noemi.«

»Oh, aber es ist eine Sache von nur einer Minute. Ich wollte Sie um einen Rat für meine Nachbarin bitten. Bei ihr ist eingebrochen worden, und man hat der Ärmsten alles gestohlen: Geld, Radio, Schmuck, sogar Erinnerungsstücke der Familie …«

»Wirklich, Signora, ich …«

»Sie hat Anzeige erstattet, aber Sie wissen ja, wie das läuft. Auch wenn sie die Täter am Ende erwischen, sind die Erinnerungsstücke futsch. Ich habe gedacht, Sie könnten ihr helfen, wo Sie doch eventuell Verbindungen zur … wie sagt man bei Ihnen? … zur ›Unterwelt‹ haben. Denn nichts gegen die offiziellen Ermittlungen, aber die Dienste eines mutigen Detektivs wie Sie …«

Signora Noemi glich einem Tornado: Man kann ihn nicht stoppen, sondern muss abwarten, bis er vorbei ist. So ließ Contini sie ein paar Minuten lang toben und schaffte es schließlich, sie abzuschütteln. Dann wählte er die Nummer von Mario, um zu erfahren, wo er steckte, aber der ging nicht ran. Er spielte mit dem Gedanken, eine Nachricht zu hinterlassen, aber was hätte er sagen sollen? He Mario, ich glaube, dass Lucas von der *Bar Charlie* der Mörder ist? Mario hätte ihn für verrückt erklärt. Also versuchte er, Kommissar De Marchi anzurufen, aber auch der nahm nicht ab. Contini hinterließ eine Nachricht, in der er von »wichtigen Mitteilungen« sprach.

»Diese Anrufbeantworter nerven, stimmt's?«

Contini drehte sich um und sah den alten Kellner, der ihn lächelnd beobachtete.

»Man hat das Gefühl ins Leere zu sprechen ...«

»Ganz Ihrer Meinung. Sagen Sie, hat Lucas angekündigt, wann er zurückkommt?«

Der Kellner schüttelte den Kopf. »Er hat mich gebeten, dichtzumachen, sobald die Gerichtsdiener fertig sind. Er hatte noch was zu erledigen. Mittlerweile lässt er sich hier gar nicht mehr blicken.«

Es war nicht die Absicht des Kellners gewesen, aber seine Worte klangen unheilvoll: *Mittlerweile lässt er sich hier gar nicht mehr blicken.* Wo er wohl hinwollte? Was er wohl vorhatte? Vielleicht war ihm inzwischen klar, dass Contini etwas bemerkt hatte. Vielleicht spürte er auch in seinem Wahn, dass ihm die Zeit davonrannte. Er war um Dolcecasa herumgeschlichen wie ein Wolf um die Beute und hatte alle umgebracht, die er für das Scheitern seines Vaters verantwortlich machte. Erst Prosperi, der den Betrug mit dem Lohndumping organisiert hatte, und dann die Chefs: Crespi, Giorgio Balmelli, Colucci.

Blieb nur noch Mario Balmelli.

Mario hatte ihm versichert, dass er nichts von dem Betrug gewusst habe, und er hatte der Fima den Rücken gekehrt, bevor es zu den Verbrechen gekommen war. Aber würde Lucas sich damit zufriedengeben? Wenn jemand seiner Paranoia derart verfällt, dass er sogar tötet, noch dazu mehrfach, ist er dann noch in der Lage zu differenzieren?

Contini fielen die Botschaften ein, die der Mörder hinterlassen hatte. Offenbar war dieser Kerl davon überzeugt, gerecht zu handeln. Vielleicht sah er sich darüber hinaus sogar als Instrument der Sühne.

Wie hatte er es genannt? *Leidensweg*…

Bei jedem Mord hatte er sich desselben Rituals bedient und die Möbel um den Körper herumgestapelt. Als wolle er das, was war, zerstören, die Gegenstände unbrauchbar machen, sie in Abfall, in bloße Materie verwandeln. Wie viele Theorien sich die Polizeipsychologen dazu wohl schon ausgedacht hatten.

Er versuchte erneut, De Marchi zu erreichen: vergebens. Vielleicht kam ja auch die Polizei allmählich hinter die Wahrheit. Wenn sie die Listen der Konkurrenten von Dolcecasa durchgingen und sie mit den Daten des Konkursamts abglichen, mussten sie früher oder später auf den Namen von Lucas stoßen. Aber möglicherweise zu spät.

Er trat auf die Straße. In ein paar Minuten würde Francesca vorfahren, um ihn abzuholen. In der Zwischenzeit probierte er zwei weitere Male, Mario zu erreichen. Am Ende beschloss er, auch ihm die Nachricht »wichtige Mitteilungen« zu hinterlassen. Einige Sekunden später rief er abermals an und hinterließ eine weitere Nachricht, nämlich die Warnung, er solle niemandem trauen und sich vor allem von Lucas Colombo, dem Besitzer der *Bar Charlie*, fernhalten.

Er hatte das Gefühl, dass es Lucas nicht nur um Rache ging, sondern auch um den Versuch, seine Niederlagen zu rechtfertigen. Eine Pleite konnte als unauslöschliche Schande empfunden werden. Vor allem, wenn man vor Augen hatte, dass der eigene Vater eine ehrliche Haut gewesen war und letzten Endes einer Schar von Betrügern hatte weichen müssen; dass er auch im Ausland gescheitert und schließlich vor Kummer gestorben war. Und wenn man sich dann, nach der Rückkehr ins Heimatland und nachdem man ein Unternehmen zum Laufen gebracht hatte, eingestehen musste, selbst ebenfalls gescheitert zu sein. Ein weiteres Mal.

Das genügte, um einen empfindsamen Geist aus dem Gleichgewicht zu bringen.

Contini wollte gerade erneut versuchen, Mario oder De Marchi zu erreichen, als er Francescas Wagen kommen sah. Er stieg ein und sagte: »Lass uns zu Mario fahren.«

»Zu Befehl«, antwortete sie. »Und das heißt, wohin?«

Contini sah sie an. Dann sagte er leise: »Ich weiß es nicht.«

59

Schönheit

Hinter dem Städtchen Faido steigt die Straße in Richtung Monte Piottino an, dann weiter bis nach Airolo und schließlich hinauf bis zum Gotthardpass, ab wo Deutsch gesprochen wird. Doch ungeachtet seines Traumes, hoch in den Norden zu fahren, musste Mario nur in die Gegend von Altanca, unweit von Airolo, um zwei Sessel, ein Sofa, einen Tisch, eine Anrichte und einige Stühle auszuliefern. Er war froh, unterwegs zu sein, er mochte die Straßen und den für die Jahreszeit ungewöhnlichen Sonnenschein.

Das Leventinatal hatte ihn seit jeher fasziniert. Nicht so sehr wegen der ihm eigenen Schönheit, sondern eher wegen der Vorstellung, dass die Menschen dieses Gebirge seit Jahrhunderten überwanden, um eine Verbindung zwischen Nord und Süd zu schaffen. Manche waren in der Absicht über den Gotthardpass gekommen, zu erobern und zu töten, andere, um zu handeln, zu kaufen und zu tauschen. Und viele einfach nur, um zu entdecken, wie es auf der anderen Seite aussah.

Mario empfand genau wie sie: Neugierde.

Ihm war klar, dass er die schlimmste Zeit eben deshalb überstanden hatte, weil seine Neugierde wiedererwacht war, Neugierde gegenüber sich selbst, gegenüber Lisa oder auch angesichts der Arbeit, die er sich würde suchen müssen. In den letzten Tagen hatte er oft einfach nur lang gehaltene Töne gespielt. Er hatte sich in eine Ecke gestellt, langsam gespielt und den Harmonien nachgelauscht: Es war wie eine Art Meditation.

»Wie läuft es mit Dolcecasa?«, fragte Lucas.

Mario hatte keine Lust, darüber zu reden. »Wir stehen vor dem Aus. Und mit der Bar?«

»Idem.«

Alle drei brachen in Gelächter aus: Mario, Lucas und Lisa. Es war ein schöner Moment, auch wenn Lucas vielleicht ein bisschen zu lange lachte. Mario spürte, dass der junge Mann mitgenommen war, und wollte das Gespräch lieber nicht vertiefen. Er konzentrierte sich auf die Landschaft.

Mehr als auf die Natur achtete er auf die Autobahnpfeiler, die Bahntrasse und die Bauarbeiten an der Hochgeschwindigkeitsstrecke AlpTransit. Die Menschen rasen, dachte er. Alle sind in Bewegung, man muss Schritt halten. Doch in der Piottino-Schlucht, direkt neben der Straße, auf der sie gerade fuhren, waren noch die Reste des alten, beschwerlichen Saumpfades zu erkennen. Die Menschen rasten, doch Mario wollte sich auf die Langsamkeit besinnen. Das war es, was er brauchte: Neugierde und Langsamkeit.

Lucas war schweigsam. Jedenfalls so lange, bis er sich auf seinem Klappsitz vorbeugte und, als habe er bereits seit einer Weile darüber nachgedacht, sagte: »Mein Vater hat auch Möbel verkauft.«

Nach einer Pause dann: »Mein Vater hat Möbel verkauft, ebenso wie ich. Es war ein schöner Beruf.«

Sein Tonfall war so sonderbar, dass Mario und Lisa sich zu ihm umdrehten.

60

Weil ich nicht vergessen kann

Lucas Colombo hatte Leute umgebracht, Menschen.

Und er war noch nicht fertig.

Ein Teil von ihm fühlte sich abgestoßen, angewidert und angeekelt von dem Aufsehen, das er erregt hatte. Doch er blieb seinem Vorsatz treu, auch wenn ihn das, was er hatte tun müssen, ziemlich mitnahm. Denn er war kein Killer im eigentlichen Sinne. Nur zu gern hätte er das alles jemand anderem überlassen, jemandem, der die Wahrheit ans Licht gebracht hätte. Als er jedoch merkte, dass sich niemand für irgendetwas interessierte, war ihm klar geworden, dass er nicht mehr weiterleben konnte wie bisher. Das war nicht hinnehmbar.

Er hatte die Wahl gehabt: entweder sich selbst töten oder die wahren Schuldigen. Die zweite Möglichkeit war ihm redlicher erschienen.

Balmelli und die junge Frau begriffen nicht.

»Ich glaube, er war gut in seinem Beruf«, sagte Lucas.

»Wer?«, fragte Balmelli.

»Mein Vater«, erwiderte Lucas. »Wir reden doch gerade von ihm, oder?«

Das hatte ein wenig barsch geklungen. Auch die Frau hatte es bemerkt. Er musste auf der Hut sein: Der Augenblick war noch nicht gekommen. Bevor sie es mit der Angst zu tun bekamen, wollte Lucas noch ein paar Antworten haben. Zu Beginn des

Leidensweges hatte er alles unter Kontrolle gehabt, aber jetzt gab es jemanden, der ihm auflauerte, während er lieber allein gewesen wäre. Anfangs hatte er noch gehofft, die Bar retten zu können, dann war ihm die Idee gekommen, sich Dolcecasa unter den Nagel zu reißen … Aber das waren Spinnereien gewesen. Kindische Ideen, die ihn von seiner Aufgabe ablenkten.

Er erinnerte sich an die Wohnung am Stadtrand von Berlin, in einem hohen, braungetünchten Mietshaus, das mit zwei weiteren Häusern ein Hufeisen bildete. Trotz der Bäume und Spielplätze, trotz der Skulpturen auf dem Mittelstreifen und des modernen Eingangsbereichs hatte Lucas sich nie etwas vormachen lassen: Dieser Ort war ein Gefängnis gewesen.

»Irgendwann ist auch mein Vater pleitegegangen.«

»Wirklich?«, murmelte Balmelli.

»Wirklich. Kann sein, dass du ihn nicht kanntest, aber dein Bruder kannte ihn mit Sicherheit.«

»Wie hieß er?«

»Gianni Colombo.«

»Ich glaube nicht, dass …«

»Colombo Arredamenti, erinnerst du dich? Die Firma, die keine krummen Dinger drehen wollte.«

Jeden Tag hatte er am Fenster gestanden und seinen Vater aus dem Haus gehen sehen, als der noch so getan hatte, als habe er eine Arbeit. Er hatte ihn den Weg entlanglaufen sehen, eine winzige Gestalt, eine Ameise inmitten anderer Ameisen, und dann auf die baumbestandene Straße einbiegen, sich auf eine Bank setzen und versuchsweise die Zeitung lesen, wie ein aus dem Ameisenbau verstoßenes Insekt.

»Colombo Arredamenti?«, fragte Mario nach. »Das sagt mir irgendwas.«

»Natürlich«, erwiderte Lucas. »Unlängst waren wir in Deutschland, aber …«

Er wurde von einem Klingeln unterbrochen. Mario sah auf sein Handy und sagte: »Es ist Contini.«

»Willst du nicht rangehen?«, fragte Lisa.

»Ich ruf später zurück.«

»Mein Vater hat zu denen gehört, die Pech hatten«, begann Lucas erneut. »Manchen fehlt das richtige Gespür, wisst ihr, manche geben bei den ersten Schwierigkeiten auf. Mein Vater nicht: Er war ein Kämpfer. Genau wie ich.«

Wieder das Handy, und wieder war es Contini. Diesmal zögerte Balmelli und schien drauf und dran, das Gespräch anzunehmen. Lucas fragte: »Bist du auch ein Kämpfer?«

Mario legte das Handy beiseite und sah zu Lisa. Beide bekamen sie es, ohne genau zu wissen weshalb, allmählich mit der Angst zu tun. Lucas hatte keine Zeit zu verlieren: Er hätte gern die ganze Geschichte erzählt, zog es aber vor, auf den Punkt zu kommen. Er fragte Mario nach Colucci, nach dem geheimnisvollen Käufer aus Deutschland. Er fragte ihn nach der Nacht, in der Colucci ermordet worden war.

»Ich mag lieber nicht darüber reden«, sagte Balmelli.

»Willst du vergessen?«, entgegnete Lucas.

»Wie meinst du das?«

»Ich frage das, weil ich nicht vergessen kann. Ich kann dir nicht sagen, wie …« Er war dabei, die Kontrolle zu verlieren. Er zwang sich, klar zu bleiben. »Ich ziehe es vor …«

Erneut das Handy. Wieder Contini.

Alle starrten darauf, bis es aufhörte zu klingeln.

»Vielleicht ist es was Wichtiges«, sagte Lisa.

»Das glaube ich nicht«, entgegnete Lucas.

Mario bemerkte. »Er hat eine Nachricht auf der Mailbox hinterlassen.«

Und bevor Lucas reagieren konnte, hatte er bereits das Handy am Ohr und hörte die Nachricht ab.

61

Rätselraten

Wieder einmal saß der Detektiv neben seiner Freundin im Wagen. Und wie stets war sie es, die fuhr. Er hantierte mit dem Handy und zog dabei eine Miene wie jemand, der zu spät zu einer Verabredung kommt und keinen mehr antrifft. Wie hatte er sich nur in die Irre führen lassen können? Mario hatte gesagt: Colucci wird gleich reinkommen, zusammen mit unserem Mann. Mit seinen Falkenaugen hatte der Detektiv erst Lucas und dann Colucci hereinkommen sehen, doch er hatte nicht die richtigen Schlüsse daraus gezogen.

Er war zu spät darauf gekommen. Wie stets.

Francesca fragte: »Also, Chef, wo soll es hingehen?«

Contini starrte auf das stumme Telefon, dann starrte er aus dem Fenster – auf den Viale Portone, auf die Mauer, die Überführung, eine altmodische Bierstube –, schließlich starrte er auf Francescas Hände am Lenkrad. Als genügten die Gedanken, um diese Hände und den Wagen, den sie lenkten, zu Lucas Colombo zu führen, diesem ehemaligen Möbelverkäufer, pleitegegangenen Barbesitzer und neuerdings Serienkiller, der sich nicht schnappen ließ und immer erbitterter zuschlug.

»Richtung Norden«, überlegte Contini. »Fahr Richtung Norden ...«

Dann rief er in der Werkstatt von Dolcecasa an. Kaum zu fassen, aber trotz des Desasters war noch jemand dort. Für

Franco Piscitello waren die Begriffe Arbeit und Würde aufs Engste miteinander verknüpft.

»Ah, Herr Contini. Haben Sie etwas herausgefunden?«

»Ja, leider«, erwiderte der Detektiv.

Piscitello gehörte nicht zu der Sorte von Menschen, die sich gern mit Geschwätz aufhält. Andere an seiner Stelle hätten vielleicht versucht herauszufinden, was vor sich ging. Nicht so er. In seinem ruhigen Ton antwortete er lediglich auf die Fragen.

»Nach Altanca, eine Lieferung … Er dürfte am Nachmittag zurück sein.«

Bei sinkenden Schiffen besteht das Problem darin, dass man nicht weiß, ob man weiterrudern soll oder nicht. Doch für Piscitello und Mario bestand kein Zweifel: Der Erste baute Möbel zusammen, der Zweite lieferte sie an die Kunden, als gäbe es noch eine Zukunft. Auch Contini tat so, als herrsche völlige Normalität. Er bedankte sich bei Piscitello und bat ihn, Mario etwas auszurichten.

»Sagen Sie ihm, dass wir auch nach Altanca fahren.«

Der Detektiv blickte finster drein, als ahne er, dass sein Zuspätkommen schmerzliche Folgen haben würde. Sie waren bereits in Richtung Norden unterwegs gewesen, bevor er mit Piscitello gesprochen hatte.

»Woher wusstest du das?«, erkundigte sich Francesca.

»Keine Ahnung«, erwiderte er. »Ich kann halt gut raten.«

62

'Round Midnight

Eine Weile lang schwiegen alle im Lieferwagen.

Mario wurde allmählich von Panik ergriffen. In seinem Kopf tauchten Bilder von Lucas, von der Bar, von dem unter halb zerstörten Möbeln hingestreckten Körper Coluccis auf. Er dachte an Giorgio, an das durch den Pistolenschuss entstellte Gesicht.

Warum sprach Lucas nicht mehr?

Die Straße führte hinauf nach Altanca. Über den Wiesen strahlte die Sonne. Dennoch war Mario, als führe er durch eine Schattenwelt: Er hatte Continis Nachricht nicht ganz verstanden, aber was er gehört hatte, genügte, um ihn ernsthaft in Sorge zu versetzen. Lucas wirkte in der Tat unberechenbar. Sein schwerer Atem, der Kopf, der zwischen den beiden Sitzen hervorlugte und sich erst zu Lisa und dann zu ihm drehte.

Als wolle er sie provozieren, herausfordern.

Mario fragte vorsichtig: »Alles gut?«

Lisa sah ihn an: »Was wollte Contini?«

»Ach, nichts weiter …«

»Ich wette, er hat von mir gesprochen«, mischte sich Lucas ein, mit einer Stimme, die eine Oktave zu hoch klang.

Wieder klingelte das Handy. Mario hatte es auf die Ablage gelegt, sodass alle Continis Namen auf dem Display lesen konnten. Er streckte den Arm aus, um nach dem Handy zu greifen, und brachte damit die Situation zum Eskalieren.

Lucas hielt ihn zurück: »Nein. Besser nicht.«

Es bestand kein Zweifel mehr.

Nur Lisa zögerte noch: »Was geht hier …«

»Ja, ich bin es«, fiel Lucas ihr ins Wort. »Ich bin es, und nun muss ich zum Abschluss kommen.«

Als verhandelten sie über ein Geschäft. *Und nun muss ich zum Abschluss kommen.* Das verhieß nichts Gutes.

Lisa hatte noch immer nicht begriffen. »Du bist es? Was soll das heißen … du bist was?«

Lucas musterte sie mit einem Blick, der Mario traurig vorkam. Dann zog er eine Pistole aus der Umhängetasche. Er richtete sie auf keinen der beiden, sondern hielt sie bloß in der Hand.

»Fahr weiter«, murmelte er.

Dann lehnte er sich zurück, und Mario musste in den Rückspiegel schauen, um sein Gesicht zu sehen. Die Pistole lag auf seinen Knien. Mario kam der Gedanke, dass er noch nie eine echte Pistole gesehen hatte. Oder vielleicht doch, während des Militärdienstes. Wenn er sich recht entsann, hatten die Offiziere Pistolen gehabt, während er selbst ein Gewehr benutzte, zumindest so lange, bis sie ihn in die Militärkapelle versetzt hatten und dann …

Warum weigerten sich seine Gedanken, in der Gegenwart zu bleiben?

Weil er unter Schock stand, das war der Grund. Hätte er seiner Panik nachgegeben, hätte er angefangen zu zittern oder zu schreien, oder er hätte die Kontrolle über den Wagen verloren. Lisa dagegen schien aufgebracht: »Du bist ja irre. Was soll diese …«

»Halt den Mund«, unterbrach Lucas sie. »Ich bin der Sohn

von Gianni Colombo. Den ihr vertrieben und gedemütigt habt wie einen räudigen Hund.«

Mario versuchte, ihn zu beschwichtigen: »Hör mal …«

»Du hältst jetzt auch den Mund, verstanden?«, fiel Lucas ihm ins Wort.

Marios Gedanken drifteten ab. Er hörte Liedfetzen, düstere Musik in dunklen Farben, dann sah er im Rückspiegel wieder die Pistole, reglos, wie ein großes, schlafendes Insekt.

Sie kamen durch eine Ortschaft namens Scruengo. Mario spielte kurz mit dem Gedanken, anzuhalten und um Hilfe zu bitten. Aber die Straßen lagen verlassen, und während er in einer scharfen Kurve in den Ersten runterschaltete, kam er zu dem Schluss, dass Anhalten zu riskant wäre.

Die Straße führte nun geradewegs bergauf, und es waren keine Häuser mehr zu sehen.

»Fahr langsam«, befahl Lucas. »Und tu, was ich dir sage.«

Mario spähte zu Lisa hinüber, die vor sich hin starrte. In seinem Kopf nahm plötzlich, ohne ersichtlichen Grund, die von Miles Davis gespielte Version von *'Round Midnight* Gestalt an. Die in ihrer Zartheit und Festigkeit einem Schilfrohr gleichende Trompete und dieser feierliche Augenblick vor dem Saxophonsolo, mit dem Aufseufzen der beiden durch eine Quinte getrennten Bläser. Musik der Farbe Blau, daran bestand kein Zweifel. Wunderbar. Aber in diesem Moment fehl am Platz.

Er streckte den Arm aus und griff nach Lisas Hand. Lucas hinter ihnen erstarrte, aber er sagte nichts. Mario spürte sein Herz wie verrückt hämmern und brachte keinen Ton heraus.

»Fahr langsamer«, wies Lucas ihn an. »Bieg hier nach rechts ab.«

Die Straße führte in den Wald hinab. Ein Schild an der Abbiegung verriet, dass es sich um eine Sackgasse handelte.

Mario drückte Lisas Hand, versuchte, ihr ein bisschen Sicherheit zu geben. Sie starrte weiter vor sich hin.

Sicherheit? Er fuhr langsam, während die letzten vernünftigen Gedanken der Verzweiflung wichen. Sie waren allein inmitten der Berge, in Begleitung eines wahnsinnigen Mörders. Und die schmale, holprige Straße war eine Nebenstrecke, die sich irgendwo im Wald verlor.

63

Blau

»Willst du mich umbringen?«

Lucas antwortete nicht.

»Was hast du vor? Willst du mich umbringen?«, wiederholte Mario.

»Du sollst den Mund halten«, fiel ihm der junge Mann herrisch ins Wort.

Mario ging darüber hinweg. »Du hast dir in den Kopf gesetzt, dass ich schuld bin, stimmt's? Du glaubst, du müsstest uns alle umlegen, um dich von deinem Wahn zu befreien …«

Lucas starrte ihn mit abgrundtief leerem Blick an. Mario versuchte, seiner Stimme einen festen Klang zu verleihen, aber er merkte, dass sie zitterte.

»Hör zu, ich lass jetzt Lisa aussteigen, okay? Sie hat nichts mit der Firma zu tun, ich wüsste nicht, wieso …«

»Hör auf zu sprechen«, fuhr Lucas ihn an. »Du sollst einfach nur den Mund halten, hörst du? Einfach den Mund halten … sonst nichts!«

Mario unterließ eine Erwiderung.

Schon als Kind hatte er Musik geliebt und gern gezeichnet. Immer wenn es ihm schlecht ging, wichen Linien, Formen und Worte in seinem Kopf der Vorstellung von einer bestimmten Farbe, die gleichzeitig ein Klang war: Blau.

Seine Flucht, die Rückkehr, der Tod, die Pleite, die Demütigung, der Skandal, die Angst, all das war dunkelblau. Aber das tiefe Dunkel dieser Farbe barg die Möglichkeit einer Öffnung, ein für Überraschungen offenes Abwarten. Und plötzlich war da das Lichtblau eines unverhofften Gedankens, einer Harmonie, etwa, wenn sich im Dunkel Continis Hartnäckigkeit, Lisas Staunen oder einfach die Einsicht abzeichnete, dass in der Musik wie auch außerhalb derselben die Kunst des Improvisierens darin besteht hinzunehmen, was kommt, bevor man selbst darauf eingeht.

Ich muss es versuchen, dachte Mario.

Andernfalls würde dieser Wahnsinnige sie garantiert beide umbringen, Lisa und ihn, und sie anschließend unter den Möbeln begraben, die sie hinten im Wagen geladen hatten.

Die Straße führte weiter hinab in den Wald, und alles hatte die Farbe Blau.

Lucas war nervös. Mario merkte ihm an, dass er allmählich in einen ganz speziellen Gemütszustand geriet, in ebenden Zustand, in dem er vier Menschen ins Gesicht hatte schießen können. Er sprach jetzt leiser, seine Stimme klang angespannter.

»Du hältst, sobald ich es sage.«

»Warum?«, wagte Mario zu fragen.

»Du weißt, warum, … weil ich meine Arbeit zu erledigen habe. Ich kenne kein Pardon, hörst du? Ihr habt alle unter einer Decke gesteckt, auch das Konkursamt, ihr habt immer alles unter den Teppich gekehrt und euch einen Sündenbock gesucht.«

»Du weißt genau, dass wir keine Ahnung …«

»Schluss jetzt! Sobald wir halten, werdet ihr mir noch genau eine Frage beantworten, eine letzte Frage ist noch offen. Dann werde ich das Ganze beenden, ob es euch passt oder nicht.«

Der Wald lichtete sich. Mario hoffte auf irgendeine menschliche Spur, die Lucas abhalten könnte. Aber außer einem Stall und ein paar Ferienhäusern mit geschlossenen Fensterläden war nichts zu sehen. Lucas begann auf seinem Sitz vor- und zurückzurutschen, aber er hatte jede Bewegung im Blick: Ein Überraschungsangriff war schwierig.

Bis mit einem Mal Lisas Handy klingelte.

Im ersten Moment reagierte sie nicht, dann griff sie in die Tasche, um es herauszuziehen.

»Du gehst nicht ran«, befahl Lucas. »Sieh nach, wer es ist.«

Lisa blickte auf das Display, zögerte und flüsterte dann: »Contini …«

»Gib das Handy her. Langsam.«

Lucas streckte den Arm aus, und im selben Augenblick ging Mario zum Angriff über. Er trat auf die Bremse und schrie Lisa zu: »Übernimm das Steuer!«

Im selben Moment fuhr er herum, packte Lucas am Arm und umklammerte die Hand mit der Waffe. Mit aufgerissenem Mund wich Lucas zurück und versuchte, sich zu befreien. Doch Mario hielt ihn mit aller Kraft fest und mühte sich, ihm die Pistole zu entreißen.

Der Lieferwagen geriet ins Schleudern. Irgendwie gelang es Lisa, die Hände ans Steuer zu legen. Sie versuchte, geradeaus zu lenken und auf die Fahrbahn zurückzugelangen. Aber das Fahrzeug war außer Kontrolle, und die junge Frau konnte das Unvermeidliche nur noch hinauszögern. Der Wagen drehte sich um neunzig Grad, hob sich auf die beiden linken Räder, schlitterte über den Straßenrand und kippte zur Seite.

Ein heftiger Stoß, dann ein weiterer, Wiese und Himmel, die im Blickfeld durcheinanderwirbelten, Schläge in die Seite, ein Kratzen auf den Armen. Eine Tür sprang auf, die Windschutzscheibe zersplitterte. Lisa sah, wie Mario, an Lucas geklammert, nach draußen geschleudert wurde und wie beide sogleich, wild mit Armen und Beinen rudernd, den Abhang hinabkugelten, dann spürte sie einen Aufprall und ein Stechen im Rücken, vernahm ein weiteres metallisches Scheppern und spürte – wie eine Ohrfeige, wie einen Stachel im Fleisch – einen stechenden Schmerz im Kopf.

Dann folgte ein Brummen, ein Geräusch, als würde sich etwas lösen. Lisa hatte den Geschmack von Blut im Mund. Ihr Körper fühlte sich schwer an, als gehöre er nicht zu ihr. Sie schloss die Augen. Als sie sie wieder öffnete, befand sie sich noch immer in der Fahrerkabine. Das Blech an der Seite war bis zum Sitz eingedellt, während im hinteren Teil des Wagens ein riesiges Loch klaffte. Die Möbel waren herausgefallen. Lisa war allein.

Sie versuchte, sich zu bewegen.

Ihre Beine schmerzten, und das Stechen in den Schläfen wurde mit jedem Atemzug stärker. Die Tür hing in der Luft. Weiter unten sah man Felsen und vereinzelte Bäume. Die Sonne blendete. Lisa versuchte, vorsichtig aus der Kabine zu gleiten, während der Motor noch immer vibrierte und stotterte.

Das Handy.

Da lag ihr iPhone, auf dem abgerissenen Seitenteil. So wohl postiert, als habe jemand es mit Bedacht dort abgelegt. Lisa griff danach, schob sich, unter Zuhilfenahme der Ellenbogen, mühsam ganz nach draußen und ließ sich zu Boden fallen. Wo war Mario?

Noch bevor sie sich umblickte, um herauszufinden, was aus ihren Begleitern geworden war, bewegte sie den Daumen über das Display und sah nach den »eingegangenen Anrufen«. Dann versuchte sie, Contini zurückzurufen. Sie legte den schmerzenden Kopf ab und hielt das iPhone ans Ohr.

Das Freizeichen dröhnte in ihrem Kopf. Sie atmete tief durch, ohne auf die Warnsignale ihres Körpers zu achten. Mühsam öffnete sie den Mund und versuchte, einen Laut von sich zu geben. Eine Art abgehacktes Stöhnen kam hervor. Über ihr ein blendender Lichtschimmer: Sonnenstrahlen, die vom Metall reflektiert wurden. Sie löste den Blick davon und ließ ihn zum Tiefblau des Himmels wandern.

64

Was Mario Balmelli vor dem Ende dachte

Ein paar Sekunden lang war es die Freude, die siegte.

Es war schön, am Leben zu sein, das Gras zu spüren, den Himmel zu sehen nach den Stößen, dem Scheppern des Blechs.

Mario drehte sich zur Seite. Ihm tat alles weh, aber er konnte sich bewegen. Er setzte sich auf. Er war in einer kleinen Bodensenke am Rand der mit Felsbrocken und Haselsträuchern übersäten Wiese gelandet. Ein paar Meter weiter sah er einen Sessel Doralice liegen und daneben den Flexform-Tisch Gipsy mit abgerissenem Bein. Ein Stück davon entfernt, über die Wiese verstreut, lagen das Met-Sofa von Cassina, ein paar Stühle des Modells Passion und die durch den Aufprall kaum noch als solche erkennbare Le-Corbusier-Liege. Außerdem ein paar Hocker, ein kaputtes Tischchen, die Reste eines Montana-Regals.

Das Ganze sah aus wie die Parodie eines Wohnzimmers. Ein Hocker lehnte aufrecht direkt an einem Felsen, als warte er darauf, dass sich jemand auf ihm niederließ. Wo steckte Lisa? Mario war nicht sicher, ob er sie rufen sollte. Er hatte das Gefühl, nunmehr vollkommen allein zu sein, umgeben von Schrottteilen.

Er wollte nicht so enden. Es war einfach zu absurd mit all den Möbeln auf der Wiese, mit dieser ganzen Verwüstung. Er beschloss, sich zu bewegen, und kaum war er aus dem Haselgestrüpp gekrochen, erspähte er Lisa, die ausgestreckt neben dem Wrack des Lieferwagens lag. Er sah sie einen Arm heben: Sie war am Leben! Sein Blick wanderte über den Hang bis zur Straße hinauf, und schließlich entdeckte er Lucas.

Er schnellte zwischen den Möbeln hin und her wie ein Tier, wie ein verrückt gewordener Nager. Seine Kleider waren zerfetzt, aber ansonsten schien er in gutem Zustand zu sein. Mario begriff, dass er auf der Suche nach der Pistole war. Und er begriff, dass eine Möglichkeit zur Rettung bestand, wenn er nur schnell genug handelte.

Mühsam schleppte er sich vorwärts, darauf bedacht, nicht über einen der Felsbrocken zu stolpern. Er rief Lisa, die noch immer still dalag, aber damit zog er nur die Aufmerksamkeit von Lucas auf sich, der sich nun noch hektischer bewegte. Mario beachtete ihn nicht und steuerte auf Lisa zu: Sie mussten so schnell wie möglich von hier verschwinden.

Er hatte alle Ängste und Zweifel beiseitegeschoben und war entschlossen, gegen Lucas zu kämpfen. All die Sorgen der vergangenen Wochen erschienen ihm nichtig. Bereits in den letzten Tagen hatte es ihm gedämmert, aber in diesen Sekunden, während er über den Hang hastete, begriff er es: Es gab keine Abstufungen. Entweder du lebst, oder du bist tot. Alles Leid, jedes Scheitern und jede essenzielle Umwälzung implizierten diese Wahl.

Dann fand Lucas die Pistole.

Mario hörte den Schuss, eilte aber noch ein Stück weiter, ehe er das Geräusch mit dem Ereignis in Zusammenhang brachte. Gleich darauf sah er, wie Lucas auf ihn zurannte und den Arm hob.

Er beschleunigte seinen Schritt und stolperte. Einige Meter rollte er den Hang hinab, wobei er einen zweiten und einen dritten Schuss hörte, dann erkannte er, dass Lucas, verdeckt durch das Wrack des Lieferwagens, außer Sichtweite war. Er nutzte die Lage, um zu der Bodensenke zurückzueilen und zwischen einem Felsen und dem Gipsy-Tisch in Deckung zu gehen.

Auch Lisa war verschwunden. Das Gelände rund um den Lieferwagen war leer. Mario nahm an, dass sie sich ebenfalls irgendwo versteckt hatte. Und wenn Lucas sie als Erstes fand? Besorgt sah er sich um, bis er schließlich einen dicken, halb in der Erde steckenden Stein erspähte. Er packte ihn, und während er aus der Deckung hervorkam, sah er, dass Lucas hinter dem Lieferwagen aufgetaucht war. Der Mörder bewegte sich, die Pistole fest in der Hand, schräg über den Hang und näherte sich seinem Versteck.

Mit einem Schlag überkam Mario Müdigkeit.

Lucas umkreiste sorgfältig jedes Möbelstück, untersuchte jeden Spalt im Gelände. Bald würde er ihn mit seinem Stein in der Hand hinter der Tischplatte entdecken.

Ein Stein gegen eine Pistole.

Mario schloss die Augen.

Er dachte an die Wucht des Verlangens, an die Frauen, die er gekannt, an die Stunden, die er, auf der Suche nach seinem eigenen Ton, mit dem Saxophon verbracht hatte. Doch das hier war das Ende aller Hoffnung. Er öffnete erneut die Augen, um Lucas bei seinem Treiben zu beobachten. So wollte er nicht sterben. Seit seiner Jugend hatte er sich immer nur für alte Dinge begeistert: für das verstaubte Familienunternehmen, für den noch verstaubteren Jazz. Und jetzt, da er endlich Lisa gefunden hatte …

Er war zu erschöpft. Zu leer und kraftlos, um zu denken, sich an eine Farbe oder eine Musik zu erinnern. An den Geruch, der in der Luft gelegen hatte, wenn er als Junge in der

Werkstatt seinem Großvater zur Hand gegangen war. An das langsame, friedliche Dahinplätschern eines Sommernachmittags. An den Geschmack eines gut gelagerten Laphroaig. Das Brutzeln von Fleisch auf dem Grill. Das blendende Weiß eines Schneespaziergangs. Seine Mutter, die in diesem Augenblick vermutlich im Garten des Pflegeheims saß, um sich zu sonnen, und keine Ahnung hatte, dass alles zu Ende war und sie keinen ihrer beiden Söhne jemals wiedersehen würde.

Nichts von all dem konnte er sich vorstellen. Er nahm nur den rauen Stein in seiner Hand wahr und das Geräusch des mühsam durch die Kehle entweichenden Atems. Und er sah nur Lucas, der immer näher kam, Lucas mit seinem starren Blick und der Pistole.

65

Die möblierte Wiese

Contini war selbst schon einmal einen Abhang heruntergekullert, während um ihn her die Schüsse von Lucas dröhnten. Daher bereitete es ihm, als Lisa ihm am Telefon berichtete, wie die Dinge standen, keine Mühe, sich die Szene vorzustellen: die junge Frau in den Resten der Fahrerkabine versteckt, Mario irgendwo im Gebüsch in Deckung, der Mörder gefangen in seinem Wahn und unfähig an etwas anderes als die Erlegung seiner Beute zu denken.

Doch als Francesca und er den Ort erreichten, übertraf der Anblick alle Erwartungen, wirkte wie ein Ausschnitt aus einem surrealistischen Gemälde. Die Straße war leer, und die Sonne schien auf herbstlich karge Wiesen. Der Abhang hinter der durchbrochenen Leitplanke war bis hinunter zu dem Wagenwrack, das in geradezu aufreizender Pose dalag, mit den Rädern nach oben und einem Riss in der Seite, mit Möbeln übersät.

»Hat man so was schon gesehen«, sagte Francesca. »Was sollen wir tun?«

»Halt an, wir steigen hier aus.«

Contini hatte Lucas, der sich langsam von dem Lieferwagen entfernte, erspäht. Er wusste, dass Lisa in die Fahrerkabine gekrochen war, um auf der Rückseite wieder herauszukommen, falls Lucas einen weiten Bogen schlug. Aber er hatte keine Ahnung, wo Mario sich versteckte.

»Kannst du ihn sehen?«

»Ich weiß nicht …« Francescas Atem ging schnell, und ihre Stimme zitterte. »Was meinst du, wie lange die Polizei braucht?«

Sie hatten De Marchi verständigt, und obwohl er ihnen anfangs gar nicht zuhören wollte, hatten sie ihn dazu gebracht, eine Mannschaft an den Ort des Geschehens zu schicken. Aber würde die eintreffen, bevor …

»Da ist er!«, rief Francesca. »Dort, hinter dieser Art Tisch, neben dem Strauch und … Sieh nur, Lucas ist stehengeblieben!«

Es war zu spät. Contini genügte ein Blick, um zu begreifen, dass der Mörder das Versteck seines nächsten Opfers entdeckt hatte. Es galt unverzüglich einzuschreiten. Aber was sollten Francesca und er schon ausrichten?

In diesem Augenblick überkamen Contini, ohne dass er es wusste, genau dieselben Empfindungen wie Mario. Ihm schien, als würde er von einer Welle heißen Wassers überspült und sei für einige Sekunden von der Wahrnehmung der Außenwelt abgeschnitten. Es war eine erdrückende Hitze, eine Mischung aus Wut und Bitterkeit ob der verlorenen Zeit.

Geschwindigkeit und Fortschritt waren es, die ihm zu schaffen machten, die Kontrolltests für die Wiedererlangung des Führerscheins, das tückische Netz der Social Media, die technologischen Entwicklungen, die Geschäftsessen und Treffen mit immer arroganteren Kunden. Und mittendrin er selbst mit seinen Marotten, seinem altmodischen Lebensstil, unfähig, den einzig wichtigen Fall zu einem guten Ende zu führen.

»Hast du keine Pistole?«, fragte Francesca hastig.

»Ich habe nicht einmal einen Waffenschein, das weißt du doch.«

Ein paar Jahre zuvor hatte er einen bekommen, doch dann

hatte die zuständige Behörde entschieden, dass der »Grundsatz der Notwendigkeit« bei ihm nicht erfüllt sei. Und was hätte er auch damit anfangen sollen … über die Wiese rennen und in die Luft schießen?

In diesem Augenblick kam ihm eine Idee.

»Warte hier.«

Es geschah alles so rasch, dass Francesca ihn nicht aufhalten konnte.

Contini stieg in den alten Fiat, ließ den Motor an, schlug das Lenkrad ein und stürzte sich den Abhang hinunter. Der Wagen landete unsanft auf dem Gras, machte einen Satz nach vorn und schlingerte leicht. Einen Moment lang drohte er nach links zu kippen. Contini beschleunigte und fuhr weiter bergab. Der Motor gab ein verzweifeltes Heulen von sich, während der Wagen auf seinem Weg Sträucher und Stühle umriss.

Lucas war bereit zu schießen. Er hatte die Pistole erhoben und richtete sie genau auf das Versteck von Mario. Der war im Begriff, hinter der nur notdürftig Schutz bietenden Tischplatte hervorzuspringen, entschlossen, bis zum Äußersten zu gehen. Doch oben auf der Wiese tauchte plötzlich, heulend und unpassend wie ein außerirdisches Kampfgefährt, Francescas Wagen auf.

Francesca selbst war vom Straßenrand aus die einzige Zeugin dieses Durcheinanders aus Menschen, Möbeln und Motoren. Lucas drehte sich um die eigene Achse und machte Anstalten, zur Seite zu hechten, doch die Wagenschnauze streifte ihn, und er wurde nach links gegen einen Sessel geschleudert. Contini schlug erneut den Lenker ein, wobei der Wagen beinahe umgekippt wäre. Doch der alte Fiat hielt stand und ruckte nach rechts, wich um Haaresbreite Mario aus und kam in einem Haselstrauch zum Stehen.

Sofort sprang Contini heraus und rannte auf Lucas zu. Francesca sah ihn auf halber Strecke stehenbleiben und etwas vom Boden aufheben … Die Pistole, dachte sie. Er hat die Pistole gefunden. Und in diesem Augenblick begriff sie, dass er es geschafft hatte. Der ruhige und bedächtige Contini. Ihr Contini. Wie hatte er sich nur so da hinunterstürzen können?

Die Anspannung schlug ihr mit zeitlicher Verzögerung auf die Kehle. Sie sank auf die Knie und brach in Tränen aus, schluchzte, hielt den Kopf zwischen den Händen. So ließ sie, am ganzen Leib zitternd, die Angst entweichen, dann fasste sie sich und stieg selbst die Wiese hinab.

Inzwischen war Lisa aus dem Lieferwagen gekrochen und näherte sich Mario. Sie humpelte ein wenig, schien aber in guter Verfassung zu sein. Nachdem Contini sich davon überzeugt hatte, dass mit Mario alles in Ordnung war, und nachdem er auch Lisa bemerkt hatte, wandte er sich Lucas zu.

Der junge Mann war noch immer halb besinnungslos. Contini dachte an die Morde, die er begangen hatte, an die unter Möbelbergen begrabenen Opfer. Das absurde Racheritual hatte sich verkehrt. Nun lag Lucas am Boden, halb unter einem Sessel vergraben.

»Kannst du dich bewegen?«

Er hielt sich in sicherem Abstand und sorgte dafür, dass der junge Mann nicht anders konnte, als die Pistole zu sehen.

Lucas stöhnte. »Ich habe Schmerzen. Ich brauche einen Arzt.«

»Der wird bald kommen, keine Sorge. Wo tut es weh?«

Lucas standen die Tränen in den Augen. Contini begriff, dass der Augenblick der Raserei vorbei war: Der körperliche Schmerz hatte den Hass und die Wut ob der erlittenen Ungerechtigkeiten ausgelöscht oder zumindest verdrängt. Er näherte sich, um ihm Mut zuzusprechen. Lucas starrte ihn mit weit aufgerissenen Augen an, schien geradezu fassungslos angesichts all der Geschehnisse.

»Was werden sie mit mir machen?«, fragte er mit dünner Stimme.

»Weiß nicht. Aber man wird dir helfen«, antwortete Contini.

Lucas schwieg einige Sekunden. Dann fragte er: »Ihr denkt, ich bin ein Monster, stimmt's?«

Contini schüttelte den Kopf.

»Ihr denkt, ich hätte drei Leute umgebracht, weil ich ein sadistischer Mörder bin, aber ihr könnt euch nicht vorstellen … ihr könnt euch nicht vorstellen …«

»Denk jetzt nicht darüber nach.«

»Die drei sind gestorben, weil sie es nicht anders verdient hatten.«

»Vier.«

»Was?«

»Du hast vier umgebracht.«

»Nein!« Der junge Mann stützte sich mit schmerzverzerrter Miene auf einen Arm. »Das behaupten alle, aber es stimmt nicht! Colucci habe ich nicht umgebracht. Ich weiß nicht, wer ihn getötet hat, aber es war jemand anders!« Seine Stimme wurde schwächer. »Ihr müsst einen anderen schnappen …«

In diesem Augenblick tauchte Francesca neben Contini auf. Ihre Wangen waren gerötet und das Haar zerzaust.

»Wie geht es dir?«, fragte sie, vom Rennen außer Atem.

Contini richtete sich nachdenklich auf und beruhigte sie mit einer Kopfbewegung.

»Übernimm dich nicht«, sagte sie.

»Entschuldige, es ist nur … Etwas ist seltsam.«

»Ganz deiner Meinung! Du hast dich wie ein Verrückter da hinuntergestürzt.«

»Es gab keine andere Möglichkeit.«

Contini trat auf sie zu und umarmte sie. »Hast du Angst gehabt?«

»Du bist verrückt!«

Sie schmiegte ihr Gesicht an seine Schulter und drückte ihn. Dann löste sie sich und sah ihm in die Augen. Sie lächelte.

»Jetzt weiß ich auch, wieso sie dir den Führerschein abgenommen haben.«

66

Traurige Wendungen

Er hätte eher darauf kommen müssen.

Contini blickte durch das Fenster seines Büros in Paradiso hinaus auf den See und dachte an all die Dinge, die er noch nicht wusste. Die tieferen Beweggründe von Lucas blieben unbegreiflich, ebenso dessen Versuch, sich als potenzieller Käufer auszugeben und eine Beziehung zu Colucci aufzubauen. Oder hatte er in seinem Wahn tatsächlich die Absicht gehabt, die pleitegegangene Firma zu übernehmen? Mit seinen programmatischen Botschaften und der rituellen Verhöhnung der Leichname hatte er eine regelrechte Rachezeremonie inszeniert, sodass durchaus denkbar war, dass er in seiner Verblendung gehofft hatte, die ehemalige Firma des Vaters wiederaufbauen zu können.

Der Mord an Colucci war anders gewesen als die anderen. Zum ersten Mal hatte der Mörder sein Opfer nicht erschossen, sondern erschlagen. Außerdem war die Leiche nicht unter zerlegten und sorgfältig angeordneten Möbelteilen begraben gewesen, sondern hatte unter ganzen, durcheinandergeworfenen Möbelstücken gelegen.

Das hätte er eher erkennen müssen.

Alles deutete darauf hin. Die Technologie richtete den Finger auf Geronzi und seine Angestellten. Malteses Überwachungsgerät hatte bestätigt, dass sich der Dienstwagen zum

Zeitpunkt des Mordes vor dem Showroom befunden hatte. Darüber hinaus hatten sowohl der Tischlermeister von Dolcecasa, Piscitello, als auch Riccardi, der ebenfalls für die Firma tätig gewesen war, auf Unstimmigkeiten im Zusammenhang mit dem Konkursamt angespielt.

Piscitello hatte sich gefragt, wieso Geronzi den Karren aus dem Dreck gezogen hatte? Und Riccardi hatte erwähnt, dass Gefühle im Spiel gewesen seien …

Daher war er nicht sonderlich erstaunt gewesen, als Geronzi ihn um ein Treffen ersucht hatte. Er bat ihn herein, wartete, bis er es sich auf dem Korbsessel bequem gemacht hatte, und sagte:

»Ich hätte eher darauf kommen müssen.«

Geronzi versuchte zu lächeln.

»Ah … Sie wissen schon, was ich Ihnen zu sagen beabsichtige?«

»Ich kann es mir denken.« Contini deutete auf die aufgeschlagenen Zeitungen auf dem Tisch. »Die Zeitungen schreiben, dass die Polizei den ›Sofakiller‹ dingfest gemacht hat, aber ich weiß, dass die Ermittlungen noch nicht beendet sind. Und ich weiß auch, dass Lucas Colombo nicht alle Morde gestanden hat.«

Geronzi betrachtete seine auf dem Schoß verschränkten Hände.

»Es ist nicht einfach für mich. Mir ist es nicht leichtgefallen herzukommen.«

»Warum haben Sie es getan?«

»Ich hatte gedacht, Sie würden schneller begreifen.«

»Wissen Sie, warum ich nicht darauf gekommen bin?«

Geronzi schüttelte den Kopf.

»Weil ich unvermutete Wendungen hasse. Es ist eine Angst, die sich nicht abschütteln lässt.«

Geronzi nickte.

»Zu viel Leid«, begann Contini erneut. »Auf dieser Wiese neben Lucas habe ich mir gesagt: Jetzt ist es Zeit, die Wunden zu heilen. Stattdessen kam es anders.«

»Stattdessen werden neue aufgerissen.«

»Ja.«

»Aber wir können nichts dagegen tun.«

»Nein.« Contini seufzte. »Sagen Sie es der Polizei?«

»Mir wäre es lieber, Sie würden es sagen.«

Contini fragte nicht, weshalb. Zunächst musste er weitere Wunden aufreißen. Er wäre froh gewesen, es nicht selbst tun zu müssen. Gefasst und in sich gekehrt saß Geronzi da, der Inbegriff des bescheidenen Beamten. Kaum vorstellbar, dass er Colucci brutal ermordet hatte. Und dennoch war er hergekommen, um verlegen, fast schüchtern, den Mord zu gestehen.

»Es gab zu viele Ungereimtheiten, zu viele Fehler, die mich in Schwierigkeiten gebracht hätten. Colucci hat mich erpresst, ich habe versucht, ihn zu überzeugen, aber …«

»An diesem Punkt möchte ich Sie unterbrechen.«

»Wie bitte?« Geronzi hob den Blick.

»Ich möchte nicht, dass Sie mir Lügen erzählen. Genau auf diesem Stuhl hat vor Ihnen die Person gesessen, die Colucci umgebracht hat.«

»Aber wenn ich doch gekommen bin, um zu gestehen, dass …«

»Sie lügen.«

67

Die Wunde

Geronzi öffnete den Mund, wie um zu protestieren, und schloss ihn gleich darauf wieder.

Jede Sekunde des Schweigens wog schwer. Contini unterbrach die Stille und setzte zu einer Erklärung an, wohl wissend, dass das Gesagte nicht bloß in seinem Wortlaut, sondern vor allem als Trostmittel von Bedeutung war.

»Veronica Molina war mir gegenüber von Anfang an nervös und ängstlich, wie jemand, der etwas zu verbergen hat. Aber Sie wollten sich beide verstecken ... Sie sind in Veronica verliebt, habe ich recht?«

Geronzi sah ihn bloß an. Es war wie ein Flehen: Zwing mich nicht zum Reden, bitte, fahr einfach fort.

»Ein paar Gerüchte über eine Beziehung zwischen jemandem von Dolcecasa und einer Angestellten aus eurem Amt waren mir bereits zu Ohren gekommen. Genauso wie das Gerede über Colucci, der sich damit amüsierte, Frauen nachts in den Showroom abzuschleppen ...«

»Ich bitte Sie.« Geronzis Stimme hatte einen heiseren Klang bekommen.

»Ich will nicht darauf herumreiten. Veronica hat mir selbst erzählt, dass Colucci sehr beharrlich sein konnte. Er war selbstgefällig, konnte es nicht ertragen, verlassen zu werden. Und Veronica hatte ihn verlassen ... Ihretwegen, Herr Geronzi. Wegen des Mannes, der das Konkursverfahren von Mobiliamo in die Wege geleitet hatte, jener Firma, für die Colucci zuvor tätig gewesen war. Daher hatte Colucci sie zu einem letzten Treffen gebeten, um die Dinge zu klären und um Probleme auch rechtlicher Art zu vermeiden: Denn genaugenommen war diese Beziehung an der Grenze dessen angesiedelt, was die berufliche Vertrauenswürdigkeit zuließ. Doch bei diesem letzten Treffen …«

»Genug. Warum erzählen Sie mir das?«

Contini senkte die Stimme. »Weil Veronica mich darum gebeten hat.«

»Hören Sie auf.«

»Sie hatten Ihre Vermutungen, Herr Geronzi, aber Sie haben nie mit ihr darüber geredet. Und Veronica möchte, dass Sie die Wahrheit erfahren. Colucci ist auf sie losgegangen, und sie hat ihm auf den Kopf geschlagen, um sich zu verteidigen. Als ihr klar wurde, dass sie ihn umgebracht hatte …«

»Das ist Notwehr!«, unterbrach ihn Geronzi.

»Jedenfalls ist Veronica in Panik verfallen und hat, wie es die Polizei nennen würde, die Spuren am Tatort verwischt. Sie hat versucht, dem ›Sofakiller‹ den Mord anzuhängen, indem sie die Möbel aufgetürmt hat. Und Sie, die Sie alles geahnt haben, Herr Geronzi, Sie haben versucht, sich zu opfern. Aber glauben Sie wirklich, Veronica würde Sie an ihrer Stelle ins Gefängnis wandern lassen?«

Contini erhob sich, verschwand ins Hinterzimmer und kehrte ein paar Sekunden später mit Veronica zurück.

Er hätte nie geglaubt, dass in einem Konkursamt so viel Leidenschaft am Werk sein konnte. Dabei hätte ihm die Beziehung zwischen Mario und Lisa eine Warnung sein sollen: Scheitern macht verletzlich, und Liebe ist noch immer die wirksamste Antwort auf Schwäche.

Liebe? Hatte Colucci Veronica geliebt? Jedenfalls hatte er die Vorstellung, sie zu verlieren, nicht ertragen. Und hatte sich Geronzi tatsächlich in seine Untergebene verliebt? Daran gab es offenbar keinen Zweifel.

»Ich habe Kommissar De Marchi verständigt«, murmelte Contini. »Er dürfte in ein paar Minuten hier sein.«

Die Angestellte und ihr Chef. Wie im Witz. Sie um die fünfundvierzig, er rund zehn Jahre älter.

Sie waren bestimmt nicht die schwächsten Glieder im Amt gewesen. Im Gegenteil: Mit ihrer effizienten Art flößten sie allen Respekt ein. Und dennoch hatte sich Veronica in Colucci verguckt, bevor sie für die stille Hingabe Geronzis empfänglich geworden war. Und er hatte sich wie ein jugendlicher Held in den Kopf gesetzt, sich zu opfern. Er war in seinen grauen Anzug geschlüpft und hatte sein großes Geständnis abgelegt.

Sie waren zwei einsame Gestalten. Erst seit Kurzem kannten sie die vorbehaltlose Nähe, das kindliche Vertrauen einer großen Liebe. Wie sie so einander gegenüberstanden, wussten sie tatsächlich nicht, was sie sagen sollten. Aber ihre Blicke genügten. Geronzi war mitgenommen, seine Wangen glühten wie die eines kleinen Jungen. Und Veronica, schwarz gekleidet, elegant und zurückhaltend, hatte Tränen in den Augen.

»Ich lasse Sie allein.«

Contini trat hinaus auf den Landungssteg, ließ sich im Schneidersitz nieder und schaute hinaus auf den See, der in Nebel getaucht war und in der beginnenden Nachmittagsdämmerung wie der äußerste Zipfel eines Sumpfes inmitten eines wilden Landstrichs wirkte.

Die Polizei würde ihren Job erledigen, ebenso die Anwälte. Notwehr, verminderte Schuldfähigkeit, erschwerende und mildernde Umstände. Aber die Wunde würde sich niemals schließen, in keinem Fall. Demut, Schicksalsergebenheit und

Resignation können einen Tod erträglich, aber nicht ungeschehen machen. Vielleicht fanden Veronica und ihr Chef im Lauf der Jahre zu einer Art Frieden oder zumindest zu innerer Aussöhnung und Ruhe.

Der Chef: Selbst in Gedanken fiel es Contini schwer, ihn beim Namen zu nennen. Und doch zeichnete sich Alberto Geronzi, mehr als man auf den ersten Blick ahnte, durch Kraft und Mut aus. Contini durfte sich nicht einmischen. Hier ging es nicht um Lohndumping, um Ungerechtigkeit und Rache. Es ging schlichtweg um Liebe. Bisweilen blieb einem Detektiv nichts weiter zu tun, als auf der Mole zu sitzen und zu warten, bis die Polizei kam.

Im Übrigen …

Schweren Herzens musste Contini sich eingestehen, dass es noch nicht zu Ende war.

Eine weitere Wendung? Ein überraschender Schwenk, wie die Journalisten gern sagen? Glücklicherweise nichts dergleichen. Aber eine Rechnung war noch offen.

68

The Melody At Night, With You

Jazz ist Musik für all jene, die am Boden liegen und irgendwie versuchen, wieder aufzustehen. Er ist die permanente Auseinandersetzung mit Grenzen und Fehlern. Oder vielmehr ist er die Hoffnung, dass gerade in den Fehlern die Möglichkeit der Rettung liegt. Deshalb blieb Mario dabei, sich auf dem durchgesessenen Sessel seine alten Vinylschallplatten anzuhören und sich nicht darum zu scheren, dass der Rest der Welt es eiliger hatte als er. Er hatte gelernt, dass eine kleine Taktverzögerung nicht nur keinen Schaden anrichtete, sondern sogar half, mit Unvorhergesehenem umzugehen.

Django Reinhardt hatte mit zwei fehlenden Fingern Gitarre gespielt, Bud Powell war von seinem Wahn zerstört worden, Charlie Parker von seiner Drogensucht, Thelonious Monk hatte seine Launen unter Kontrolle halten müssen. Selbst der fabelhafte Keith Jarrett litt seit 1996 an einem chronischen Erschöpfungssyndrom. Und die Musik selbst, der Jazz, starb und erstand mit jeder Generation aufs Neue wieder auf.

Vielleicht war all das Grund genug dafür, dass Lisa auf Marios Sofa neben dem durchgesessenen Sessel saß.

Mario fühlte sich schwach und von den Ereignissen überrollt? Natürlich. Unfähig, sich der Gegenwart zu stellen? Sicher.

Er stand unter Schock, und ihn quälte der Gedanke an den Tod? Garantiert.

Dennoch hatte er Lisa vorgeschlagen, *The Melody At Night, With You* zu hören, die Scheibe, die Jarrett 1999, während der Genesung, bei sich zu Hause aufgenommen hatte. Sie war ganz anders als die großartigen Werke zuvor: bloß eine Handvoll alter, verhalten gespielter Liebeslieder.

Mario hatte alle Lichter angeschaltet. Im Wohnzimmer, im Bad, im Flur. Er hatte den Tisch gedeckt, mit weißem Tischtuch und Silberbesteck. Das Essen war nicht sehr aufwendig: Steak, Ofenkartoffeln und Salat, dazu eine Flasche Beaujolais. Während des Essens hatten sie über harmlose, beinahe belanglose Dinge gesprochen.

Später hatten sie sich hingesetzt, um Jarretts Klavier zu lauschen. Lisa hatte erklärt, dass Mario ihr nach all dem Chaos, das sich ereignet hatte, doch in guter Verfassung zu sein scheine. Und Mario hatte sich dazu hinreißen lassen, ihr zu sagen, dass er sie wunderhübsch fand.

»Das ist normal«, hatte sie geantwortet. »Du stehst noch unter Schock.«

Sie hatte ihr Haar gelöst und die Stiefel ausgezogen. Dann hatte sie es sich auf dem Sofa bequem gemacht und die Beine angezogen, als sei sie bei sich zu Hause.

Mario betrachtete die dunklen Fensterscheiben, in denen sich die Wohnzimmerlampen spiegelten. Dann schaute er Lisa an, die so taff schien mit ihren Tattoos und dem aggressiven Outfit, und so verängstigt gewirkt hatte, als sie, mit zerfetzten Kleidern und beinahe erstaunt, noch am Leben zu sein, aus den Überresten des Lieferwagens gekrochen war. Er schaute sie gern an, wenn sie Musik hörte oder ihren Gedanken nachhing, die Unterlippe zwischen den Zähnen und die Augen halb geschlossen, um sich besser konzentrieren zu können. Er fragte: »Wirst du noch da sein, wenn die Nacht vorbei ist und die Musik verstummt?«

Lisa sah ihn befremdet an: »Hä?«

»Das ist eine Zeile aus einem Lied, mir fällt grad nicht ein, aus welchem …«

«Mario.«

»Was denn?«

»Komm schon, Schluss jetzt mit diesem Blödsinn.«

»Aber …«

»Warum kommst du nicht ein Stück näher?«

Mario erhob sich aus seinem Sessel und näherte sich dem Sofa.

69

Den Winter rumbringen

»Man muss abwarten, bis der Winter um ist. Das ist das Schwierigste: Viele Imker verlieren dabei in den ersten Jahren den Mut. Aber mit der Zeit gewöhnt man sich dran ... Es ist so ähnlich, wie in Rente zu gehen.«

Sergio Torres zwinkerte Contini und Francesca zu.

»Das ist auch so eine Art Gewöhnung an den Winter, oder?«

Sie waren in Erba, auf dem offenen Platz mit den Bienenstöcken hinter dem Haus von Torres. Francesca hatte sich nach den Bienen erkundigt, und Torres hatte angefangen, sich über die Varroamilbe, über die Behandlung mit Oxalsäure und die kleinen Kniffe auszulassen, mit denen man den Bienen über die Wintermonate helfen konnte. Bis ihm schließlich einfiel zu fragen: »Aber wieso seid ihr eigentlich hergekommen?«

»Wegen InfoLavoro3000.«

Der Bienenzüchter schnaubte. »Das ist Schnee von gestern, ich habe meinen Frieden geschlossen. Es bringt nichts, sich weiter zu ärgern: Diese Schweine sitzen immer am längeren Hebel.«

»Fast immer«, bemerkte Contini.

Seit Luciano Arnaboldi oder, genauer gesagt, dessen Sekretärin Torres fristlos entlassen hatte, war er nicht mehr in der Firma gewesen, hatte nicht einmal mehr einen Fuß nach Tavernerio gesetzt. Deshalb sträubte er sich anfangs dagegen, Contini und Francesca zu begleiten. Wozu den Finger in die Wunde legen? Aber Contini erzählte ihm die ganze Geschichte: Er begann mit dem Betrug und damit, dass Dolcecasa nicht zuletzt wegen der Beziehung zwischen Veronica und Colucci ungeschoren davongekommen war. Dann berichtete er von Gianni Colombos Firmenpleite, von der Raserei des Sohnes und seiner blutigen Rache.

Torres war sichtlich betroffen.

»Was für ein Durcheinander! Haben die Zeitungen darüber berichtet?«

»Sie haben über den mörderischen Wahn geschrieben und die Beweisverschleierung durch das Konkursamt angeprangert. Aber ich habe mich gefragt: Wo hat das alles eigentlich angefangen?«

Torres sah ihn an, und sein Gesicht wurde ernst.

»Wer hat gemeinsam mit Dolcecasa den Betrug organisiert?«, fügte Contini hinzu.

»Und wer drückt den Arbeitern weiterhin die Luft ab?«, ergänzte Francesca.

So begleitete Torres also Contini, als dieser im Büro von Herrn Arnaboldi empfangen wurde. Francesca zog es vor, bei Ines, der Sekretärin, zu bleiben: Sie wollte ihr unter vier Augen erklären, was vor sich ging.

»Sie hat uns damals, als wir darauf angewiesen waren, sehr geholfen«, erklärte sie Torres. »Sie war es, die uns deinen Namen verraten hat.«

Ines wirkte tatsächlich besorgt, als sie sie kommen sah. Vermutlich hatte ihr Chef ihr beim letzten Mal eine Standpauke gehalten, weil sie ihnen gegenüber zu zutraulich gewesen war. Arnaboldi dagegen hatte sich darauf eingestellt, sich hinter seinem engelhaften Schweigen zu verschanzen.

»Ich verhehle mein Erstaunen nicht«, sagte Contini.

»Sie wissen, dass ich bereits alles Kommissar De Marchi berichtet habe, oder? Nichts und niemand verpflichtet mich, mit… mit einer Art Privatdetektiv zu sprechen. Und was hat dieser Mann hier zu suchen, wer zum Teufel ist das?«

»Torres mein Name. Ich war bei Ihnen tätig seit…«

»Sparen Sie sich das Gejammer«, unterbrach ihn Arnaboldi. »Was wollen Sie?«

In den folgenden Sekunden des Schweigens wurde Contini, obwohl er sich ein wenig dafür schämte, von so etwas wie Rührung ergriffen. Natürlich konnte verspätete Gerechtigkeit das Leid nicht ungeschehen machen. Natürlich hatten die Familien, die am Hungertuch nagten und bereit waren, für einen Apfel und ein Ei in der Schweiz zu arbeiten, nicht viel von einer Klage gegen Arnaboldi und seine Kumpane. Aber es war zumindest ein Akt der Gerechtigkeit. Das kam so selten vor im Leben, dass Contini erst einmal schlucken musste, bevor er zu sprechen begann, um sicherzugehen, dass seine Stimme fest und überzeugend klang.

»Auch ich habe Kommissar De Marchi Bericht erstattet, Herr Arnaboldi.«

Pause.

»Und er hat es an seine italienischen Kollegen weitergegeben.«

Arnaboldi schlug die Augen nieder.

»Sie haben mir ein paar Minuten Vorsprung gewährt und dürften in wenigen Augenblicken hier sein, um Ihre Büroräume zu versiegeln.«

Arnaboldi erhob sich. »Was…«

»InfoLavoro3000 wird unverzüglich dichtgemacht, und Sie werden wegen Betrugs angeklagt, wegen Bilanzfälschung, illegaler Vermittlungsgeschäfte, Ausbeutung, unlauterer Vorteilsnahme…«

Während Contini mit seiner Litanei fortfuhr, drangen aus dem Büro der Sekretärin Stimmen, Schritte und das Klappern von Türen herüber.

»Wir werden Sie nicht länger behelligen«, murmelte Contini und stand auf.

Auch Torres erhob sich bedächtig. Dann blickte er Arnaboldi an und sagte: »Ich heiße Sergio Torres. Ich habe hier fünfzehn Jahre lang gearbeitet.«

70

Kurz vor Weihnachten

Weihnachten stand vor der Tür.

Contini hatte gemeinsam mit Beppe Riccardi, dem ehemaligen Dolcecasa-Angestellten, in Lugano einen Aperitif getrunken. Sie hatten über Lucas gesprochen, der noch immer in Einzelhaft saß. Dann war das Gespräch auf den Skandal um InfoLavoro3000 gekommen und auf Mario Balmelli, der eine befristete Stelle als Grafiker gefunden hatte. Riccardi wirkte zufrieden, aber er hatte den Grund des Treffens nicht ganz verstanden. Ob Contini noch Fragen an ihn habe?

»Nein, nein. Ich wollte dir nur erzählen, wie alles ausgegangen ist.«

»Nett von dir. Ich habe im Internet darüber gelesen, aber es war nicht gerade viel.«

In den Wochen zuvor war es Contini gelungen, den Vater der jungen Frau aus Varese aufzuspüren, der von der Vorstellung einer Wiederzusammenführung nicht sonderlich begeistert schien. Die Ermittlungen zu dem Cellodiebstahl hatte er dagegen noch nicht abgeschlossen: Die größte Schwierigkeit bestand darin, Herrn Bernasconi, der es am liebsten gesehen hätte, wenn seine Kollegen Tag und Nacht beschattet worden wären, in Schach zu halten.

An diesem Abend hatte er keine beruflichen Verpflichtungen. Nachdem er sich von Riccardi verabschiedet hatte, beschloss er, ins Büro zu gehen und einen Teil der Post zu erledigen. Später wollte er mit Francesca in Locarno zu Abend essen, anschließend würden sie einen Film sehen. Diesmal durfte sie wählen: bestimmt keinen alten Western.

Es dämmerte bereits. In den Straßen der Altstadt und an der Seepromenade gingen tausende Meter Lichterketten an. Contini musste sich seinen Weg zwischen den Weihnachtsmarktständen hindurchbahnen, die inzwischen bis in die Via Pessina und zur Piazza Dante reichten. Es roch nach Glühwein und Brezeln. Kleine Gruppen scharten sich um die Stände und um die Schlittschuhbahn auf der Piazza Manzoni oder schoben sich durch die schillernde Via Nassa.

Contini schlenderte gemächlich, die Hände in den Hosentaschen.

Er kam an einem bärtigen Leierkastenmann vorbei und wich knapp einem riesigen aufblasbaren Weihnachtsmann aus. Bevor er die Straße überquerte, blickte er gespannt zum Kasino hinüber, dessen Eingang von zwei großen roten, mit blinkenden Sternen übersäten Kegeln flankiert wurde. War Contini traurig? Eher ein wenig befangen und unbeholfen in seinen Bewegungen und Gedanken.

Er beschleunigte seinen Schritt und ging in Richtung Paradiso. Sentimentalitäten konnte er sich nicht erlauben: Sein Beruf war und blieb nun mal riskant.

Hinter jeder Ecke konnte von einem Augenblick auf den anderen Signora Noemi auftauchen, mit der Sorge um ein Kätzchen, das ihr entlaufen war, einer Freundin in Not oder vielleicht auch einer Einladung auf eine Tasse Tee und neuem, erstaunlichem Tratsch.

Anmerkung des Autors

Alle Ereignisse dieses Romans sind ein Produkt der Fantasie, wobei allerdings der bürokratische Apparat zur Abwicklung von Firmenpleiten authentisch ist. Bei der Beschreibung des Betreibungs- und Konkursamts habe ich mir einige narrative Freiheiten herausgenommen und außerdem einige Details im Zusammenhang mit der Unternehmensführung von Dolcecasa vereinfacht.

An dieser Stelle möchte ich an Giovanni »Cobra« erinnern, der mir erste Hinweise lieferte, und auch an Giona und Mattia, denen ich weitere Anregungen verdanke. Danke an meine Familie und meine Leser des Vertrauens: Anna, Davide, Giacomo, Giuseppe, Lucia, Nicola, Tommaso, Yari. Ich danke meinem Musiklehrer Alan, sowie Monica, Cinzia, Vera, Paola und dem gesamten Verlagsteam von Guanda, und insbesondere Laura, die beim Lesen und Hören des Romantextes die verborgenen Resonanzen erfasst hat.

Dieser Roman ist dem Andenken an Fabrizio Fazioli gewidmet, mit dem ich vor Jahren erste Ideen erörtert habe.

Håkan Nesser

Elf Tage in Berlin

Roman

384 Seiten, Hardcover, btb 75493
Aus dem Schwedischen von Paul Berf

Von einem, der auszog, sein Glück in Berlin zu finden.

Einen Nobelpreis wird er wohl nicht bekommen. Arne Murberg ist von schlichterem Gemüt. Nach einem Badeunfall in der Kindheit hat er Schwierigkeiten, sich zu konzentrieren und komplexere Zusammenhänge zu erfassen. Aber Arne ist ein warmherziger, liebenswerter Mensch, der sich eine kindlich naive, offene Art bewahrt hat und voll Vertrauen auf das Leben blickt. Als sein Vater ihm auf dem Totenbett offenbart, dass seine Mutter nicht tot ist, wie Arne geglaubt hat, sondern in Berlin lebt, und ihm gleichzeitig den Auftrag gibt, sie dort aufzusuchen und ihr ein verschlossenes Kästchen zu übergeben, beginnt für ihn ein wundersames Abenteuer …

»Ein Roman, der federleicht geschrieben ist. Der einen fröhlich zurücklässt.«

Christine Westermann, frau-TV